Chiara Kellner 7c

Susanne Ospelkaus

Asmarom und die Superhelden

www.fontis-verlag.com

Für alle,
die noch nicht wissen,
dass sie Superhelden sind.

Für meine Söhne
Ferdinand und Eduard.

SUSANNE OSPELKAUS

ASMAROM UND DIE SUPER-HELDEN

EINE ACTIONSTORY ÜBER FÜNF UNGLEICHE FREUNDE

fontis

Bibliografische Information der Deutschen Nationalbibliothek
Die Deutsche Nationalbibliothek verzeichnet diese Publikation in der Deutschen Nationalbibliografie; detaillierte bibliografische Daten sind im Internet über www.dnb.de abrufbar.

Umschlag: Spoon Design, Olaf Johannson, Langgöns
Umschlagbilder:
Collage aus Bildmaterial von shutterstock.com
(Tithi Luadthong, Denis Cristo, Maxim Maksutov)
Umschlagbilder U4: Collage aus Bildmaterial von shutterstock.com (Maxim Maksutov, Arak Rattanawijittakorn)
Fotos der Autorin: Susanne Wagner, www.wagner1972.com
Satz: InnoSet AG, Justin Messmer, Basel
Druck: Finidr
Gedruckt in der Tschechischen Republik

ISBN 978-3-03848-156-0

Inhalt

Kapitel 1

Licht im Fenster

Es ist schwer für afrikanische Mädchen, nicht weiblich zu wirken. Ich hülle mich in weite Pullover und mache meinen Rücken rund, gehe steif und sage nichts. Sie denken, wir sind Brüder, und nennen uns «Die-da». Wir sind immer zusammen, so nah, dass ich seine Wärme spüre. Jetzt strahlt er Hitze aus, und ich fürchte, dass sie uns trennen.

Drei Monate sind vergangen, seit Mama uns einen Abschiedskuss gab. Dazwischen liegen Fußmärsche, Hunger, Verstecken, Kälte und das offene Meer. Ich fühle mich wie eine Hundertjährige, obwohl ich erst sechzehn Jahre alt bin.

Ich bin Noemi, und mein jüngerer Bruder heißt Asmarom.

Sie kommen auf uns zu, sie reden schnell.

Ich verstehe nur: «Klinik! Teenager! Sofort!» Sie reden viel zu schnell für das wenige Deutsch, das ich mittlerweile gelernt habe.

Die Wachleute packen meinen Bruder unter den Armen und schleppen ihn wie ein Bündel Reisig durch das Lager. Seine Plastikschlappen schleifen über den Boden, und zwischen seinen Fingern klemmt die weiße Tüte. Da ist alles drin, was wir noch haben.

Ich renne hinterher: «*No!* Nein! Nicht!»

Doch ein Sicherheitsmann stellt sich mir breitbeinig in den Weg. Seine Daumen hakt er in den Gürtel, daneben hängen Taschenlampe und Schlagstock. Er tut so, als würde er einen gefährlichen Verbrecher aufhalten.

Ich dränge mich an ihm vorbei, seine Hände packen zu, und die Handschuhe machen ein schmatzendes Geräusch, als sie sich um meinen Arm legen. Unter dem Gummi sammeln sich Schweißtropfen. Er zieht mich nahe zu sich.

Ich sehe die großen Poren seiner Haut, Augenbrauen zu einer Linie zusammengewachsen, seine wulstige Zunge. Er bleckt die gelben Zähne. Ich drehe mich weg, doch seinem Gestank aus Zigaretten, Knoblauch und Schweiß kann ich nicht entgehen.

«Nur den Jungen, die Schwester bleibt hier!», ruft ein weiterer Wachmann, und die Gummihand schraubt sich fester um meinen Arm. Asmarom dreht sich um und sucht mich zwischen Sanitätern, Flüchtlingen, Helfern, Polizisten und Sicherheitsleuten.

«Ich finde dich!», kreische ich über die Absperrung, «ich finde dich!»

Meine Muttersprache kratzt in meinem Hals. Sie fühlt sich fremd und falsch an, wie alles hier.

Die Gummihand löst sich, tatscht mir über den Rücken, drückt in mein Kreuz und schubst mich in die Halle zurück.

Ich stolpere und falle auf meine Knie. Es tut nicht weh, der Boden ist seltsamerweise irgendwie weich. Er fängt Stürze ab. Ich bleibe trotzdem liegen, mein Herz schmerzt am meisten, doch dafür gibt es kein Krankenhaus.

Eine Frau mit feiner Frisur und duftender Haut hilft mir auf und streicht unbeholfen über meine Kleidung. Sie spricht ganz langsam und deutlich, als wäre ich dumm oder schwerhörig.

«Er kommt in Kli-nik. Ich kann dich hin-fah-ren. Okay? Aber nicht heute. Morgen. Mooooorgen.»

Ich nicke und reibe über meinen schmerzenden Oberarm.

Ihre Hand liegt immer noch auf meinen Rücken. Jetzt streichelt sie nicht mehr, sondern schiebt mich durch die Halle.

Vor einem Irrgarten aus übereinanderstehenden Betten stellt sie mich ab. Sie kennt das System nicht, und sie weiß nichts von den Gesetzen in der Notunterkunft.

Es gibt eine Hierarchie. Ganz oben stehen die Männer aus Afghanistan, Pakistan und Syrien, dann die moslemischen Afrikaner, dann die Christen und irgendwann die Frauen.

Als afrikanische Christin stehe ich ganz unten. Ich habe das schlechteste Bett, neben Klo und Ausgang. Ich krabble auf die oberste Matratze und rolle mich in meine und Asmaroms Decke ein.

Nicht weinen, bloß nicht weinen. Weinen raubt dir deine Kraft. Du bekommst Kopfweh und kannst nicht denken. Wenn ich blinzeln würde, würden sich Tränen lösen. Ich will das nicht. Also starre ich an die Decke, mein Blick verfängt sich in den Seilen und Ringen. Wären wir nicht in der Halle, würden Kinder daran turnen.

Es ist lange her, dass ich mich aus Spaß bewegt habe. Fangen spielen statt wegrennen, sich verstecken und dann zu juchzen, wenn man gefunden wurde. In den letzten Wochen haben Asmarom und ich uns immer versteckt in der Hoffnung, nicht gefunden zu werden. Wir waren gut, haben es bis nach Deutschland geschafft, aber es fühlt sich nicht nach Freiheit an.

Ich strecke meinen Hals und rücke so lange im Bett herum, bis ich durch die schmalen Fenster an der Hallendecke schauen kann. Ein Stück Himmel leuchtet zwischen hohen, eckigen Häusern auf.

Ich kann mir nicht vorstellen, dass so viele Menschen übereinander wohnen. Platten, Fenster, Balkone sind ordentlich zu einem Haus gestapelt worden. Abends leuchten die Fenster in unterschiedlichen Gelbtönen. Es sieht warm und gemütlich aus. Wahrscheinlich kochen Mütter das Abendessen, Kinder lernen, Väter lesen in der Zeitung und heben nur kurz den Kopf, um zu fragen, wann das Essen fertig ist.

Meine Mama kocht nicht für uns, sie ist noch in Eritrea. Papa wurde vor Jahren verhaftet, keiner weiß, ob er noch lebt, und mein Bruder ist krank. Zum ersten Mal seit unserer Flucht sind wir getrennt.

Mamas Worte pochen in meinen Schläfen: «Pass auf deinen kleinen Bruder auf.» Sie flüsterte es mir ins Ohr, als wir uns zum Abschied umarmten, und ihre Tränen liefen meinen Hals entlang. Asmarom hörte es und motzte, schließlich sei er auch alt genug, um zum Militär zu gehen.

«Eben», sagte Mutter und drückte ihn an sich. Ein letztes Mal malten ihre Fingerspitzen ein unsichtbares Kreuz auf unsere Stirn. Wir wussten, dass es ein Abschied für lange Zeit war.

Die Lichter im Wohnturm springen von einem Fenster zum nächsten, mal dämpft ein Vorhang das Licht, mal flackern sie, dann erlischt eins, und ein anderes leuchtet auf.

Ich wünschte, wir wären eine Familie aus diesem Wohnturm mit den hellen Fenstern.

Kapitel 2

Die Mirpzahl

Kein Sonnenstrahl dringt in das Wohnzimmer, und kein Windzug könnte die dicken Vorhänge in Bewegung setzen. Sie sind immer zugezogen, die einzige Lichtquelle ist der Fernseher. Die Wohnung im fünfzehnten Stock des Plattenbaus kennt keine Jahreszeiten. Die Tage verstreichen in Eintönigkeit.

Zum dritten Mal schaut Ben in die IKEA-Tüte, ob er an alles gedacht hat: Klamotten, Schreibzeug, Comics. Die Unterwäsche hat er extra letzte Nacht gewaschen und zum Trocknen in den Backofen gelegt. Nun riecht sie nach Pizza.

Die Tasche rutscht durch seine verschwitzten Hände. Er packt fest zu und zerknüllt dabei den rosafarbenen Schein der Hausärztin. Die Krankenhauseinweisung ist inzwischen so fettig wie ein Butterbrotpapier.

«Ich gehe jetzt ... Mom ... Dad ... hört ihr?»

Doch Ben geht nicht.

Er steht wartend zwischen Wohnzimmer und Flur und schaut auf die grauen Vorhänge. Er ist so dick, dass sein Körper den Türrahmen komplett ausfüllt. Nicht einmal die Katze könnte sich an ihm vorbeizwängen, wenn er auf der Türschwelle sitzen würde.

«Mutter? Vater?»

Seine Eltern sitzen wie festgeschraubt vor dem Fernseher. Sie verschmelzen mit dem Sofa, ob Schulter, Wampe, Kissen oder Polster, alles sieht abgenutzt und speckig aus. Nur die

Muster auf Mutters Nylonschürze leuchten wie neu, und das, seit Ben sich erinnern kann.

Ab und zu schält Mutter sich aus dem Sofa, trägt den überfüllten Aschenbecher und leere Bierdosen hinaus, doch statt im Müll landet die Hälfte des Zeugs irgendwo im Flur, im Bad oder im Schlafzimmer.

Ben stupst gegen eine Bierdose, leise rollt sie unter eine Kommode. Er schaut ihr kopfschüttelnd hinterher.

Es ist ein Paradoxon: Je mehr sich seine Mutter bemüht, Ordnung zu machen, umso chaotischer wird es. Sein Vater ist zu einem fernsehguckenden Schornstein mutiert. Wie wird es seinen Eltern ergehen, wenn er für einige Zeit weg ist?

Ben räuspert sich: «Also … ich gehe jetzt.»

Vater grunzt aus dem Dämmerlicht: «Vergiss die Pizza nicht.»

Langsam und bedächtig wiederholt Ben: «Ich … komme … aber … nicht … wieder.»

«Wat? Und wer holt Pizza?»

Ratlos öffnet der Vater eine weitere Bierdose und wirft die leere neben das Sofa, dumpf landet sie im Katzenklo.

Ben verlagert sein Gewicht von einem Bein auf das andere, deutet eine Bewegung an und hält dann doch inne.

«So, jetzt muss ich aber los.»

Mutter versucht aufzustehen, ihr Hintern klemmt zwischen den Polstern, und die Katze räkelt sich auf ihrem Schoß. Ratlos hebt sie die Hände und deutet auf das Tier. «Du schaffst das schon, mein Großer. Ach, warum bist du nur so dick? Magersüchtige fallen nicht so auf …»

Sie bricht ab, beugt sich zur Katze und stammelt: «Ist alles meine Schuld.»

Ben will widersprechen, aber dann schweigt er, denn sie hat Recht. Es *ist* ihre Schuld.

Ohne ein weiteres Wort verlässt er die zugemüllte Wohnung. Wenn er wiederkommt, wird auch sein kleines Zimmer verdreckt sein und Vater runzliger, Mutter langsamer und die Katze fetter. Ob er wiederkommt? Er weiß es nicht.

Ben nimmt die Stufen und wälzt sich die fünfzehn Stockwerke nach unten. Der Aufzug ist schon lange defekt. Auf jedem Treppenabsatz bleibt er stehen und versucht, seinen galoppierenden Herzschlag zu beruhigen.

Im dreizehnten Stock lehnt er sich an die Wand und betrachtet die Zahl, die gegenüber des Aufzuges an der Wand klebt: 13. Bens Atem beruhigt sich.

Dreizehn ist die sechste Primzahl und rückwärts gelesen die erste Mirpzahl im Dezimalsystem.[1] Er freut sich an dem mathematischen Zusammenhang.

Im zehnten Stock geht er in die Hocke. Kindergeschrei dringt durch die Tür der Müllers. Ben mag den Kleinsten.

Wenn sie sich sehen, bleibt der Bengel stehen und schaut Ben wie ein Denkmal an, legt den Kopf schief und fragt: «Kannst du Steine zerdrücken? Hast du Superkräfte?»

«Vielleicht», sagt Ben und tippt sich an die Stirn.

Der Abstieg ist mühsam. Seit siebzehn Jahren kennt Ben das Treppenhaus. Es war sein Spielplatz. Er rutschte in Pappkartons die Treppe runter, hangelte sich am Geländer hoch und wurde von der Feuerwehr aus den Gitterstäben gesägt. Er spielte, nein, er *war* Supermann, und mit dem Badetuch um die Schultern fuhr er im Aufzug hoch und runter, sprang dabei in die Luft und flog. Er war glücklich, bis die alte Schulze rief:

«Welcher Idiot blockiert den Aufzug?»

---

[1] Eine Mirpzahl ist eine Primzahl, die rückwärts gelesen eine andere Primzahl ergibt (mirp ist prim rückwärts geschrieben); Quelle: de.wikipedia.org.

Dann musste er draußen spielen, in Grünanlagen, die mit Steinen und Hundekacke bedeckt waren.

Als kleiner Junge überzog er seinen Alltag mit flirrenden Comicfantasien. Dann wurde aus Frau Schulze eine Heilerin, und Herr Kowalski konnte aus den Händen Feuer sprühen lassen. Er selbst trainierte seine mentalen Fähigkeiten, indem er die Menschen genau beobachtete, in ihren Gesichtern las und ihre Gestik erfasste und die Zukunft errechnete.

Lange träumte Ben, dass seine Eltern nur so täten, als wären sie faul und dumm – eine Tarnung für eine außergewöhnliche Mission. Von Hartz IV zu leben, sei ein geniales Täuschungsmanöver zweier Agenten.

Er erdachte sich Kräfte, mit denen er seine Umwelt veränderte. Manchmal kämpfte er nachts mit einem kalten Wesen ohne Gesicht, das seine Eltern als Geiseln hielt. Es setzte sich auf Bens Brust, hüpfte und drückte jede Empfindung hinaus wie bei einer Luftmatratze, wenn man sie wieder zusammenlegt.

Er zwang sich, das Wesen anzuschauen, und bündelte seine mentale Kraft in dem Satz: «Du hast keine Macht über mich!»

Als er älter wurde, verblassten seine Comicträume, und das kalte Wesen war nichts weiter als das Versagen seiner Eltern. Doch noch immer liebt Ben die Geschichten über Helden, Kämpfer und Rächer.

Jeden Montag besorgt er sich die neuste Ausgabe von «Fantastic Fighter» am Kiosk. Dann zwängt er sich durch die Biertrinker und legt dem alten Atze das abgezählte Geld auf den Teller. Ben ist froh, dass die Hefte eingeschweißt sind. Durch Atzes Finger wandern Tabak, Butterstullen und Bierdosen, und jedes Mal, wenn er Münzen abzählt oder Lottoscheine ausgibt, befeuchtet er seine Finger mit seiner dicken Zunge.

Ben streicht mit seinem Ärmel über das Cellophan und verwischt die Abdrücke. Erst wenn er zu Hause ist, schneidet er die Verpackung auf, legt das Heft auf seinen Schreibtisch und schaut die Bilder so lange an, bis sie lebendig werden. Das klappt auch umgekehrt, er schaut sich seinen Alltag so lange an, bis es unwirklich wird. BAMM – und Vaters Nackenklatscher trifft ihn. MAMPF – und Ben findet ein gutes Gefühl beim Essen. FOOOP – und er beamt sich für ein paar Minuten in eine andere Realität.

Bei Bens Größe baumelt die IKEA-Tüte wie eine Handtasche in seiner Armbeuge. Unbeirrt läuft er durch die Plattenbauten zur Tramhaltestelle. Wenn er sein Tempo und seine Schrittlänge nicht verändert, sind es 496 Schritte. Er hat es einmal gezählt, seitdem freut er sich an dieser Zahl. 496. Sie ist eine vollkommene Zahl. 496. Sie lässt sich sogar berechnen mit $2(p - 1) \times (2p - 1)$.

Das Versagen seiner Eltern ist aus seiner Sicht ebenfalls berechenbar: (Fernsehen + Bier) × (2Sozialhilfe – Katze).

Trotzdem hatte Ben gehofft, seine Mutter würde ihn in die Klinik begleiten und fragen, wie man ihrem Sohn helfen könne.

Ben stellt sich an das verbogene Haltestellenschild. Er würde sich gerne setzen, doch an der Bank fehlen die Querbalken. Die Bemerkung seiner Mutter über Magersucht statt Fresssucht schlägt eine Scharte in seine Gedanken.

Schämen sie sich für ihn? Er ist ein guter Schüler und verdient Geld. Er ist zwar fett, aber gepflegt. Seine Eltern verdienen weder Geld, noch sind sie gepflegt.

Eisen reibt auf Eisen. Quietschend kommt die Bahn zum Stehen. Ben steigt ein und scannt dabei den Wagen nach Kontrolleuren. Obwohl in seinem Viertel die meisten ohne Fahrschein unterwegs sind, wird selten kontrolliert. Hier gibt es nichts zu holen, die Menschen haben kein Geld für Fahrscheine und erst recht nicht für Bußgelder. In die Betonwüste verirren sich nur selten Beamte, und wenn doch, dann sind sie nicht freiwillig da, wie der Sozialarbeiter oder die Frau vom Jugendamt.

Die Trambahn schlingert um die Kurve. Ben kennt jedes Ruckeln. Täglich fährt er die Strecke in die Innenstadt, um anderen Kindern Nachhilfe in Mathematik zu geben. Sie leben in kleinen, sauberen Häusern, besitzen Hamster und müssen ein Instrument spielen. Sie haben Eltern, denen Bildung wichtig ist und die ein gutes Gefühl bekommen, wenn sie dem sozialschwachen Ben einen Job geben.

Ben ist deren Motivation egal. Sollen sie doch ein gutes Gefühl bekommen. Er geht gerne in die Familien, freut sich über einen frischen Saft aus einem sauberen Glas, bedankt sich für geschenktes Obst und strahlt über ausrangierte Klamotten. Nur selten passt ein Oberteil, Zirkuszelte nennt sie sein Vater, wenn Ben die Wäsche zum Trocknen aufhängt.

«Plus Size Fashion», erwidert er, und Vater brubbelt: «Quatsch deutsch.»

Aus dem Lautsprecher dröhnt: «Nächster Halt, Klinikum Mitte.»

Ben hievt sich aus dem Sitz, greift mit der einen Hand die Tasche, und mit der anderen klammert er sich an den Haltegriff. Wie ein Stehaufmännchen pendelt er, bis die Bahn zum Stehen kommt. Die Türen öffnen sich, und eine bunte Menschenmasse quillt hinaus. Ben inspiziert und klassifiziert sie. Die Schnellgeher, sie kümmern sich um die Patienten. Die Sorgenvollen, sie erwarten eine Diagnose. Die Teilnahmslosen, die machen nur ihren Job in der Verwaltung. Die Erwartungsvollen, sie eilen zu ihrem Neugeborenen. Die Niedergeschlagenen, sie holen die persönlichen Dinge eines verstorbenen Familienmitgliedes ab.

Wie ein Tourist schlendert er durch das Eingangstor, er freut sich an den Blumenkübeln und wehenden Fahnen mit Stadtwappen.

Obwohl die Klinik ein grauer Würfel ist, zwischen die Gassen der Altstadt und Neubauviertel gepresst, und obwohl sie eher einer Fabrik ähnelt als einer Heilanstalt, findet Ben sie großartig. Alles hat seine Ordnung und ist beschriftet. Blumenkübel enthalten Blumen, und auf die blauen Bänke kann man sich setzen.

Ben erfasst jeden Buchstaben. Er kann nicht anders, für ihn sind Wörter Bilder, die betrachtet werden wollen. Die Hinweisschilder auf dem Gelände drängen sich ihm auf: Notaufnahme, Sprinkleranlage, Dialyse, Parkticket hier entwerten, Achtung Rettungsstellenausfahrt, Bärbels Bistro, Zentrum für Kinder- und Jugendmedizin.

Er folgt dem letzten Wegweiser und bleibt vor einer Glastür stehen, die sich automatisch öffnet, als sein Bauch in den Bewegungsmelder ragt. Micky Maus winkt von der Wand und streckt seinen weißen Zeigefinger zum Anmeldeautomaten. Dort zieht Ben eine Nummer.

Er geht gemächlich durch die Wartezone, an Spielkisten und Aquarien vorbei, und fühlt die Blicke der Eltern und Kinder. Er sieht ihre Gedanken, die wie Sprechblasen über ihren Köpfen aufploppen:

«Japs, was der wohl hat?»

«Oh Gott, ist der fett.»

«Wow, ein Riese.»

«GIGGLE, watschelt wie meine Oma.»

«Der Ärmste.»

«UFF, der macht sicher jede Waage kaputt.»

Die Wartenummer verschwindet in seinen verschwitzten Händen, und der Plastiksitz verschwindet unter seinem Hintern. Er hat Zeit, auf der Anzeige leuchtet die 25, er hat die 73. Was für eine wunderbare Zahl, denkt Ben. Er schließt die Augen und gibt sich der Faszination dieser Zahl hin. Es ist die 21. Primzahl, und 21 ist das Produkt aus 7 und 3.

Ben grinst. Die Spiegelzahl von 73 ist 37, und 37 ist die 12. Primzahl, und die wiederum ist die Spiegelzahl von 21.

Ben öffnet die Augen und strahlt. 73 ist auch eine Mirpzahl. Er ballt die Fäuste und ruft: «Zahlenpalindrom in Binärschreibweise!»[2]

Die wartenden Kinder schauen von ihrem Spielzeug oder Bilderbuch auf und starren Ben an.

Er lächelt zurück, beugt sich zu ihnen vor und sagt zärtlich: «Zahlen-pa-lin-drom. Coole Sache.»

Eine Mutter, die neben Ben sitzt, erhebt sich, um sich einen neuen Platz zu suchen. Dabei schaut sie, als hätte Ben etwas Unanständiges gesagt. Er ist es gewohnt, dass sich Leute von ihm entfernen, sobald sie die Gelegenheit dazu haben.

Ben zuckt mit den Schultern und gleitet tiefer in seinen Sitz. Er konzentriert sich auf die Fische in dem großen Aquarium, sucht sich einen kleinen Scheibenputzer aus und verfolgt ihn mit den Augen, bis er sich zwischen Wasserpflanzen verliert.

Der Signalton der wechselnden Wartenummer lenkt ihn ab. Der Ton ist nicht so schrill wie das Klingeln der Trambahn, eher wie ein Gong auf dem Bahnhof. Ein Signal, das auffordert, in den Zug zu steigen.

Ben ist bereit für eine Reise, nur das Ziel kennt er nicht. Auf keinen Fall zurück in den Plattenbau.

---

[2] Eine Palindromzahl oder Zahlenpalindrom ist eine Zahl, deren Wert vorwärts und rückwärts gelesen denselben ergibt, z. B. 121, 6556 usw. Binärschreibweise: Darstellung von Zahlen mit nur zwei Ziffern, nämlich 0 und 1. 73 = 1001001.

Die Krankenhauseinweisung ist für ihn ein Start in ein anderes Leben mit weniger Körperfülle, mit besseren Blutwerten und mehr Fitness. Noch ist er ein Wartender, eingeklemmt in einen grünen Plastikschalensitz, aber bereit aufzustehen, wenn sein Gong ertönt. 73. Zahlenpalindrom. 73. Mirpzahl. 73. Neuanfang.

«Hallo, ich bin Schwester Kim und zeige dir dein Zimmer.» Türen surren auf und geben den Blick auf einen langen Gang frei. Bunte Streifen an den Wänden navigieren ihn durch die Station. Ein blauer Streifen führt zur Teeküche, ein grüner zum Gruppenraum und ein gelber Streifen zum Stationszimmer.

Schwester Kim dreht sich zu ihm, wartet, bis er angeschnauft kommt, breitet ihre Arme aus und trällert: «Willkommen ...»

«... in Keimfrei City», röchelt Ben.

«Auf der KJ2.»

Schwester Kim tänzelt zu einem Patientenzimmer und ähnelt dabei den Fernsehmädchen, die in Spielshows Türen öffnen, Vorhänge lüften oder Buchstaben umdrehen. Sie stößt die Tür eines Patientenzimmers auf, und fast hätte Ben erwartet, dass sie ruft: «Und das ist Ihr Preis, ein Aufenthalt von unbekannter Dauer in einem Dreibettzimmer.»

Das sagt sie nicht, doch ihr nächster Satz ist ebenso hohl: «Das ist Technik-Tobi. Na, ihr zwei werdet bestimmt gute Freunde werden. Nicht wahr, Tooooobiiiiie?»

Ben sieht keinen Tobi, nur ein Bett voller Kissen und Polster, dazwischen ein Bündel Mull, das sich hebt und senkt.

Schwester Kim flitzt durch das Zimmer, erklärt die Hygienevorschriften, teilt Ben einen Spind zu. Immer wenn er etwas fragen will, hastet sie weiter. Sie führt ihn ins Badezimmer, dort ist der Spiegel abgehängt. Sie macht eine verschwörerische Geste auf den Spiegel und zu Tobias. Ihr lackierter Zeigefinger wackelt unter Bens Nase: «Und dass du ja nichts veränderst.»

«Was ist mit ihm?»

«Du darfst nichts verändern. Hast du das verstanden?»

«Jaja, aber wieso Technik-Tobi?»

«Und nachher kommst du ins Stationszimmer.»

Schwester Kim ignoriert die Fragen und schwebt davon.

Hat die von den Psychopharmaka genascht?

Die Mitte des Mullbündels hebt und senkt sich weiter. Keine Reaktion. Ben fixiert das atmende Etwas aus Verbänden, Laken und Decken.

«Hey, ich bin Ben, und du bist Tooooobiiiiie, oder soll ich besser Tobias sagen?»

Keine Reaktion. Das Display eines Handys schimmert zwischen den Kissen, und dumpf klingt der Bass eines Songs.

«Tja», Ben schraubt seine Stimme in die Höhe wie Schwester Kim, «dann lass uns mal gute Freunde werden.»

Keine Reaktion.

«Stehst eher auf die nonverbale Kommunikation, was?»

Eine blecherne Stimme antwortet: «KB auf la-bern.»

«Ah, verstehe, Technik-Tobi lässt seine kleinen Geräte sprechen.»

Ben beißt sich auf die Lippen, und verlegen kramt er in seinen Sachen. Kann Tobi tatsächlich nicht sprechen? Muss er einen Sprachcomputer verwenden?

Den Inhalt seines Plastikbeutels räumt er in den Spind, sortiert Schreibzeug in den Nachttisch und legt die Comics obenauf. Er fummelt an der Fernbedienung seines Bettes herum, lässt es hoch- und runterfahren. Versonnen streicht er über das weiße Laken und die Bügelfalten des Kopfkissens. Er könnte schwören, dass er noch nie so weiße Wäsche gesehen hat, zumindest nicht gebrauchte.

Wie in einem Hotel, staunt er, als er die Toilette benutzt und dem blau blubbernden Wasser in der Kloschüssel hinterherschaut.

Dabei hat er noch nie in einem Hotel übernachtet, aber so stellt er es sich vor.

Zur Aufnahme muss er sich im Stationszimmer melden und stolpert über die Gehhilfen, die dort an der Wand lehnen. Krachend landet er auf einem Stuhl.

«Huppala», quäkt es neben ihm. Der schmächtige Junge sortiert seine Gehstöcke. Ben schaut einmal hin, schaut ein zweites Mal hin, um sich zu vergewissern, dass neben ihm ein Kind und nicht ein Greis hockt. Er hat Beine wie Spaghetti, aber Schuhe wie ein Elefant.

«Alles okay?», fiepst er zu Ben.

«Jaja, passt schon. Auf was warten wir hier?»

Der Junge wackelt gelangweilt mit dem Kopf.

«Datenabgleich.»

Ben nickt und versteht doch nicht.

«Messen und Blutabnehmen. Doch meine Daten werden sich wohl nicht der Norm genähert haben.»

Ben will etwas sagen, doch er formt seine Lippen nur zu einem «Oh».

Der Kleine spricht weiter: «Ich bin defekt … irreparabel … lädiert … kaputt … im Eimer.»

«Oh … hör mal. Da wird sich doch noch was machen lassen.»

Ben knufft dem Jungen in die Seite und erschrickt, wie zerbrechlich er sich anfühlt.

«Schlechtes Ausgangsmaterial. Selbst nach acht OPs entspreche ich nicht der Norm.»

Die Stationsschwester erscheint und grüßt die Jungens. Sie reicht jedem die Hand und hält sie länger fest als nötig, dabei schaut sie einem in die Augen und lächelt. Schwester Helga, steht auf ihrem Namensschild, und sie ist fürsorglich, wie es Mütter sein sollten.

Unendlich langsam steht der Kleine auf und hangelt sich auf seinen Gehstöcken voran. Bei jedem Schritt droht er zu fallen, doch Schwester Helga geht nahe neben ihm.

Ben sieht, dass der Kleine keine Hilfe will, aber am liebsten würde er ihn auf den Arm nehmen und reintragen. Er schaut dem Jungen in Greisengestalt nach und wartet, bis er vermessen wird. Grübelnd lehnt er sich zurück, und rauer Putz kratzt an seinem Hinterkopf.

«Ich erfülle auch kein Standardmaß», nuschelt er, «verkackte Normalität!»

Bens Umfang und Höhe werden in Zentimetern und sein Blutdruck in Millimeter-Quecksilbersäule gemessen.

«Der Bahnhof ist gleich um die Ecke», sagt Schwester Kim und malt kleine Striche in die Akte. Ben betrachtet die Krankenschwester mit ihren Modelmaßen, der makellosen Haut und den schwarzen Haaren. Hätte er sie in der Straßenbahn gesehen und vor allem gehört, würde er denken, sie ist …

Nein, er verbietet sich das letzte Wort. Er hasst es auch, wenn Menschen ihn nach seiner Körpermasse beurteilen.

Ihre Stimme bohrt sich in sein Ohr.

«Da gehst du nachher hin.»

Für einen Moment überlegt er, ob ihre Stimme Superkräfte hat, um Gegenstände zu verrücken oder Materie zu zersprengen.

«Hörst du?»

«Ich verstehe nur Bahnhof.»

«Dann kann ich dein Gewicht eintragen.»

«Auf dem Bahnhof?»

Ben ist verwirrt und fragt sich erneut, ob Schwester Kim Drogen nimmt. Kim streckt ihren Rücken, legt den Stift beiseite, klimpert mit ihren Augenlidern und erklärt wie eine Kindergartentante:

«Du gehst zum Bahnhof, ja? Dort sind die ganz großen Waagen, ja? Die für Gepäck und so. Da stellst du dich drauf, ja? Guckst auf die Anzeige, ja?»

Ben nickt und fragt: «Nackt, ja?»

«Hier geht keiner nackt zum Bahnhof. Kim, was soll der Quatsch? Hol die Spezialwaage von der anderen Station.» Schwester Helga findet das gar nicht witzig.

Kim geht, und Ben grinst.

«Wir brauchen noch eine Unterschrift von deinen Eltern.»

Bens Mundwinkel rutschen abwärts.

«Ich kann Ihnen eine Erklärung geben. Meine Eltern sind mit allem einverstanden.»

Ben holt einen zerknüllten Zettel mit einer unleserlichen Unterschrift heraus.

Die Schwester schaut ihm in die Augen und nimmt das Papier aus seiner Hand.

Ben mag es nicht, wenn man ihn so anschaut. Als würde sie ihn durchleuchten und selbst die Gedanken hinter den Gedanken erkennen.

«Gut, dann gib mir noch die Telefonnummer von deinen Eltern.»

Schwester Helga sitzt ruhig da, hebt weder die Augenbrauen, noch verzieht sie ihren Mund. Sie lächelt ihn an, ein ehrliches und herzliches Lächeln. Ben schwitzt und spürt, wie die Verlegenheit sein Gesicht rot anlaufen lässt.

«Also … wissen Sie … mit meinen Eltern … das ist so …»

«Die sind beschäftigt?»

«Hm … verhindert … unabkömmlich … immer.»

Die Schwester reicht Ben einen Wochenplan.

«Morgen sehen wir weiter. Wenn du etwas brauchst, sag Bescheid.»

Ben trottet ins Zimmer, setzt sich auf sein Bett und überfliegt den Wochenplan aus Spalten, Kürzeln und Anweisungen. Er kann sich nicht konzentrieren, sein Blick springt zwischen den Tabellen und seinem Zimmerkollegen hin und her. Er liest: Montag Chefvisite – ein Rücken rutscht im Nachbarbett nach unten. Dienstag Diagnostik – die Decke rutscht von einer spitzen Schulter. Mittwoch Physiotherapie – Haarbüschel quellen durch einen Kopfverband.

Donnerstag Gruppengespräch – weißes Licht huscht über die Wand. Freitag Ernährungsberatung – Tobias bearbeitet sein Smartphone. Das kalte Licht steht wie ein Fixstern im Zimmer, leuchtet unverändert im Dunkeln. Ben lässt sich zurücksinken, drückt sein Gesicht in das Kissen, es duftet nach Sauberkeit, und er schläft schnell ein.

KA-BOOOOM. Schwester Kims Stimme explodiert neben Bens Kopf.

«Guten Morgen, meine Herren. Wie geht es uns heute?»

Ben ist müde. Immer wieder wurde er von Stöhnen, Ächzen und Jammern geweckt. Dann flackerte der Stern, eine Nachtschwester reichte Tobias eine Tablette.

Schwester Kim zieht den Vorhang beiseite, und die Plastikrädchen knirschen in der Schiene. Ben hält sich die Ohren zu. Aber schon reißt sie an seinem Arm und legt ihm die Blutdruckmanschette um, surrend schneidet sie sich in seinen Oberarm, und Kim macht sich Notizen. Ihre Bewegungen sind routiniert und werden von hohlen Sprüchen kommentiert. Bei jeder Berührung fühlt sich Ben mehr und mehr wie ein Ding.

«Machen Sie bitte …» Schwester Kim ist schon längst um die Ecke, bevor Ben seinen Satz beenden kann. «… die Tür zu?»

So hat Ben freie Sicht auf den Korridor und zählt die Vorbeigehenden. Zwei Weißgekleidete tragen Infusionen, ein Blaumann schultert Müllsäcke, ein grüner Kittel schiebt den Reinigungswagen, bleibt stehen und ruft «Hallo» in das Zimmer.

Ben seufzt und pendelt auf der Matratze bis zum Bettrand. Es dauert eine Weile, bis er sich mit den Zehen die Schlappen geangelt hat, und noch länger, bis er mit beiden Füßen in den Schlappen steckt. Er schließt die Tür, schlurft zurück und grummelt: «Alle beschäftigt wie in einer Fabrik.»

Kaum berührt sein Hinterteil das Bett, geht die Tür erneut auf. Eine Küchenhilfe balanciert das Frühstück. Scheppernd landet es auf dem Tisch, rotes warmes Wasser schwappt über den Tassenrand und flutet das Tablett.

«Tür zu!», schreit Ben ihr nach, doch sie geht unbeirrt weiter. Er stößt sich vom Bett ab und latscht erneut zur Tür. Wütend will er die Tür zustoßen, doch die Hydraulik am Türrahmen verhindert einen Knall. Sanft gleitet die Tür ins Schloss.

«Wenn wir solche Türen im Plattenbau hätten, dann wären sie nicht zersplittert.»

«Und wohin mit der Wut?»

Die Frage schwebt so leise durch den Raum, dass Ben meint, sie nur gedacht zu haben. Überrascht dreht Ben sich um.

Tobias sitzt schon am Tisch und hebt die Haube von seinem Frühstück.

Ben freut sich über die Stimme. Er schaut Tobias an und kann nicht verhindern zu starren. Er ist so fasziniert von der Andersartigkeit, dass seine Augen von den Verbänden und Wunden angezogen werden. Ein Gedanke kriecht aus seinem

Superhirn: *Ich bin ein Gaffer! Nicht besser als die Leute, die mich anstarren.* Ben senkt den Blick und antwortet: «Besser Türen als Menschen.»

Tobias nickt und beugt sich über sein Frühstück. Die Servietten saugen sich mit rotem Tee voll. Ben greift in das Loch seiner Servierglocke und erwartet Brötchen, Marmelade und Joghurt. Stattdessen liegt dort ein verbogenes Knäckebrot mit einem Häufchen Hüttenkäse darauf.

Sein Zeigefinger bleibt in der Servierhaube stecken. Ben ruckelt an der Haube, doch nichts rührt sich.

«Das ist eindeutig ein Zeichen, dass ich abnehmen muss.»

Tobias mümmelt an seinem Brötchen, zupft es in kleine Teile und schiebt es dann in einen vernarbten Mund, der sich nur minimal öffnen lässt. Kein Wunder, dass er so leise und am liebsten überhaupt nicht spricht. Seine Haut ist verschrumpelt und vernarbt, als hätte er eine Maske auf. Wo kein Verband ist, glänzt Salbe. Seine Bewegungen sind langsam und bedacht, als würde jeder Handgriff schmerzen.

Ben schaut auf sein karges Frühstück. Ihm ist der Appetit vergangen, und vielleicht ist das die beste Diät überhaupt.

Er nippt am Tee, und immer, wenn er die Tasse vor sein Gesicht hält, schielt er zu seinem Zimmerkollegen. Er ist groß, schlank und hat tiefschwarze Haare. Der weiße Kopfverband sieht dadurch noch weißer aus.

Ben vermutet, dass Tobias mal zu den coolen und attraktiven Jungs gehört hatte, dass er ein hervorragendes physiologisches Ausgangsmaterial hatte. Leider ist nicht mehr viel davon übrig.

Das Brötchen schmiert er mit einem Messer, das er wie einen Handschuh überstreift. Das Ding aus gebogenem Plastik ähnelt einem Piratenhaken und hilft Tobias, das zu tun, was die Finger nicht mehr schaffen.

Ben linst immer wieder zu ihm hinüber, und die Szene zeichnet sich in seinen Gedanken zu einem Comicstrip: Wenn ein Echsenmann frühstückt. HAPS.

Die Tür steht wieder offen, nachdem die Küchenhilfe mit den Tabletts rausgelatscht ist, und Ben wünschte, man hätte Drehtüren installiert. Es lohnt sich nicht, aufzustehen, um sie zu schließen. Untersuchungen und Diagnostik wurden angekündigt, und gelangweilt balanciert Ben auf der Bettkante. Er wollte sich den Comic für später aufheben, aber nun reißt er doch die Folie ab. Den Titel hat er schon hundertmal gelesen: «Der Unempfindliche». Das Cover zeigt den Superhelden, wie er sich aus den Tentakeln eines Monsters befreit.

Er wäre gerne der Unempfindliche, aber das ist er nicht.

Nur eine Stunde später findet er sich selbst zwischen Tentakeln. Er fühlt Saugorgane auf der Haut über seinem Herzen und Schläuche, die sich wie Fangarme um ihn schlingen. Die Maschine surrt, während sie Aufnahmen von Bens Innenleben macht. Ein kleiner Apparat wandert über seinen Bauch und hinterlässt eine Schleimspur. Man nudelt ihn durch die Diagnostik und heftet alle Resultate in eine Akte, ein dünnes Buch, in dem der Professor wie in der Offenbarung liest.

«Was haben wir denn hier?», der Professor blättert, und hinter seinem Rücken strahlt eine weiße Wolke aus Ärzten und Studenten.

Ben richtet sich auf und überragt den Professor um zwei Kopflängen: «Gestatten, Homo sapiens. Maskulin.»

«Soso, der junge Herr beliebt zu scherzen.»

Die Stimme erinnert Ben an die quietschende Klotür daheim. Der Blick des Professors wandert über Laborwerte und Ultraschallbilder, er rümpft die Nase und schiebt seine Brille hoch. Wie ein Gockel reckt er seinen Kopf und kräht: «Seine Organe sind schon doppelt so alt wie er.»

Er wartet auf einen Lacher aus seiner Wolke. Ein Student bringt pflichtschuldig ein Glucksen hervor.

«Der junge Homo sapiens sollte sich verstärkt der Körperertüchtigung widmen.»

Mit diesen Worten rationiert er das Essen und verordnet weitere Stunden Bewegungstherapie.

Die Wolke zieht weiter und baut sich vor Tobias' Bett auf. Der Professor spricht über Tobias, als sei er ein Exponat im Naturkundemuseum, spricht über Kontrakturen und plastische Chirurgie und verschiebt Verbände. Er lüftet die Bettdecke und inspiziert den Intimbereich.

Ben schlägt seine Beine übereinander und leidet mit Tobias. Er dreht sich zur Seite, um nicht zu glotzen, aber seine Ohren kann er nicht verschließen. Er hört, wie der Professor über seinen Patienten referiert und lobend erwähnt, dass nur Tobias' Fitness ihn vor dem Tod bewahrt habe. Andere Brandopfer hätten das nicht überlebt.

«Mit etwas Training, gesunder Kost, Narbenbehandlung und ...», die Stimme des Professors schwillt an, «und der plastischen Chirurgie wird er wie neu aussehen.»

Ben schielt jetzt doch zu seinem Bettnachbarn hinüber und kann sich nicht vorstellen, wie das möglich sein soll. Tobias ähnelt einer Mumie.

Endlich löst sich die Wolke auf, und Tobias gräbt sich in seine Bettdecke, dumpf wummert der Bass einen Song von Rag'n'Bone Man. Lumpensammler? *Das passt zu uns,* denkt Ben.

Kapitel 3

Schatten

Die Nacht ist unruhig, Stimmen hallen von den kahlen Wänden wider, Rufe verfangen sich zwischen den Metallbetten.

Ich bin unendlich müde und möchte einfach nur schlafen. Aber ich kann nicht, ich darf nicht. Ich habe Angst vor den Träumen und der Wirklichkeit. Ich habe Angst vor der Angst. Dieses Gefühl, das tief aus dem Herzen steigt und sich wie ein Sandsturm ausbreitet.

Die Körnchen füllen meine Lungen, stechen in meine Haut, kratzen unter meinen Augen und durchdringen jeden Gedanken. Ich schmecke die Angst, ihr Staub legt sich auf meine Zunge, und ich werde ihn nicht los, egal, wie viel ich trinke. Die Müdigkeit rinnt in meinen Körper, meine Gliedmaßen werden schwer wie Sandsäcke, etwas drückt sich gegen mich.

Ich reiße die Augen auf, und ein Schatten huscht vorbei. Ein Fremder, der meine Kleidung durchwühlt, um mir die winzige Flasche Duschgel zu stehlen? Ein Mann, der mich anfassen will?

Ich knipse die Taschenlampe an, starre in ihr Licht und verbiete es mir, einzuschlafen. Ich muss an etwas Schönes denken, an Papa, Mama, Tante Mo, an die bunten Stoffe, die sie ausbreiteten, um Kleider zu nähen.

«Frauen sind die schönsten Wüstenblumen», sagte Papa immer und streichelte Mama.

«Und du bist meine schönste Tochter», und er gab mir einen Kuss.

«Hast ja nur eine», neckte ich, und dann lachte er.

Papas dröhnendes Lachen in unserem kleinen Haus brachte das Geschirr zum Klappern.

Mamas Näherei ging es zunehmend schlechter. Immer mehr Frauen folgten den Kleidervorschriften der Imame, die vorgaben, das Wort Gottes zu verkünden – eine lange Befehlskette mit vielen Verboten.

Aus den bunten Wüstenblumen wurden schwarze Schatten. Mama und Tante Mo trotzten, indem sie bunte Kleidung nähten und sagten, dass ihr Gott die Farben, die Menschen und das Leben liebt. Mama sprach mit fester Stimme, und doch sah ich ihre zittrigen Finger, die kaum die Nadel halten konnten.

Die Taschenlampe flackert, ich klopfe dagegen, will die dunklen Erinnerungen vertreiben, aber alles ist verwoben, das Gute mit dem Schlechten. Der Treibsand aus Angst will alles Schöne mit sich reißen.

Ich versuche, mich an die Worte zu erinnern, die Papa uns vorlas: «Der Herr ist mein Hirte.»

Ich mag es, wenn Gott unser Hirte ist. Als kleines Mädchen hütete ich unsere Ziegen, ich passte ganz doll auf, suchte immer die besten Futterstellen, zog ihnen Dornen aus den Klauen und behandelte die Wunden mit Öl.

«Der Herr ist mein Hirte. Mir wird nichts mangeln.»

Mir wird nichts mangeln? Die Worte klemmen in meiner Seele. Mir mangelt es an allem. Ich kann den Psalm nicht weitersprechen. Angst und Enttäuschung schlucken alles.

«Dann atme», sagte Papa, «wenn du einatmest, sage ‹Jesus›, wenn du ausatmest, sage ‹Jesus›. Mache deinen Atem zum Gebet.»

Ich atme und hauche nur: «Je-sus. Je-sus.»

Zum Christengott zu beten, ist gefährlich in Eritrea – und

auch hier im Lager. Die Muslime brüllen ihre Gebete durch die Halle. Sie machen es so laut, dass keiner schlafen kann. Die Sicherheitsleute grinsen, auch sie sind Moslems. Zwischen drei und vier Uhr in der Nacht ist es ruhig, selbst die Wache döst in ihrer Kammer.

Ich schlüpfe aus dem Bett zu den Duschen. Ich kann den Waschraum nicht absperren. Leise trage ich einen Stuhl hinein und verkeile ihn unter der Klinke. Das Wasser ist nur lauwarm. Es stört mich nicht. Ich wasche mich gründlich und suche meinen Körper nach Schwellungen und Rötungen ab. Ich vertrage das europäische Essen nicht, und das raue Klima trocknet meine Haut aus. Sparsam benutze ich die Creme und reibe sie über meine Wunden, kleine Risse hinter den Ohren, an den Lippen, zwischen meinen Fingern und Zehen.

Ich schleiche mich zurück zu meinem Bett, und bei jedem Schritt rede ich mir ein, dass es Asmarom gut geht. Die Sanitäter waren nett zu ihm, haben ihn angelächelt und ihn behutsam in den Wagen gehoben. Selbst die Plastiktüte haben sie ihm auf den Schoß gelegt. Sie müssen es gut meinen. Sie müssen sich um ihn kümmern.

Das Licht der Taschenlampe zuckt und stirbt, ich schüttle die Lampe, doch nichts passiert. Mein Herz klopft wild. Je-sus. At-men. Je-sus. At-men. Ich atme und bete, schaue zu dem kleinen Deckenfenster. Draußen wird es langsam hell.

Kapitel 4

Kalkulierbar

Der Krankenhausalltag hat seinen festen Rhythmus. Ben könnte eine stochastische[3] Gleichung erstellen, um das Eintreffen einer Pflegekraft, einer Küchenhilfe oder Putzfrau vorherzusagen. Einzig der Professor bleibt unberechenbar.

Ben fügt sich in die Gleichungen ein und klammert nach jedem Termin eine Unbekannte aus. X = Laufen in der Physiotherapie. Y = Interessiert aussehen in der Gesprächsrunde. Z = Schweigen, wenn der Professor redet.

Am liebsten ermittelt er den Wert P für Pause. Doch die Pausen im Zimmer sind öde. Tobias sieht nicht nur aus wie eine verschrumpelte Echse, er ist auch ebenso schweigsam und verharrt reglos auf der Matratze. Wenn es unbedingt sein muss, lässt er sein Smartphone für sich sprechen: «Nein. Ja. Geh weg. Hack ab.»

Bevor Ben sein kostbares P vergeudet, verzieht er sich auf die Sofaecke der Station. Dort thront er wie auf einem Floß, schaut dem Treiben um sich herum zu, nimmt Eltern mit quengeligen Kindern mit, wenn sie auf einen Termin warten. Es braucht nur ein aufgeschlagenes Bilderbuch in seinen Händen, und die Kinder werden auf seine Polsterinsel gespült.

---

[3] Stochastik, lat: die Kunst des Vermutens, Ratekunst, ist ein Teilgebiet der Mathematik und fasst als Oberbegriff die Gebiete Wahrscheinlichkeitstheorie und Mathematische Statistik zusammen (Quelle: de.wikipedia.org).

«Ben liest vor», jubeln sie, und wer kann, krabbelt zu ihm. Sie sitzen auf seiner Schulter, klammern sich an seinen Arm oder reiten auf seinem wippenden Fuß. Ben genießt es, er kann sich nicht erinnern, jemals so viel Körperkontakt gehabt zu haben, außer den Nackenklatschern seines Vaters oder der Schubserei in der Trambahn.

Der Junge in Greisengestalt schwankt zu den Polstern und ankert an Bens Seite. Die Gehstöcke lehnen wie Angelruten neben ihm, und gemeinsam fischen sie nach Geschichten.

Ben würde am liebsten auf seiner Insel bleiben, aber Schwester Kim plärrt wie ein Nebelhorn, dass Physiotherapie ansteht.

Allein bei dem Gedanken an Bewegung bricht bei Ben der Schweiß aus. Tobias steht schon am Fahrstuhl, die Kapuze tief ins Gesicht gezogen, und das Handy hält er wie einen Kompass vor sich. Gemeinsam schauen sie auf die sich verändernden Zahlen des Aufzuges.

Langsam öffnen sich die Türen. Tobias hätte mitfahren können, aber mit Ben würde die maximale Belastung übertroffen werden. Er hat es nicht eilig und wartet auf den nächsten, auch Tobias bleibt.

Überrascht schaut Ben ihn an. Sein Bettnachbar steht so nah, dass er die sterilen Verbände riechen kann. Wäre Tobias' Haltung nicht so gekrümmt, wären sie gleich groß. Inzwischen haben schon drei Schwestern gerufen, sie sollen doch gefälligst die Treppe nehmen, das täte ihnen gut. Sie ignorieren es und kommen zu spät in die Therapieräume.

Die Physiotherapeuten heißen Dani und Matze. Auf den Schildern an ihrer Brust stehen nur die Vornamen, und sie sehen aus wie Barbie und Ken. Die Obertherapeutin hat keinen Vornamen, dafür zwei Nachnamen, Frau Alfer-Stark. Sie wirkt wie eine vertrocknete Gouvernante und ordert Ben sofort auf das Laufband.

Tobias verzieht sein Gesicht, und Ben weiß, dass diese Fratze ein Grinsen ist. Ein schadenfrohes Echsengrinsen, denn seine Narben werden von Barbie-Dani eingecremt und massiert. Tobias soll elastischer und Ben straffer gemacht werden.

Schnaufend steht er auf dem XXXL-Laufband und setzt Fuß vor Fuß. Obwohl er Höchstleistung bringt, bewegt er sich wie eine Schnecke. Sein Schweiß hinterlässt eine Schleimspur auf dem Band und an den Griffen. Frau Alfer-Stark treibt ihn mit Kommandos an: «Po anspannen! Bauch anspannen! Schulterblätter zusammen! Schultern senken!»

Ben hört nichts, sein Puls hämmert in den Ohren. Frau Alfer-Stark drückt ihre knorrigen Hände in seinen Körper und korrigiert die Haltung. Bens Füße schlurfen über das gummierte Band, aber sein Geist legt einen Sprint hin. Er fixiert die Digitalanzeigen seines Laufbandes und errechnet mögliche Veränderungen seines Energieverbrauchs, zum einen, wenn er seine Arme zusätzlich schwingt, zum anderen, wenn er seinen Gluteus Maximus tatsächlich anspannt. In seinem Kopf türmen sich Zahlen mit Hochrechnungen und Wahrscheinlichkeits-Gleichungen.

Endlich ziehen sich die Klauen aus seiner Seite zurück, Ben unterbricht seine Berechnung und hört den Therapeuten zu.

«Wie geht es denn unserer Diva?» Frau Alfer-Stark wendet sich zu Barbie-Dani, die einen Korb mit Handtüchern, Gymnastikmatten, Igelbällen und Gummibändern packt.

«Elena?»

Ben nutzt Alfer-Starks Unaufmerksamkeit und dreht den Temporegler runter.

«Schwierig», sagt Dani, «sie macht meistens nicht mit. Hat

irgendwie aufgegeben.» Sie atmet tief durch und schiebt den Korb in die Armbeuge.

«Was ist mit Elena?» Mit Schnaufen und Schweiß erreicht seine Frage Alfer-Stark.

«Geht … dich … nichts … an», und mit jedem Wort dreht sie den Temporegler höher.

Ben wird in schnellere Bewegung gesetzt, und Fragen joggen durch sein Hirn: *Ist das das Mädchen mit Sonderstatus, das andere beneiden, das in der Presse war?* Er wird Tobias fragen.

Zum Reden bleibt wenig Zeit. Nach dem Laufbandtraining schiebt Alfer-Stark die Jugendlichen in den Nachbarraum zur Yoga-Gruppe. Ben geht gerne hin, er legt sich auf die Matte und entspannt, denn keiner drückt ihm in die Rippen oder Schultern. Tobias hasst es.

«Un-männ-lich», knarzt sein Lautsprecher.

Die Yogatante nimmt ihm das Handy weg und säuselt: «Wir wollen uns entspannen.»

Mit steifen Bewegungen biegt sich Tobias zwischen Ben und Wand.

Ben hat den Verdacht, dass er als Sichtschutz dient, denn in der Rückenlage erhebt sich sein Bauch wie ein Bergmassiv. Ben schließt die Augen, seine Arme ruhen an der Seite, und er atmet zum Rhythmus der Worte, die die Therapeutin haucht. Er atmet Sonnenschein ein und Wolken aus. Er fühlt, wie ein Lichtstrahl durch seine Schädeldecke dringt, sich bis zu den Fingerspitzen ausbreitet und letztlich seine Fußsohlen zum Glühen bringt. Immer leiser wird die Stimme der Therapeutin.

Ben schält sich aus seinem Körper, eine Schicht nach der anderen fällt ab, und zum Vorschein kommen breite Schultern, ein kräftiger Brustkorb und eine schmale Taille. Er erhebt sich als Superheld und schüttelt sich die Fetthüllen von den Beinen.

Er schnappt sich den Greisenjungen, wirft seine Gehstöcke

weit weg und streicht mit seinen Händen über dessen Fußsohlen, bis sie zur Normalgröße schrumpfen. Als er ihn auf den Boden stellt, wirkt er so alt, wie er tatsächlich ist: zehn.

In der Ferne erkennt Ben seine Mutter. Er eilt auf sie zu, bläht seine Lungen mit Luft und pustet ihr ins Gesicht. Sie reißt ihre Augen auf. Ben pustet weiter, und aus ihren Augen gleitet ein Schatten. Es ist die Gleichgültigkeit, sie huscht über ihren Rücken hinunter und verkriecht sich in einem Erdloch.

Bens Mama schaut ihn an, lächelt und streichelt sein Gesicht. Hitze steigt auf. Es raschelt und knistert, er dreht sich um und schaut in eine lodernde Fratze. Ein Feuerwesen baut sich vor ihm auf, und in dessen Krallen verkokelt Tobias. Ben schlägt die Hände zusammen und setzt Druckwellen frei, doch das Feuerwesen reagiert nicht.

Tobias schreit, seine Füße rieseln als Asche zu Boden.

Tobias röchelt. Seine Haut schmort wie eine Synthetikdecke über ihm zusammen.

Tobias wimmert. Verzweifelt errechnet Ben die Schmelztemperatur von Knochen. Aber wozu, eine Rechnung rettet niemanden.

Rasselnder Atem kratzt an seinem rechten Ohr. Ben zwingt sich, die Augen zu öffnen, und dreht seinen Kopf zu den Geräuschen.

Tobias liegt wie eine Schaufensterpuppe neben ihm. Die Narben ziehen seine Haut zusammen, und Muskeln zeichnen sich wie Seile ab. Nacken, Wirbelsäule und Knie liegen nicht auf dem Boden. Seine Haut erlaubt es ihm nicht, sich ganz auszustrecken. Tobias muss Schmerzen haben.

Ben wünschte, er wäre wirklich ein Superheld oder hätte wenigstens den Mut, die Hohlräume mit kleinen Kissen auszupolstern. Stattdessen liegt er nur da und betrachtet die gelborangen Spiralen an den Wänden.

Die anderen Jugendlichen werden unruhig, kramen in ihren Hosentaschen oder rutschen auf den Gummimatten herum. Die Therapeutin haucht «Psssst» durch ihre imaginären Wolken, doch keiner will noch über Wolken laufen. Also lässt sie den Schlegel über die Klangschale wandern und beendet die Stunde.

Tobias verlässt als Erster den Raum, die Kapuze tief ins Gesicht gezogen. Ben staunt über seine Schnelligkeit. Es muss ihn viel Kraft kosten, seinen steifen Körper zur Bewegung zu zwingen.

Ben rollt sich auf den Bauch, stemmt die Knie auf die Matte und stützt sich mit den Armen ab in dem Bemühen, sich rückenschonend zu erheben. Als er steht, ist nur noch die Therapeutin im Raum. Sie öffnet Fenster, schaltet Licht an und sprüht Desinfektionsspray auf die Matten. Ben streicht sein XXXL-Shirt glatt und schaut sich um.

«War schön mit der Sonne und so.»

«Du hast geschlafen.»

«Nein, nein, das täuscht. Ich habe visionalisiert und nachgedacht.»

Die Therapeutin wippt mit ihrem Kopf, rollt die Matten zusammen und fragt betont lässig: «Und worüber?»

Von seiner Verwandlung in einen Superhelden will er nicht erzählen.

«Bestimmung … Denken Sie, es gibt eine Bestimmung?»

«Schicksal? Ich weiß nicht.»

«Nein, nicht Schicksal, das klingt so zufällig. Als würden Götter in Asgard Mensch-ärgere-dich-nicht spielen oder Roulette auf dem Olymp. Ich meine eher eine Berufung, einen Lebenssinn.»

«Ben, du kannst der werden, der du bist.»

Dabei schaut die Therapeutin ihm tief in die Augen und spricht mit ihrer Atme-die-Sonne-ein-Stimme, dann bückt sie sich zu den getrockneten Matten und stapelt sie übereinander.

Ben nickt und schweigt. Er hasst es, der zu sein, der er ist. Er wäre gerne anders, nicht nur äußerlich. Ben schlurft durch den Flur, seine Hand gleitet über den Handlauf, und sein Blick verliert sich in den bunten Streifen an den Wänden.

«Werde der, der du bist», murmelt er, und die Worte kullern bitter über seine Zunge.

«Ich kann froh sein, dass ich überhaupt gezeugt wurde.»

Ben schiebt sich durch die Stationstür, und Micky Maus winkt ihm von der Wand zu.

«Beknackte Maus», raunt er.

Schwester Kim legt Ben die Blutdruckmanschette um: «Ist dir 'ne Maus über die Leber gelaufen?»

«Laus.»

«Wo?»

«Es heißt Laus.»

«Ach so ... übrigens, nachher kommt ein Neuzugang. Seid hübsch brav.»

«Einer hässlich, einer fett: Hübsch können wir nicht sein.» Ben lässt sich auf sein Bett fallen und starrt an die Decke.

Tobias guckt aus seinen Verbänden, und sein Lautsprecher knarzt: «Schlaf Lai-en?»

Ben starrt an die Lüftungslöcher in der Decke und überlegt, warum Tobias' Sprach-App «Schlaf Laien» sagt. Er denkt und zählt. Beim 17. Loch hält er inne. 17 ist eine Fermat-Zahl[4].

---

4 Eine Fermat-Zahl, benannt nach dem französischen Mathematiker Pierre de Fermat, ist eine Zahl der Form Fn = 22n + 1 mit einer ganzen Zahl n ≥ 0. Die ersten Fermat-Zahlen lauten F0 = 3, F1 = 5, F2 = 17, F3 = 257 (Quelle: de.wikipedia.org).

«Schlech-te Lau-ne?», knarzt der Lautsprecher jetzt.

«Ach so, jaja, und 17 ist eine Fermat-Zahl.»

«Vier-hun-dert-acht-und-zwanzig.»

«Was?», fragt Ben und schaut interessiert zu Tobias.

«Vier-hun-dert-acht-und-zwanzig. Lä-cheln.»

Tobi schimpft und tippt.

«Vier-hun-dert-acht-und-zwanzig. Lö-cher.»

«Cool, du hast sie gezählt, aber 428 Lächeln wäre auch schön.»

Ben fixiert die Deckenlöcher, bis sie vor seinen Augen zu flimmern anfangen. Wenn Tobias Zahlen mag, ist er vielleicht doch ganz gut drauf.

Schwester Kim stößt mit einem Fuß die Tür auf, doch der Dämpfungsmechanismus bringt sie aus dem Gleichgewicht. Sie fängt sich am Türrahmen ab.

«Huppala», fiepst sie und schwankt mit Bettbezügen und Laken in das Zimmer.

«So, meine Herren, Ordnung machen. Der Neuzugang kommt gleich.»

Ben richtet sich auf: «Hat der auch einen Namen?»

Schwester Kim zuckt mit den Schultern, packt CDs, Zeitschriften und Klamotten auf den Esstisch und bezieht das dritte Bett.

«Wird das nicht etwas eng?»

Besorgt verfolgt Ben das Gewusel. Tobias verschanzt sich vorsorglich zwischen Kissen und Decke.

Kurz darauf schiebt eine andere Schwester einen dünnen Burschen in den Raum und weist ihn an, sich auf den Stuhl zu setzen. Mit einer Plastiktüte in der Hand humpelt der Jugendliche in Badeschlappen zum Stuhl, setzt sich auf die Kante und umklammert seinen Beutel.

«Hallo Neuzugang», Ben wuchtet sich aus dem Bett und

streckt seine Hand aus. Der Junge balanciert die Tüte auf dem Schoß, berührt Bens Hand, lächelt und sagt: «Okay.»

Tobias blinzelt mit einem Auge aus seiner Festung. Ben steht noch eine Weile im Weg, die Schwester zwängt sich an ihm vorbei und verschwindet wortlos.

Ben schreit ihr hinterher: «Kann der Deutsch?»

Keine Antwort. Ben deutet auf das frischbezogene Bett, aber der Neue rührt sich nicht. Die drei harren im Zimmer aus wie Reisende auf einem Bahnhof.

Ben ist sich bewusst, dass sie einander aus den Augenwinkeln beobachten. Man kann ihn nicht betrachten und so tun, als wäre er gewöhnlich. Er ist ein Koloss. Man muss Tobias ein zweites Mal anschauen, um zu begreifen, dass ein lebendiges Wesen in den Verbänden steckt. Und wenn man den Neuen anguckt, kann man nicht leugnen, dass er an ein gefangenes Tier erinnert, an einen verletzten Panther oder eine hungrige Hyäne.

Ben stellt Verhältnisgleichungen auf und reduziert sich, Tobias und den Neuen auf einen gemeinsamen Nenner: Keiner ist normal.

Die Putzfrau schiebt sich in Bens Gleichung und bringt mit ihrem polnischen Akzent die Werte durcheinander.

«Hallo, meine Herr. Schön, eine neue Gesicht.»

Sie baut sich vor dem Neuen auf, tippt auf ihren dicken Busen und sagt: «Jo-lan-ta!»

Der Neue legt seine weißen Zähne frei und nickt.

«Wie … heißt … du? Ich Jo-lan-ta. Du?»

Tobias hat seine Musik abgedreht und betrachtet den Sprachkurs der zwei Ausländer. Jolanta überschüttet den Neuen mit Wörtern, die deutsch oder polnisch sind oder Wortschöpfungen aus beidem.

«Ich Jolanta. Du?»

Der Neue formt seine Lippen wie ein Fisch, und aus seinem Mund ploppt ein kleines «Du?».

Jolanta stellt ihren Wischmopp zur Seite, zeigt auf sich, zeigt auf ihn und spricht abwechselnd: «Ich. Du.»

Der Neue wiederholt sie, wie eine Maschine. Ben lacht und macht es sich auf dem Bett bequem, als würde er eine Sitcom im Fernsehen schauen, und kommentiert: «Ich Robinson. Du Freitag.»

Der Neue verzieht seinen Mund zu einem breiten Grinsen, und Silben stolpern über seine rissigen Lippen. Seine dunkle Haut lässt Augen und Zähne weißer strahlen.

Jolanta wedelt weiter mit dem Arm, als wolle sie den Namen aus dem Neuen herauskurbeln.

«Klingt wie Asmarom», bemerkt Ben.

Da nickt der Neue eifrig und zeigt ein prachtvolles Pferdegrinsen.

«Asmarom, schön, meine Junge. Hier werden alles gut.»

Jolanta greift seine Hände und begrüßt ihn. Der Neue sucht nach einem Wort, und Jolanta nickt ihm aufmunternd zu.

«Du. Doktor?», stammelt er.

Asmaroms Pupillen springen hin und her, er zittert vor Angst.

«Nein, ich nur Jola», sie streicht ihm beruhigend über den Unterarm. Asmarom zieht seinen Arm zurück und macht sich steif wie ein Ast, aber Jolanta schaut ihn weiterhin freundlich an.

Ben denkt sich, dass Asmarom eher einer Hyäne als einem Panther ähnelt. Mit rundem Rücken und gesenktem Kopf zieht er sich auf dem Stuhl zurück. Seine Finger krallen sich an die Tüte und hinterlassen kleine Dellen im Plastik. Seine nackten Zehen krümmen sich in den Schlappen.

«Ob er abhauen will?» Ben hievt sich von seinem Bett und

tippt dem Jungen an die Schulter. Der zuckt zusammen und scharrt mit den Füßen.

Jolanta greift nach ihrem Wischmopp, taucht ihn ins Wasser und lässt ihn auf den Boden klatschen. Sie murmelt Unverständliches vor sich hin und setzt das ganze Zimmer unter Wasser.

Beim Anblick des Mopps zieht Asmarom sich eilig auf das frischbezogene Bett zurück und streift die Schlappen ab. Sein Hintern und die Füße berühren das saubere Laken. Die Beine, rau, rissig, schwarz, hat er umständlich gekreuzt.

Ben staunt über die Beweglichkeit.

Die Badelatschen legt er sorgfältig aufeinander und behält sie in der Hand. Er wagt es nicht, sie auf die weiße Wäsche zu legen. Auch die Tüte lässt er nicht los. Offenbar ist das sein ganzer Besitz.

Ich habe mehr, denkt Ben, er lebt doch nicht am Rand der Gesellschaft. Die polnische Putzfrau wird auch nie zur Mitte gehören, aber ganz außen bilden nun die Flüchtlinge einen Kreis.

Jolanta lotst sich und den Putzwagen wie einen Dampfer zum Gang und hinterlässt einen Wasserfilm auf dem blauen Linoleum. Die Jungs warten, bis Ebbe im Zimmer ist. Warten sind sie gewohnt.

Ben hat wieder Stellung auf der Polsterinsel bezogen, und ein rauer Wind weht über die Station. Es ist hektisch geworden. Pflegepersonal eilt hin und her, verkantete Räder der Infusionsständer quietschen über den Flur, Ärzte segeln an ihm vorbei, und Wortfetzen branden an die Polster.

«Schnell-stabilisieren-Punktion-Immundefekt-Gentransfer.»

«Was ist denn los?» Ben erwartet keine Antwort, doch Schwester Helga bleibt stehen, stemmt ihre Hände in die Seite und atmet tief durch.

«Der Kleine aus Zimmer drei?», fragt Ben.

«Nein», schnauft sie, «ein Mädchen, sie ist eine Langzeitpatientin. Kannst du mir helfen? Bitte zeige dem Neuen alles, Toilette, Dusche, Schrank. Vielleicht kannst du dich mit ihm verständigen. Ich weiß, das ist nicht deine Aufgabe, aber ...»

«Schon gut, ich mache das gern.»

Sie eilt in die Wäschekammer, dann steckt sie noch einmal den Kopf hinaus und ruft: «Und zeig ihm alles ganz genau.»

«Kleinigkeit, wird sich schon nicht im Zimmer verlaufen.» Ben richtet sich auf seiner Insel auf.

«Danke», klingt es dumpf aus der Kammer, und Ben umklammert das Wort wie einen wertvollen Fang.

«Verstehst du mich?»

Asmarom lächelt. Ben lächelt zurück.

«Do you speak English?»

Asmarom lächelt. Ben grübelt.

«Tu parles français?»

Asmarom lächelt. Ben verdreht die Augen.

Tobias winkt mit seinem Smartphone und deutet auf eine App.

«Hab ja nicht mal ein Handy», antwortet Ben.

Tobias zögert, aber dann krabbelt er aus seiner Kissenburg und schleift sich mit steifen Gelenken durch das Zimmer. Er beißt sich auf die Unterlippe und ächzt bei jedem Schritt. Immer wieder zieht er sich die Kapuze tief ins Gesicht und versucht, seinen Körper unter dem Hoodie zu verstecken.

Ben stöhnt: «Mach doch nicht so einen Firlefanz. Komm einfach her.»

Tobias stützt sich ab, lässt den Kopf hängen und zupft sich die Ärmel über seine verunstalteten Hände.

«Tobi, ganz ehrlich. Ich glaube, der hat schon viel Schlimmeres gesehen als uns.»

Tobias eiert zu Asmarom, öffnet Google Earth und lässt den Jungen auf das Smartphone schauen.

«Heimat? Home?», fragt Ben.

Asmarom legt sein Pferdegebiss frei, redet, wackelt mit dem Kopf und sagt immer wieder ein Wort, das nach einer Frage klingt.

Ben unterbricht: «Der ist schwarz. Öffne mal Nordafrika», und sein Finger schwebt über dem Display.

Tobias presst seinen Atem durch die schmalen Lippen, es klingt wie: «Nimm deine Wurstfinger weg.»

Nun gut, Ben hat Wurstfinger, aber Tobias hat ja nicht einmal Fingerspitzen. Ben starrt Tobias an und verkneift sich seinen Kommentar.

Tobias klickt sich geschickt mit seinen Stummeln und Knöcheln über das Display, und afrikanische Hauptstädte ploppen auf. Gemeinsam verfolgen sie Asmaroms Reaktionen.

Tripoli?

Er schüttelt den Kopf.

Kairo?

Keine Reaktion.

Addis Abeba?

Er beißt sich auf die Lippen.

Khartum?

Er berührt mit den Fingern die Narben an seinem Unterarm.

Während Tobias den afrikanischen Kontinent über das Display schiebt, beobachtet Ben den Jungen. Das Lächeln ist verschwunden. Ben wünschte, er würde wieder sein Pferdegebiss sehen.

Abuja?

Der Junge wackelt mit dem Kopf.

Asmara?

Der Junge zappelt.

«Stopp mal. Was ist das für ein Land?» Ben senkt seine Nase über die Landkarte und buchstabiert:

«E-R-I-T-R-E-A.»

Asmarom strahlt und will das Smartphone in die Hand nehmen. Tobias winkt ihn zum Tisch. Die zwei setzen sich eng zusammen, und Ben staunt, dass Tobias die Nähe erträgt. Er stellt sich hinter die beiden, und sein Kopf pendelt wie ein riesiger Mond über ihnen. Tobias zoomt und verschiebt die Ortschaften.

Der Mond über ihnen spricht: «Ich habe noch nie irgendetwas von Eritrea gehört.»

Tobias schaut in den Mond und nickt, hastig tippt er: «In der Kir-che mei-ner Mut-ter hängt Hit-liste. Eri-tre-a Platz sechs.»

«Was denn für eine Hitliste?»

Tobias hält dem Mond das Handy hin, und der liest: «Auf dem ersten Platz ist Nordkorea und auf dem zweiten Afghanistan und auf dem dritten Somalia. Klingt eher nach einer Shitliste.»

Asmarom wird unruhig, er deutet auf das Handy, und Tobi schaltet Google Earth wieder ein, und Asmarom starrt auf die grauen Schattierungen seiner Heimat. Plötzlich klatscht er in die Hände.

«Home», jubelt er, dann sagt er leise: «Mama.»

Die Begeisterung ist verflogen, er steht auf und läuft mit krummem Rücken durch das Zimmer.

«Noemi. Noemi?»

«Hey, ruhig.» Ben will ihn an der Schulter halten, doch Asmarom duckt sich weg.

«Jetzt werde erst einmal gesund.»

Nicht mehr als ein Winseln: «Noemi?»

«So, nun zeige ich dir mal, wie das Bett funktioniert.»

Entschlossen greift Ben die Fernbedienung und klopft auf die Matratze von Asmaroms Bett. Zögernd geht der Junge auf ihn zu.

«Klingst wie Schwester Kim», nuschelt Tobias und vertieft sich in die Zahlen und Landkarten von Eritrea.

Mit einer Pobacke setzt sich Asmarom auf das Bett, drückt die Fernbedienung und lässt es hoch- und runterfahren. Dann surren Kopf- und Fußteil, und ein Lächeln huscht über sein Gesicht. Aber als Ben ihn auffordert, die Tüte in den Schrank zu stellen, wird sein Blick hart. Er krallt seine Finger in das Plastik und beugt sich darüber.

«Oder hier», Ben zeigt auf den Nachttisch, «tu es hier rein.»

Er zieht die Schublade auf. Asmarom hält seine Tüte weiterhin fest.

«Na, vielleicht später.»

Ben geht zur Nasszelle und öffnet die Tür.

«Schau! Look!»

Asmarom folgt zögernd. Ben presst sich in den kleinen Raum und beinahe berührt er das Waschbecken mit der Hüfte, die Kloschüssel mit den Knien, die Duschstange mit den Ohren und den Heizkörper mit dem Bauch. Asmarom lugt hinein und sieht mehr Ben als Bad.

«No problem.»

Ben manövriert sich durch die Armaturen und reißt mit seiner Schulter das Tuch vom Spiegel. Er verdeckt ihn wieder und signalisiert Asmarom, dass dieses Tuch sehr wichtig sei.

«No problem.»

Die Zimmertür schwingt auf, und Schwester Kim balanciert zwei Tabletts herein.

«Das Mahl ist angerichtet.»

Tobias grunzt, holt den Proviantkorb seiner Mutter aus dem Schrank und setzt sich zu Ben an den Tisch. Asmarom steht verloren im Raum und hält noch immer seine Tüte in den Händen.

Ben klopft auf den freien Stuhl. Asmarom bugsiert seine Tüte darunter und setzt sich auf die Stuhlkante.

Schwester Kim lüftet die Essenhauben.

«Hunger? Noch mehr? Dann sagen, okay?», schreit sie Asmarom ins Ohr.

«Er ist nicht schwerhörig. Er ist ein Ausländer. Wo ist mein Essen?»

Schwester Kim schaut genervt zu Ben.

«Gemüsesaft oder Brühe?»

«Brühe.»

Ben starrt auf die Leckereien von Tobias' Mama. Jeden Tag bringt sie etwas mit, wie frische Brötchen, Salami-Sticks, Käsewürfel. Ben hat so einen Hunger, dass er selbst Asmaroms eingeschweißtes Essen lecker findet.

Tobias' Mund sieht aus wie ein Hühnerpopo, vorsichtig schiebt er sich das Essen durch den Ring seiner zusammengesurrten Lippen.

Mit dem Finger tippt Asmarom auf die Leberwurst, drückt den Fingernagel durch den Aluminiumdeckel und macht dabei seltsame Geräusche, fragend blickt er die Jungs an.

«Wu-uup?»

«Das ist Wurst.»

«Wu-uup!»

«Leberwurst», ergänzt Ben und fragt Tobias: «Was meint er?»

Tobias tippt ein: «Schwein.»

«Quatsch, die machen Quiek, Quiek.»

«Ka-mel.»

«Herrje, wie macht denn ein Kamel?»

Ben schaut ratlos in seine klare Brühe, und Asmarom wickelt die Butter aus, macht immer wieder das Geräusch und bietet Ben seine Wurst und den Käse an. Ben schüttelt traurig den Kopf, klopft auf seinen Bauch und deutet an, dass er nichts essen darf. Der Junge nickt und isst wie ein Feinschmecker seinen Teller leer.

Der Abend endet ruhig. Asmarom krabbelt mit seiner Tüte ins Bett und hält sie wie ein Kuscheltier. Er hat ein buntes Tuch herausgezogen und legt es über seine Augen.

Tobias tippt sich durch seine WhatsApp-Gruppen, und Ben blättert durch seinen Comic, fixiert das Tentakelmonster auf Seite sieben, bis es vor seinen Augen flimmert.

Die Tentakel beginnen sich zu bewegen und schlingen sich um Asmarom, bis seine Knochen knacken. Ben schüttelt das Bild ab und blickt ins Nachbarbett. Der Junge liegt unter dem bunten Tuch, und spitz ragen seine Schulterknochen hervor.

Nur einmal kommt noch eine Schwester, um Tobias seine Schmerzmittel zu geben und das Licht zu löschen. Es ist spät, doch keiner findet Schlaf. Der eine hat Hunger, der andere Schmerzen, und der Dritte fürchtet Albträume.

Aus dem blauen Licht über Tobis Bett quäkt es «Bio-bauern-nutte.»

Ben überlegt, was das bedeuten könnte, aber wahrscheinlich hat sich Tobi wieder vertippt. Er wartet. Tobi grunzt. Nach einer Weile folgt die Korrektur: «Bu-ona Not-te.»

«Ja, dir auch … was für eine versaute Autokorrektur.»

Kapitel 5

Kaltes Licht

Ich bin mir sicher, dass ich ihn finde. In einem Land, das alles gründlich aufschreibt, kann keiner verloren gehen.

Die Frau vom Helferkreis hat mich nicht vergessen und ist mit mir in die Klinik gefahren – ein Gebäude größer als ein Hafen. Die Leute machen Platz, wenn ein Krankenwagen in die Halle fährt, sie machen sogar für Mütter mit Kindern Platz oder wenn ein alter Mensch in einem rollenden Stuhl geschoben wird.

Ich könnte weinen, wenn ich sehe, wie man sich hier kümmert, und schöpfe Hoffnung, dass es meinem Bruder tatsächlich gut geht.

Die Frau lächelt mich ununterbrochen an und tippt mit ihren weißen Händen an meine Schulter oder streicht über meinen Rücken. Ich weiß, sie meint es gut, aber ich kann ihre Berührungen nicht ertragen, als wolle sie mich steuern. Ich rücke von ihr ab, ziehe meine Lippen auseinander und sage immer wieder: «Danke.»

Neben dem Eingang sitzt ein dicker Mann in einem Glaskasten und schaut auf den Bildschirm. Die Frau redet auf ihn ein, buchstabiert unsere Namen, dann grunzt er und drückt mit seinem dicken Zeigefinger auf die Tasten.

Das Lächeln der Frau verrutscht, und sie meint, er müsse auf der «KJ2» sein. Sie sagt noch andere Wörter, die ich nicht verstehe, aber dann zeigt sie mit ihrem rotbemalten Fingernagel auf eine Karte.

Ich schaue mir alles gut an. Neben den Bezeichnungen stehen Symbole und farbige Linien. Die bunten Streifen ziehen sich durch das ganze Krankenhaus.

Als die Frau sich durch das Fenster zum Dicken zwängt und selbst die Tastatur bearbeiten will, renne ich den Gang entlang. Ich biege ab, nehme einen Seitengang und versuche, mich zwischen den Menschen zu verstecken. Ich schlage gegen eine Glastür, die sich erst öffnet, als ich am Boden liege. Ich muss mich beruhigen, darf nicht hetzen. Ich zwinge mich, langsam zu gehen.

Die nächste Tür öffnet sich von alleine. Weißes Licht strahlt von den Decken und vertreibt die Schatten aus den Ecken. An den Wänden hängen Bilder, die Plastiksitze sind bunt, und Spielzeug türmt sich in Kisten. Ich versuche, das lange Wort über der Tür zu entziffern. Es ist schwierig, aber «Kinder…» verstehe ich.

Ich setze mich zwischen die Wartenden, und keiner beachtet mich. Ich bin froh darüber. In letzter Zeit war ich immer froh, wenn mich keiner beachtet hat. Ich hatte mir die Haare kurz geschnitten und eine Kappe aufgesetzt, übte einen schlaksigen Gang und zog weite Pullover an, damit keiner meine weibliche Figur erkennen konnte, aber es ist schwer für afrikanische Frauen, nicht weiblich zu wirken.

Ich schaue mich um, das Bild einer übergroßen Maus, die Kleider trägt, winkt mir von der Wand zu. Die Farben sind schön, die Maus ist hässlich. Alles ist sauber und aufgeräumt. Aufgeräumte Stühle, aufgeräumte Bücher, aufgeräumte Menschen. Man sieht kein Lachen oder Weinen. Räumt man in Deutschland auch die Gefühle auf?

Ein Gong ertönt, und die Zahlen auf der Anzeige verändern sich, Türen schwingen auf, Kinder gehen mit ihren Eltern hindurch, und Schwestern eilen hinaus. Ein Greis mit weißem

Mantel stolziert wie ein Dorfältester vorbei, gefolgt von Männern und Frauen in weißen Gewändern. Er scheint wichtig zu sein.

Ich stehe langsam auf und schaue durch die Glastür, ein langer Gang erstreckt sich dort, und rechts und links sind wieder viele Türen. Ich bin überfordert, gehe langsam den Gang entlang, versuche, die kleinen Schilder zu lesen. Es scheinen Namen zu sein.

Die Aufregung treibt mich an, und trotzdem gehe ich langsam, suche den Namen meines Bruders.

Eine Krankenschwester kommt auf mich zu und schaut mich mit zugekniffenen Augen an. Ich nicke und lächle, verstecke meine zittrigen Hände in den Hosentaschen. Meine Reflexe schreien mir zu, ich solle flüchten, und mein Herzschlag trommelt in meinem Kopf, ich solle mich verstecken. Aber ich gehe zu einem Sofa, setze mich und greife nach einem großen Pappbuch.

Die Schwester geht weiter, und ich starre auf die bunten Zeichnungen. Ich brauche ein Versteck. Wenn ich noch länger hier sitze, wird man mich ansprechen.

Ich linse über die Seiten und sehe einen jungen Mann. Er zieht sich am Handlauf entlang, schwankt und schwitzt. Er ist so groß und weiß, dass man ihn in einem afrikanischen Wüstenstamm als Gott verehrt hätte. Eine Krankenschwester kommt, und ich höre, wie sich ihre Schritte verlangsamen. Schnell stehe ich auf, passiere mit dem Burschen die Schiebetür und eile weiter.

Hinter mir ächzt der Große. Ich drehe mich um und sehe, wie eine Frau aus einer Kammer kommt. Sie rammt ihn mit dem Putzwagen gegen die Hüfte. Er stöhnt, und sie tätschelt ihn. Dann hebt er seinen Kopf und lächelt.

Ich gehe zur Seite und beobachte sie aus den Augenwinkeln. Die Putzfrau lacht, und ihre Stimme klingt sanft. Sie dreht sich von der Kammer weg, gibt der Tür einen Schubs, aber sie fällt nicht ins Schloss. Ich starre auf den dunklen Spalt, und die Ungeduld kribbelt in meinen Fingern. Wann gehen sie endlich weiter?

Kapitel 6

250 Zeichen

Am Morgen betritt Ben das Bad, und seine Hausschuhe schmatzen über die Fliesen. Noch bevor er das Licht einschaltet, wünscht er sich, Asmarom besser eingewiesen zu haben. Es stinkt zum Umfallen. Ben schlägt die Tür zu, holt tief Luft, reißt sie wieder auf und schaltet das Licht an.

Beim Anblick der Sauerei würde er das Licht am liebsten sofort wieder ausknipsen. In der Dusche sind gelbe Spritzer, alle Handtücher liegen auf dem Boden, und eine Zahnbürste schwimmt in der Kloschüssel. Einzig das Tuch hängt ordentlich über dem Spiegel. *Wahrscheinlich hat Asmarom auch kein Interesse, sich zu betrachten,* denkt Ben, schließt die Tür und trottet zur Gästetoilette auf dem Gang.

Die Schwere der Nacht hängt noch auf der Station, und nur das Nachtlicht glimmt von der Decke. Zu wach, um wieder ins Bett zu gehen, folgt er den blauen Wandstreifen bis in die Teeküche. Als er den Wasserkocher anstellt, schiebt sich Jolantas Hinterteil in die Küche.

«*Cześć,* Jolanta!»

Die Putzfrau dreht sich um und strahlt über den freundlichen Morgengruß.

«Ben, mein Großer, machen du dir Kakao?»

«Nein, darf ich nicht, wegen des Zuckers. Das hier ist Pipitee.»

«Was?»

«Entwässerungstee. Davon muss ich andauernd pinkeln. So schwemme ich die Giftstoffe aus, wenn ich abnehme.»

«Hast du schon abgenommen?»

«Natürlich. Sieht man das nicht?»

Verlegen zottelt Jolanta einen sauberen Putzlappen hervor und beginnt die Arbeitsplatte abzuwischen. Ben fischt den Teebeutel aus der Tasse, hält ihn baumelnd in der Luft und öffnet langsam den Mülleimer.

«Junge, tropf doch nicht.»

Jolanta wischt hinter ihm her.

«Ab zwanzig Kilo sieht man es.»

Ben schlürft den Tee, verzieht den Mund und streckt seinen Arm zur Zuckerdose. Jolanta stellt die Dose flink in den Schrank.

«Du schaffen das, mein Junge. Wir helfen dir.»

Ben rührt in seinem bitteren Tee und klappert mit dem Löffel: «Danke, lieb von euch.»

Er watschelt bis zum Türrahmen und hinterlässt eine Tropfspur auf dem orangen Linoleum. Jolanta seufzt.

«Benchen, überall machen du Tropfen mit deinem Pipitee.»

«Apropos Tropfen und Pipi … kannst du bitte in unserem Bad wischen … vielleicht jetzt gleich?»

Jolanta seufzt erneut und deutet auf die unaufgeräumte Teeküche.

«Bitte. Asmarom hat Dusche und Toilette verwechselt.»

«Was? Hat ihm das keiner erklärt?»

Ben betrachtet das Linoleum und fragt nur: «Soll ich deinen Wagen schon rüberschieben?»

Jolanta kramt die extradicken Gummihandschuhe heraus und folgt ihm.

Im Zimmer hat sich der Gestank zu einer Wand aufgebaut. Ben schiebt den Putzwagen hindurch, öffnet ein Fenster und fragt nur aus Höflichkeit: «Soll ich helfen?»

«Nein, das dürfen du auch nicht, aber zeig Jungen, wie man

hier auf Klo geht. Wieso stinkt denn sein Urin so entsetzlich und sehen so dunkel aus wie Bier?»

Ben gräbt sein Gesicht ins Shirt und denkt, dass er die Assoziation von Bier und Pisse nie mehr los wird.

Jolanta atmet flach, arbeitet sich Fliese für Fliese vorwärts und flüstert: «Vielleicht sollen das Schwester Helga sehen.»

«Nein, bitte nicht. Sie hat doch schon so viel zu tun.» Ben verschluckt sich an den hastigen Worten und dem ätzenden Geruch.

Jolanta schweigt und wiegt nachdenklich den Kopf. Wie ein Taucher holt sie Luft und beugt sich zwischen Klo und Waschbecken. Ben wendet sich ab. Sein Respekt für Jolanta wächst mit jedem Atemzug.

Er öffnet ein weiteres Fenster und wedelt mit einem Handtuch frische Luft herein. Die aufgehende Sonne färbt den Himmel rosa, und Ben ahnt, dass es ein schöner Frühsommertag wird.

Er legt das Handtuch auf das Fensterbrett, stützt seine Unterarme darauf und betrachtet das Gewusel zwischen Haltestelle, Parkplatz und Klinik – Schichtwechsel. Menschen in bunten Klamotten, lässigen Boots und Lederjacken eilen in das Gebäude und verwandeln sich in den Umkleiden zu grünen, blauen oder weißen Arbeitern.

«Wie-in-Fabrik», rattert die Sprach-App, «kann-nicht-schlagen.»

«Hm», macht Ben und wartet auf die Korrektur.

Hastig tippt Tobias: «schla-fen.»

«Schon klar. Lass doch die Blechdose, und rede in echt.»

Tobias bewegt seine Lippen, holt Luft und haucht kleine Wolken in die Morgenfrische. Dann schweben seine Worte durch den kondensierten Atem:

«Sie rennen wie Fabrikarbeiter zu ihrer Stechuhr … wollen

uns reparieren. Erst durchleuchten sie uns … dann walzen sie uns durch Therapien … füllen uns mit Medikamenten ab. Letztendlich sollen wir intakt die Gesundheitsfabrik entlassen.»

Ben nickt und sagt leise: «Wir sind ein Fehlprodukt.»

«Ja, schlechtes Ausgangsmaterial», Tobias tippt auf seinen Brustkorb.

Ben schüttelt den Kopf: «Ich habe deine Mutter gesehen, du hast doch großartiges Ausgangsmaterial. Du müsstest mal meine sehen.»

Der Gedanke an seine Eltern macht ihn traurig. Er hasst es, schlecht über sie zu denken, er hasst es, überhaupt an sie zu denken, wo sie doch nichts für ihn tun. Ben schaut in die Weite, doch sein Blick endet an den Plattenbauten. Sie stören den schönen Sonnenaufgang.

Tobias stupst Ben an, und sein Blick folgt dem Finger, vorbei an den flatternden Fahnen vor dem Eingang. Tobias deutet auf Schwester Kim und hebt den Daumen.

«Gefällt sie dir?»

Tobias hebt beide Daumen und deutet dann auf Ben.

«Ob sie mir gefällt? Nee, auf keinen Fall. Von außen sieht die ganz okay aus, aber wenn die den Mund aufmacht … Die müsste stumm sein, so wie du.»

Tobias schweigt und starrt in den blauer werdenden Himmel.

«Kennst du das Mädchen, das alle ‹die Diva› nennen? Elena?»

Tobi nickt.

«Was hat sie?»

Tobi zieht scharf die Luft, und beim Ausatmen quetschen sich ein paar Worte zwischen seine Zähne.

«Hat was Schlimmes. Kenne sie vom Sehen.»

Die Tür wird aufgestoßen, und die Frühstückstabletts landen scheppernd auf dem Tisch. Tobi verstummt und fummelt am Smartphone, als hätte jemand seine Stimme ausgeknipst.

«Morgen und Mahlzeit», grunzt die Küchenhilfe und trottet wieder hinaus.

«Tür zu!», ruft Ben. Zu spät.

Asmarom zuckt zusammen und reißt die Augen auf. Seine Pupillen kullern wie Murmeln hin und her. Er krallt sich seine Plastiktüte und hält sie wimmernd im Arm.

«Hey, alles okay», Ben wedelt beruhigend mit den Händen und spricht leise: «Pscht, *no problem, no problem.*»

Seine Pranken dirigieren Asmaroms böse Träume aus dem Raum.

«Dres-sierst du ihn?», fragt Tobias' Handy.

«Oh, da fällt mir ein, nachher müssen wir ihm wirklich was beibringen.»

«Wie er stu-ben-rein wird?» Tobi grinst zu den Worten aus dem Lautsprecher und zeigt ein Kackhaufen-Emoji.

«Hm», summt Ben und setzt sich an den Tisch, schweigend zerbröselt er sein Knäckebrot. Asmarom bleibt auf dem Bett mit der Tüte im Arm und den Latschen in der Hand. Er lässt sie erst fallen, um Schwester Kim wegzuschubsen, die ihm das Gummiband zum Blutabnehmen um den Arm binden will.

Sie kreischt, stolpert, fängt sich am Bett ab.

Asmarom wiegt seine Plastiktüte im Arm und schaukelt vor und zurück. Er ächzt wie ein verletztes Tier.

«Dann muss er eben in die Psychiatrie», die Schwester streicht ihren Kittel glatt und steckt sich lose Haarsträhnen hinter das Ohr, «und stinken tut er auch.»

Ben hebt das Gummiband auf und gibt es der Schwester: «Kommen Sie später wieder, dann klappt es bestimmt.»

Sie verzieht den Mund, hebt die Augenbrauen und marschiert davon. Ben schaut ihr nach, ihre bunte Unterwäsche zeichnet sich unter dem weißen Kittel ab. Nur weil Tobi vorhin auf Kim gezeigt hat, fällt ihm das jetzt auf. Er schüttelt den Kopf und wendet sich zu Tobi, der auch die Schwester angafft.

«Hol dein Smartphone raus, wir reden jetzt mit ihm.»

Tobias hält es schon in der Hand und streicht über die Sprach-App: «Ku-na-ma, Na-ra, Sa-ho, Ti-gre, Ti-grin-ya?»

«Hä?»

«Sprachen in Eritrea», haucht Tobias und lächelt. Ben findet, dass er mit hochgezogenen Falten gar nicht so übel aussieht.

«Mach noch mal langsam!» Ben beobachtet jede Regung in Asmaroms Gesicht. Bei Tigrinya nickt er vorsichtig. Tobias stellt die Sprach-App ein, und auf dem Display erscheint ein Krickelkrakel aus Buchstaben. Fasziniert schiebt Ben seinen Schädel vor Tobias.

«Wow, 250 Zeichen. Das kenn ich: S-e-l-a-m? *Selam.*»

Asmarom hört auf zu zittern und lässt die Plastiktüte los.

«K-n-d-e-y 'ä-m-e-t-k-a?»

Asmarom zeigt sein schönstes Pferdelächeln. Ben probiert es erneut: «*Kndey 'ämetka?*», und zählt seine Finger ab. Asmarom zeigt ebenfalls seine Finger: zehn und vier.

«Hey, vierzehn. Du bist vierzehn Jahre alt?»

Asmarom nickt, und die Jungs gratulieren sich zu ihrem Übersetzungserfolg.

Sie eiern durch das Übersetzungsprogramm, und Asmarom entspannt sich, beugt sich sogar über das Display und liest Tigrinya vor. Er wiederholt immer wieder ein Wort, mal klingt es wie eine Frage und mal wie eine Aufforderung.

Ben vermutet, dass es ein Name ist, vielleicht ein Frauenname. Ratlos wechselt er das Thema.

«So, dann wollen wir mal.» Ben lotst sie ins Bad, und Tobias staunt, dass es schon geputzt wurde.

«Klo», ruft Ben und bedeutet Tobias, dass er es demonstrieren soll.

Der schüttelt heftig seinen Kopf und lässt das Kackhaufen-Emoji auf dem kleinen Bildschirm tanzen.

«Nur zeigen, nicht machen.»

Ben wackelt mit dem Kopf, und Tobias reißt die Augen auf und zischt: «Der weiß nicht … wie man aufs Klo geht?»

Seufzend lässt er sich auf dem Klodeckel nieder, tippt Anweisungen in die Übersetzungs-App und reicht sie Asmarom, der eifrig nickt. Ben zeigt ihm, dass man sich weder die Hände in der Kloschüssel wäscht noch daraus trinkt. Er gibt ihm Seife in die Hand und lässt ihn sich im Waschbecken waschen.

Ben erklärt die Dusche samt Falttür-Mechanismus und tippt mit dem Fuß auf den Mülleimer. Scheppernd hüpft der Deckel in die Höhe. Tobias grummelt zu jedem Handgriff, dass das doch logisch sei.

Asmarom zupft an dem Tuch, das über dem Spiegel hängt, und Ben schüttelt wie wild den Kopf.

«Was?», Tobias lässt sein Handy sinken.

«Alles gut.» Ben bugsiert Tobias aus der Nasszelle, zupft dann an dem Tuch und erklärt Asmarom, dass er es nicht anfassen darf. Der nickt, berührt sein Gesicht und deutet auf Tobias. Plötzlich bückt er sich und zieht ein buntes Band unter dem Waschbecken hervor. Ein Schlüsselbund rasselt in seiner Hand.

«Oh, der muss Jolanta gehören.» Ben greift zu und steckt ihn in seine Hosentasche.

«Jolanta?», wiederholt Asmarom.

«Ja, Jolanta. Sie gut. Sie m-e-l-k’-ë-ǹ-a. Ich suche Jolanta.»

Dabei deutet Ben mit seinem Zeigefinger zur Tür und macht eine weite Bewegung, die die ganze Station einschließt. Vor der Tür scannt er den Gang nach Jolanta und dem Putzwagen ab, spitzt die Ohren, ob er ihre warme Stimme hört, doch nur Schwester Kims Stimme kann er identifizieren.

Nach und nach läuft er die Wege ab, folgt den bunten Wandstreifen. Jede Farbe führt zu einem anderen Ziel, blau zur Teeküche, grün zum Gruppenraum und gelb zum Stationszimmer, nirgends sieht er Jolanta.

Der Schlüsselbund rasselt in seiner Hosentasche, als er dem roten Streifen zum Ausgang folgt. Er bemerkt ein Stoffbündel im Nebengang. Wenn etwas auf dem Boden liegt, dann sortiert Jolanta Wäsche aus. Ben packt den Handlauf und zieht sich vorwärts. Das Bündel auf dem Boden bewegt sich.

Kapitel 7

Im Strudel

Elena will nicht in das zerknitterte Gesicht des Professors schauen, das sich bei jedem Wort faltet wie eine alte Zeitung. Sie fixiert das Gemälde an der Wand hinter dem Schreibtisch. Striche, Punkte, Linien. Das Gemälde ergibt keinen Sinn – und alles andere auch nicht.

Im Büro des Professors steht der alte Schreibtisch wie ein Schutzwall zwischen Mediziner und Patienten. Der Professor jongliert mit sperrigen Fachwörtern, dabei dreht er seinen wuchtigen Bürostuhl hin und her.

Elenas Mutter verfolgt die Bewegungen, nickt bei komplizierten Wörtern, und Elena weiß, dass ihre Mama nachher in das medizinische Wörterbuch schaut, um das Gerede zu decodieren.

Der Professor spricht, als wäre Elena schuld an ihrer Erkrankung. Wenn sie sich nur mehr Mühe gäbe und bessere Blutwerte hätte, ja dann …

Am liebsten würde sie ihm ins Gesicht schlagen.

Der Professor beugt sich vor, klappt seine dünnen Arme wie einen Zollstock auf die Tischplatte, heftet seine Augen auf Elena und falzt ein Lächeln in sein Gesicht.

«Is was?» Elena starrt den Professor an. Erschrocken knipst die Mutter die Tasche auf und zu und haucht zu Elena: «Kind, der Herr Professor hat doch gute Neuigkeiten.»

«Jawohl!» Die Ellenbogen des Professors kratzen über die Tischplatte. «Das Kind ist einmalig. Es wird in das Forschungsprogramm aufgenommen. Alle Kosten werden gedeckt, sofern …», er macht eine Pause, lehnt sich zurück und verschränkt die Arme, «sofern wir lückenlos dokumentieren. Das ist wirklich ein außergewöhnlicher Fall. Einfach faszinierend.»

Elena springt auf.

«Ich bin kein Fall. Ich bin Elena. E-L-E-N-A!»

Sie nestelt an ihrer Hose, bis ihre Finger in die Hosentaschen gleiten. Sie könnte weinen, weglaufen oder das Faltengesicht zerreißen, stattdessen reiben ihre Handflächen über die spitzen Knochen ihrer Hüfte. Sie kreisen rhythmisch zu einer Melodie in ihrem Kopf: *I'm a human. I'm Elena. I'm a human.*

Der Professor sortiert seine Arme auf den Tisch und lässt seinen Blick durch das Zimmer wandern. «Wir haben die LFA und die gezüchteten Zellen für den Gentransfer. Es könnte funktionieren – und wenn nicht, dann haben wir nichts verloren.»

Elenas Mutter fummelt erneut am Verschluss ihrer Handtasche herum, ihre Tränen rinnen über ihre Wangen. Sie haucht: «Nichts verloren? Unsere Tochter? Nichts?»

Der Professor schraubt sich aus dem Stuhl, berührt Elenas Mama mit einer Hand an der Schulter, mit der anderen öffnet er die Tür.

Seine Hand erinnert Elena an ein Skelett, der ganze Professor könnte einer Geisterbahn entsprungen sein.

Mama sagt leise: «Danke, Herr Professor, aber LFA … das ist alles so schwer für uns … und wenn …»

Elena geht wortlos hinaus, und ihre Hände reiben über ihre Hüftknochen. Sie will verstehen, was gerade geschehen ist: die spitze Stimme des Professors und sein faltiges Gesicht, der große Schreibtisch zwischen ihm und ihrer Mutter, die Fakten und die geringen Chancen.

«Komm», ihre Mama schiebt Elena durch das Vorzimmer.

«Lass mich, ich will alleine sein!», schreit sie.

«Ist gut, mein Schatz. Ich warte in der Sitzecke.»

Obwohl sie es ruhig sagt, hört Elena die Panik in der Stimme. Nie spricht ihre Mama darüber, was sie wirklich denkt, immer tut sie tapfer. Elena rennt den langen Flur entlang. Bremst vor automatischen Glastüren, hetzt durch den Wartebereich. Ihre Beine fühlen sich wie Gummi an, und die große Micky Maus an der Wand beginnt sich zu drehen, doch sie läuft weiter. Entdeckt den roten Wandstreifen Richtung Ausgang und eilt ihm nach.

Schweiß läuft ihr den Rücken runter, und ihre Muskeln zittern. Sie bleibt stehen und lehnt sich an eine Wand. Durchatmen. Verstehen. Elena starrt auf das blaue Poster ihr gegenüber.

«Nu bleu» nannte es ihr Kunstlehrer, ein Scherenschnitt von Matisse, und sprach es dabei aus, wie es geschrieben wird, und nicht auf Französisch.

Wieso fällt ihr das jetzt ein? Ihr Blick gleitet über die Silhouette der blauen Frau, ein dicker Po, weibliche Schenkel und Busen, alles, was Elena nicht hat. Die Frau flimmert und flirrt, Gliedmaßen lösen sich vom Korpus und tanzen über die Wand.

Elena reibt sich die Augen, Übelkeit steigt auf und Erschöpfung zieht sie nach unten. Langsam rutscht sie die Wand hinab, bis sie auf ihren Füßen hockt. Ziellos reiben ihre Hände über die Hüften. Die tanzenden Gliedmaßen wirbeln umher, es braust in Elenas Ohren, ihr Atem stockt, und blaue Wellen schäumen auf und drücken sie zu Boden.

Die Sechzehnjährige ist nicht mehr als ein lebloses Kleiderbündel.

«Brauchst du Hilfe?»

Ein großer Schatten schluckt sie wie ein Wal, und seine tiefe Stimme vibriert auf ihrer Haut.

«Stationszimmer oder Teeküche?»

Der blaue Strudel zieht sie weiter nach unten.

Der Wal hebt sie auf und trägt sie bis in die Teeküche, setzt sie auf einen Stuhl und reicht ihr ein Glas Wasser. Elena schnappt nach Luft, blinzelt die Meereswogen weg und betrachtet den Wal neben ihrem Stuhl.

«Kreislauf. Musst viel trinken.»

Elena schaut ihn fragend an.

«Und langsam atmen.»

Sie nippt an ihrem Wasserglas, versucht, einen Rhythmus zu finden zwischen Schlucken und Atmen.

«Ich heiße Ben. Und du?»

«I am only human», haucht sie.

«Ich auch. Homo sapiens, maskulin.»

Elena betrachtet ihn von oben bis unten und von rechts nach links. Ben ist ein Koloss. Seine Knopfaugen blitzen zwischen den dicken Wangen auf, und ein Lächeln kräuselt seine Lippen. Es ist ein lebendiges Lächeln, kein künstliches wie bei Schwester Kim und kein festgefrorenes wie beim Professor und auch kein verzweifeltes wie bei ihren Eltern. Er ist tatsächlich ein Wal, ein sanfter Riese, der sie aus dem Unwetter gehoben hat.

«Besser?»

Elena nickt.

«Sehr gut!»

Ben wuchtet seinen Hintern vom Stuhl und quetscht sich zwischen Tisch und Wand, um das Fenster zu öffnen. Seine Bewegungen sind schwerfällig und unbeholfen. Elena glaubt, dass er sich im Wasser besser bewegen könnte.

«Das Fenster kann man nur kippen. Als wenn wir uns hier

zu Tode stürzen könnten. Ich würde nicht einmal durch das geöffnete Fenster passen.»

Ben zieht am Fenstergriff, dreht sich zu Elena und meint: «Aber du könntest durch den Schlitz segeln.»

Elena reißt die Augen auf. Hat er tatsächlich eine Bemerkung über ihren dünnen Körper gemacht?

Ben schwitzt, als er versucht, seine Wampe aus der Ecke zu bugsieren.

«Soso, ich könnte also durch den Schlitz segeln?»

Ben befeuchtet seine Lippen und stottert eine Entschuldigung.

«Schon gut. Du hast ja recht. Du bist dick. Ich bin dünn. Ich mag es, wenn man die Wahrheit sagt. Ich bin Elena.»

Seit langem hat sie das Gefühl, weder die Kranke, das Phänomen noch der medizinische Sonderfall zu sein, sondern einfach nur Elena.

«Wir sollten verschwinden, bevor uns hier jemand entdeckt.»

«Warum? Hast du etwas angestellt? Warst du etwa nicht schön brav, als Schwester Kim kam, oder hast du dem vertrockneten Professor die Forschung versaut?»

«Beinahe … komm, lass uns abhauen.»

Elena stülpt die Kapuze ihres Hoodies über den Kopf, und Ben zieht kräftig an seinem Shirt, bis es den Bauch bedeckt, und ruft:

«Abhauen ist gut, ein Auto klauen, eine Bank überfallen und in der Karibik untertauchen.»

«Gehen wir erst mal in die Grünanlage vor der Tür?»

«Okay.»

Elena schwebt über den Gang, Ben walzt ihr hinterher.

«Wird dich auch keiner vermissen?», fragt er.

Elena schweigt, holt aber ihr Handy aus dem Pulli und tippt an ihre Mutter: «alles gut. treffen uns KJ2.»

Sie gehen über die ordentlichen Wege der Grünanlage mit den exakten Rasenkanten und dem geharkten Sand. Sie sind ein ungleiches Paar, Dick und Dünn, Wal und Stabfisch, Obelix und Falbala.

Ihre Schritte werden immer langsamer, und Ben schnauft, als würde er einen Berg erklimmen.

Elena steuert auf die nächste Parkbank zu. Sie ist selbst erschöpft, würde es aber nicht zugeben. Schweigend sitzen sie da, und es ist angenehm. Sonst war Elena immer bemüht, ein Gespräch über Belangloses in Gang zu setzen, bis ihre Freunde erleichtert losplapperten. Seit Jahren wagt sich keiner, sie zu fragen, wie es ihr geht. Der große Ben sitzt neben ihr und betrachtet die Gegend, als sei er auf einem Ausflug im botanischen Garten.

Elena folgt seinem Blick, die unterschiedlichen Grüntöne der Bäume fallen ihr erst heute auf.

«Bellis perennis», sagt Ben andächtig.

«Was?»

«Bellis perennis», wiederholt er und deutet auf eine kleine weiße Blüte zu ihren Füßen. Elena entdeckt sie, als sie sich vorbeugt.

«Wachsen einfach überall, selbst die Jahreszeiten sind denen egal», erklärt Ben.

Elena zupft eine Blüte ab: «Wie nennt man die noch?»

Ben holt tief Luft und zählt auf: «Gänseblümchen. Maßliebchen. Margritli. Augenblümchen. Die sind Überlebenskünstler.»

Elena zupft die kleine Blüte ab, dreht sie zwischen ihren Fingern und denkt, dass sie das auch gern wäre – eine Überlebenskünstlerin.

«Die haben so viel Kraft, dass sie durch Asphalt wachsen. Selbst wenn sie nicht mehr da sind: Das Loch beweist, dass da etwas gelebt hat», ergänzt er.

Elena starrt wie hypnotisiert auf den weißen wirbelnden Kreis mit dem gelben Punkt.

«Elena? Wir sollten reingehen, du frierst.»

Langsam steht sie auf, und wieder schwankt die Welt um sie.

«Darf ich?» Ohne eine Antwort abzuwarten, greift er sie unter den Arm, und sie lehnt sich an seine Seite, fühlt die Wärme, starrt in die hohen Bäume und hält inne, bis der Schwindel nachlässt.

Wenn ihre Mutter sie so sehen würde, am Arm eines Fremden, würde sie ausflippen und sie mit Desinfektionsspray vollnebeln.

Es ist lange her, dass sie berührt wurde, ohne dass man sie untersucht hat. Selbst ihre Eltern berühren sie nur mit Gummihandschuhen, und Küsse werden nur in die Luft gehaucht.

«Tausendschönchen.»

«Was?»

Ben reißt sie aus ihren Gedanken.

«Tausendschönchen. So nennt man sie noch.»

«Wen?»

«Die Blumen.»

«Die kleinen Überlebenskünstler?»

«Ja, genau die.»

Ben sagt noch einmal ‹Tausendschönchen›, und Elena hat das Gefühl, er sagt es zu ihr. Sie vermeidet es, ihn anzuschauen, stattdessen fixiert sie ihre Fußspitzen.

Als die Tür surrt und sie den gekachelten Krankenhausboden betreten, schaut sie auf. Sie lässt Bens Arm los, Berührungen passen nicht in diese weiße Welt.

Aus der KJ2 kommt Schwester Kim gewirbelt, greift ohne zu fragen Elenas Arm und zieht sie mit auf die Station.

«Wir warten auf dich. Komm!»

Elena hasst es, wie ein Gegenstand herumgereicht zu werden. Sie weiß, dass die anderen Kinder sie für arrogant halten. Sie nennen sie eine Diva, weil sie eine Sonderbehandlung bekommt und in diesem keimfreien Raum sein muss. Die haben doch keine Ahnung. Elena wäre nur zu gerne in einem Dreibettzimmer, sie würde nicht über Schmerzen klagen, egal ob Blinddarm-OP, Gehirnerschütterung oder Knochenbruch.

«So, ab morgen wird die LFA dein Reich sein.»

Schwester Kim öffnet die Tür, schiebt Elena in den Raum und schwingt ihren Arm hin und her, als wäre sie eine Maklerin und würde ein Penthouse präsentieren. Das Isolierzimmer ist nicht größer als eine Besenkammer.

«Hinter der Glaswand ist dein Bett mit Tischchen und ein Toilettenstuhl. Schau!»

«Sehe ich … ist ja Glas … da kann man durchgucken.»

«Gut, nicht wahr?» Schwester Kim macht eine halbe Drehung und zeigt auf die Apparaturen. «Da schließen wir dich an.»

Elena versteckt ihre Hände in den Hosentaschen, lässt die Schultern hängen und zieht die Augenbraunen hoch, als wolle sie sagen: Kein Problem.

Ihre Hände schwitzen, und sie reibt sie an dem weichen Stoff ihrer Jogginghose. Als sie ihre spitzen Hüftknochen spürt, beruhigt sie sich und drückt noch fester ihre Handflächen darauf.

«Wenn alles gutgeht, bist du in sechs Wochen wieder draußen.» Schwester Kim strahlt.

«Und wenn nicht?»

«Ach, wer wird denn so pessimistisch sein? Husch, husch, geh alles einpacken, was du mitnehmen willst. Und schön desinfizieren. Wir wollen doch keine bösen Keime in dein neues Heim lassen, nicht wahr? Du bist doch unser Sonderfall.»

«I'm only human», flüstert Elena.

Trotz der unförmigen Schuhe schwebt Schwester Kim über das orange Linoleum, ihr langer schwarzer Zopf pendelt über ihrem Po.

Elena fährt sich mit den Fingerspitzen durch die Haare. Bald wird sie keine mehr haben. Nachdenklich steht sie vor der Glasscheibe und schaut auf Bett, Nachtkasten und Toilettenstuhl. Die Scheibe reflektiert ihr Gesicht, und Elena fixiert ihr Spiegelbild. Ihr blickt ein zierliches Gesicht entgegen, hohe Wangenknochen, dunkle Augen, weiße Haut.

«Das bin nicht ich», flüstert sie und tippt an die Scheibe, «das ist nicht mein Leben.»

Ihr Atem kondensiert am Glas, ihre Konturen verschwimmen. «Ich löse mich auf.»

Elena schluckt ihre Tränen, sie zittert, ihre Hände suchen Halt. Sie gräbt sie in die Hosentaschen und beruhigt sich, als sie die spitzen Knochen in den Handflächen spürt.

Plötzlich geht die Tür auf, Elena schreckt zusammen und tippelt in die Ecke. Die Putzfrau drückt mit der Schulter gegen die Tür, auf ihren Armen balanciert sie Putzzeug: «Kindchen, was machen du da?»

«Alleine sein.»

«Stör ich?»

«Ja.»

Jolanta stellt ihre Sachen auf den Boden, kreist langsam mit den Schultern, biegt ihren Nacken zur Seite und schnauft: «Das sein kein guter Platz zum allein Sein.»

«Sie wollen mich hier einsperren.»

Jolanta schweigt und massiert sich eine Schulter.

«Nichts wird mehr echt sein, weder Luft noch Licht.»

Jolanta hört zu, und ihre Hand reibt über ihren Unterarm.

Elena klagt: «Selbst wenn ich aufs Klo muss, können sie mich beobachten.»

Jolanta atmet tief ein und aus und faltet ihre Hände.

«Für den Professor bin ich ein Versuchsobjekt.» Wütend haut Elena gegen die Trennwand, das dicke Glas schluckt die Schläge, und nur ein dumpfes Pochen ist zu hören.

«Ein Foto von mir ist in einem medizinischen Fachblatt. Auf Seite 53 stehe ich nackt auf einem Papierhandtuch, und ein schwarzer Balken verdeckt meine Augen. Daneben des Professors Geschwafel über Gentransfer.»

«Kindchen, das ist … dieser, dieser … Olek!», presst sie hervor und stampft mit dem Fuß auf.

«Das klingt ja nach einem ganz fürchterlichen Schimpfwort.» Erstaunt schaut Elena zu Jolanta. Mit roten Wangen, zerzaustem Haar und geschultertem Wischmopp sieht sie wie eine germanische Kriegsgöttin aus.

«Was ist Olek?»

«Unser Hahn auf Misthaufen. Er erinnern mich an Professor. Nimmt sich wichtig, krähen herum und machen Brust dick.»

Elenas Hände gleiten wieder in ihre Hosentaschen. Sie fühlt, wie sie von den Schlägen brennen, und selbst in ihren Oberarmen spürt sie den Aufprall. Sie muss schmunzeln, der Professor sieht wirklich wie ein Gockel aus mit seiner Hakennase, dem faltigen Hals und dem wehenden Kittel. Sie wird ihn auch Olek nennen, das nimmt ihm den Schrecken.

«Kennst du die LFA?»

«Jeden Winkel.» Jolanta hält den Mopp wie eine Lanze. «Wir kämpfen mit dich.»

Elena hebt die Augenbrauen: «Mit Wischmopp?»

Jolanta nickt, geht in die Knie und rührt eine Giftmischung an.

«Gegen Keime», sagt sie und flüstert etwas.

«Was hast du gesagt?»

Jolanta taucht ihren Mopp in den Reiniger und rührt langsam um: «*Boże, zlituj się!*»

«Und was heißt das?»

«Gebet. Gott, erbarme dich.»

«Ja, soll er doch mal machen.»

Elena verdreht die Augen. Erst der Professor mit unverständlichen Worten und jetzt die Putzfrau. Sie öffnet die Tür und verlässt den Glaskasten. Jolanta beginnt mit ihrer Arbeit und lässt den Mopp langsam über den Boden gleiten, doch bevor sich die Tür schließt, hört Elena, wie Jolanta sagt: «Wird er, Kindchen, wird er.»

Kapitel 8

Aufleuchten

Ich habe einen Plastikdeckel zwischen Tür und Rahmen geklemmt, Licht dringt durch den Spalt und leuchtet die kleine Kammer aus. Sie ist sehr ordentlich: Gestelle mit Eimern, Haken mit Kleidung, Holzstiele mit Borsten und seltsamen Püscheln, ein Metallbecken und ein Stuhl. Es riecht so sehr nach Sauberkeit, dass es mir im Hals kratzt.

Ich trinke das Wasser aus dem Rohr in der Wand, es ist gut und frisch. Ich bin kein Dieb – ich leihe mir nur ein paar Dinge aus, wie die grüne Arbeitskleidung und ein weißes Tuch. Es ist ein Tuch zum Abtrocknen, aber ich wickle es mir um den Kopf. Es erinnert mich an meine Mama. Sie legte ihre bunten Tücher in vielen Falten um den Kopf, und an Festtagen hängte sie glänzenden Schmuck daran.

Wenn sie mich als kleines Mädchen auf den Arm nahm, spielte ich mit den Münzen, die von den Kettchen hingen. Mama lachte, und die Münzen klingelten und funkelten zu ihrer Stimme. Ich fühle den rauen Stoff an meiner Stirn, ziehe ihn fester und zähme die Erinnerungen.

Vorsichtig schaue ich nach draußen, es ist ruhig, aber ich traue mich nicht zu gehen. Ich muss aussehen wie jemand, der sich auskennt, und mich bewegen, als arbeite ich hier.

Die Aufregung trommelt gegen meine Brust und vibriert in meinen Beinen. Am liebsten würde ich mich auf den Stuhl setzen und warten, aber auf was?

Ich zwinge mich zum Stehen und stütze mich auf einen Besenstiel, öffne die Tür und versuche, aufrecht zu laufen. Nicht zu schnell, sonst denken die Leute, ich renne vor etwas weg. Nicht zu langsam, sonst sprechen sie mich an.

Mit dem Besen schiebe ich mich vorwärts. Manchmal bleibe ich stehen und tue so, als kehre ich Schmutz zusammen. Aber hier ist kein Schmutz, alles ist sauber und ordentlich, selbst der Besen ist sauber.

Papa hätte seine Freude an der Ordnung. Er sagte immer, dass man nur sorgsam mit Dingen umgeht, die man schätzt. Das tat er mit seinen Werkzeugen und Büchern. Ein Buch wickelte er in Mamas Tücher und versteckte es unter einer Holztruhe. Immer wenn er es herausholte, wischte er mit der Hand über den Umschlag und küsste das Buch, als würde er sich entschuldigen. Dieses Buch war schuld an der Verhaftung. Ich frage mich immer wieder, ob es das wirklich wert war.

Die hässliche Maus winkt mir zu, zu ihren Füßen bündeln sich die farbigen Streifen. Ich schaue zurück und sehe, dass sich die Wandstreifen aufteilen, daneben sind Schilder mit Buchstaben und Ziffern. Es ist ein Wegweiser. Wenn er für Kinder gedacht ist, werde ich ihn auch verstehen.

Ganz hinten am blauen Streifen ist eine Frau mit einem Putzwagen. Ich beobachte sie. Die Frau geht in ein Zimmer, kommt kurz darauf mit ausgebeulten Plastiktüten heraus. Wie eine Maschine arbeitet sie sich durch die Station.

Neben mir schrillt eine Glocke, und ich zucke zusammen. Ein Mann fragt mich etwas und zeigt auf den geöffneten Aufzug. Ich versuche zu lächeln und steige ein, obwohl ich nicht weiß, wohin er fährt.

Der Aufzug ist so groß wie ein Zimmer, und ich bewege mich vorsichtig bis zur hinteren Ecke durch, versuche, niemanden zu berühren. Mit dem Rücken zur Wand harre ich aus und schaue auf Hinterköpfe. Der Aufzug ruckelt hoch und runter. Ich traue mich nicht auszusteigen.

Vor mir steht eine Person, ich vermute, es ist ein Mann. Ich sehe nicht viel von ihm, er steckt in einem weiten Pullover mit großer Kapuze und hält ein Smartphone in der Hand; ich sehe, wie das Display blau schimmert. Seine Hände sind die Finger eines alten Mannes, aber die Kleidung sieht jugendlich aus.

Plötzlich ertönt eine Stimme, ich schrecke hoch und schaue mich hektisch um. Wo kommt sie her? Ist das Tigrinya? Ich muss mich verhört haben. Die Sehnsucht summt mir eine Fata Morgana ins Ohr. Hier ist kein Farbiger im Aufzug, hier spricht keiner diesen Dialekt.

Da, wieder! Es ist direkt vor mir. Eine monotone Stimme fragt: «Wie geht es dir?»

Meine Hände zittern, am liebsten würde ich an der Kapuze reißen und schreien: Schlecht! Stattdessen klammere mich an den Besen und beuge mich vor. Die Stimme quietscht aus dem winzigen Lautsprecher des Handys, diesmal sagt sie: «Ich heiße …» Ja, wie denn? Wie heißt du, Kapuzenmann?

Der Aufzug öffnet sich, und der Kapuzenmann schlängelt sich durch die Leute. Ich folge ihm durch eine Schiebetür; auf dem Glas stehen milchige Buchstaben: KJ2. Hier war ich schon. Ich erkenne die Sitzgruppe. Das bunte Pappbuch liegt noch dort, wo ich es hingelegt habe.

Leider taucht auch diese Schwester wieder auf. Ich beuge meinen Kopf, starre auf den Boden und bewege den Besen hin und her, bis sie in einem Zimmer verschwindet. Der Kapuzenmann ist ebenfalls verschwunden, aber er muss hier irgendwo sein. Hier gibt es nur einen Ausgang. Ich werde durch jedes Zimmer gehen, Asmarom muss hier sein.

Vor der ersten Tür bleibe ich stehen. Der Metallgriff rutscht mir durch meine verschwitzten Finger. Ich wische sie am Arbeitsmantel ab und probiere es erneut.

Es ist ruhig, ich schaue mich um, sehe die zwei kleinen Betten, Stofftiere sitzen auf der Fensterbank. Hier kann Asmarom nicht sein.

Ich gehe zurück, und mein Fuß stößt gegen einen Eimer mit einer Plastiktüte. Sie ist leer. Ich schnappe mir trotzdem den Beutel, um nicht mit leeren Händen auf dem Gang zu stehen.

Zimmer für Zimmer arbeite ich mich vorwärts. Wenn jemand da ist, grüße ich und schaue mich um, dann schnappe ich mir den Müllbeutel. Man beachtet mich nicht, und mit jedem Mal bewege ich mich sicherer.

Je weniger Türen vor mir liegen, umso hoffnungsvoller werde ich. Ich klopfe an und trete ein, mein Blick springt durch das Zimmer: drei große Betten, Bücher, dunkle Kleidung, der Kapuzenmann am Fenster. Ich wirble herum, suche, gehe zu den Betten. Auf einem liegt ein weißer Plastikbeutel. Von irgendwoher höre ich Wasser rauschen. Ist das Asmarom?

Der Kapuzenmann dreht sich um, ich sehe nur Verbände, kein Gesicht. Er geht zum Bett, stöhnt bei jeder Bewegung, dann drückt er auf ein kleines Gerät. Ein rotes Licht leuchtet über der Tür. Er sagt etwas zu mir, es klingt nach einer Frage. Ich lächle und starre auf die Tür des kleinen Zimmers. Der Metallgriff bewegt sich, langsam öffnet sich die Tür.

«Moment», ruft eine Schwester, stößt die Tür im Vorbeigehen zu und drückt einen Schalter. Statt des roten Lichtes leuchtet nun ein grünes. Sie hält einen kleinen Becher mit Tabletten in der Hand und geht zu dem Kapuzenmann.

Ich husche zur Tür des kleinen Zimmers, öffne sie fingerbreit und frage:

«Asmarom? Ich bin's, Noemi.»

Ein Scharren und Husten und ein widerlicher Gestank dringen durch den Spalt.

«Asmarom?», flüstere ich erneut. Husten antwortet mir, oder waren es doch die Worte «Hilf mir»?

Ich dränge meinen Kopf durch den Spalt, sehe dunkle Füße und Schuhe aus Plastik. Plötzlich knallt die Tür zu, die Schwester steht hinter mir, schreit und schubst mich auf den Gang. Ich stolpere und finde Halt an meinem Besen. Nicht die Fassung verlieren, einfach so tun, als sei nichts Ungewöhnliches passiert. Ich verbeuge mich leicht und hoffe, das reicht als Entschuldigung.

Die Schwester schüttelt den Kopf und lässt mich stehen.

Ich schaue noch einmal auf die Zimmernummer, dann verlasse ich die KJ2. In der dunklen Kammer beruhige ich mich langsam. Ich setze mich auf einen Sack mit zerknüllten Tüchern und ziehe mein Kopftuch ins Gesicht. Ich wiege mich hin und her und stelle mir vor, wie Mama ihre Arme um mich legt.

«Ich habe ihn gefunden, Mama.» Meine Tränen sickern in den dicken Stoff, und Müdigkeit drückt mich zu Boden. «Ich habe ihn gefunden.»

Kapitel 9

Vollkommene Zahl

«Immer dem gelben Streifen folgen», plärrt Schwester Kim über den Gang. «Flotti, flotti!», ruft sie Ben zu, und er ist noch nicht einmal der Letzte.

Der Psychologe sitzt auf seinem Platz im Stuhlkreis, hat die Beine übereinandergeschlagen, und sein Kinn ruht auf seiner Brust. Sein rhythmischer Atem knarzt durch den Raum.

Ben sucht einen Platz, doch die Stühle stehen zu eng. Er ruckelt an einem Stuhl und zieht ihn aus dem Kreis, um Bein- und Bauchfreiheit zu haben. Er poltert und rumort.

Doktor Behr schaut über seinen Brillenrand, aber sein Atem bleibt unverändert.

Ben lässt sein Hinterteil auf den Stuhl gleiten. Alle schauen ihn an. Doktor Behr räuspert sich und eröffnet den Gesprächskreis mit einem Redestein. Die Jugendlichen verdrehen die Augen. Jeder, der den Stein in den Händen hält, soll den Satz beenden: «Heute fühle ich mich …»

Ben lässt seinen Blick durch den Kreis wandern. Acht Stühle. Sechs Jugendliche. Die Eins ist der Doktor. Doktor Behr sitzt ganz entspannt auf seinem Stuhl, als könnte ihn nichts aus der Ruhe bringen. Die Eins ist die einzige Zahl, bei der das Produkt mit sich selbst, mit ihrer Potenz und der Zahl selbst übereinstimmen. 1 × 1 = 1(hoch1) = 1 = 1.

Die Lebenswelt vom Doc ist in sich selbst abgeschlossen, er ist mindestens vier Jahrzehnte von der Realität der Jugendlichen entfernt.

Doktor Behr muss kurz vor der Rente stehen. Seine weißen Haare sind ihm vom Schädel gerutscht und hängen nun über den Ohren und aus der Nase. Von der Seite sieht er wie ein Kamel aus. Wenn er den anderen zuhört, stülpt er seine Lippen nach vorne.

Ben addiert seinen Blick auf den nächsten Platz. Nummer zwei: irgendein Mädchen, die einzige positive Primzahl. Dann folgt Nummer drei: Asmarom. Immerhin die kleinste ungerade Primzahl, und die hockt auf der Stuhlkante und versteht kein Wort. Asmarom hält den Stein in den Händen und nuschelt: *«No problem.»*

Einige kichern, andere schauen gelangweilt aus dem Fenster und einer sagt: «Yo, man.»

Ben findet sehr wohl, dass Asmarom aussieht, als hätte er Probleme. Seine Haut schimmert gelblich, und er zittert vor Kälte oder Angst oder was auch immer.

Ben addiert sich durch den Kreis. Der sechste Platz ist unbesetzt. Schade, es ist die kleinste vollkommene Zahl. Sechs ist gleich der Summe ihrer positiven Teiler außer ihrer selbst: $6 = 1 + 2 + 3$.

Der Redestein wandert durch die Gruppe. Ihn ohne Kommentar weiterzureichen, ist nicht erlaubt. Tobias' linke Hand krallt sich um den Stein, mit der rechten tippt er: «K.A.»

Doktor Behr wippt mit dem Fuß, und Ben staunt, dass er das Handy nicht einkassiert, stattdessen fragt er nach: «Du hast keine Ahnung, wie du dich fühlst oder wie du es ausdrücken sollst?»

Tobias zuckt mit den Schultern und reicht den Stein weiter. Die Trägheit hängt im Raum und dehnt die Zeit. Der Doc seufzt. Nummer zwei pult mit den Fingern in einer Zahnlücke. Nummer sieben schließt die Augen. Der Kamelkopf wippt auf und ab.

Ben überlegt: «Ich fühle mich …», der Stein kullert in den Handflächen, «als würde ich platzen.»

Nummer zwei kichert, und Nummer acht kommentiert: «Du siehst auch aus, als würdest du platzen.»

Doktor Behr ignoriert den Ausruf und deutet an, dass Ben den Stein weitergeben soll. Die Gesprächsrunde ist öde.

Nummer sieben: «Keine Ahnung.»

Nummer acht: «Geht so.»

Ben hat wirklich das Gefühl, er könnte platzen oder aus der Haut fahren, und zwar vor Langeweile.

Der Doc legt den Stein unter seinen Stuhl und holt einen Stapel Bilder hervor.

«Nun gut, dann lasst die Fotos für euch sprechen. Sucht eins oder zwei heraus, die am treffendsten eure Gefühle beschreiben.»

Langsam steht der Doktor auf, streckt seinen Rücken, und knackend rutschen die Wirbel in ihre richtige Position. Er verteilt die Bilder auf dem Boden im Stuhlkreis, ein Sammelsurium aus Hochglanzfotos, Ausschnitten von Prospekten und Werbebildern.

Die Tür öffnet sich, und der Doc schaut auf: «Elena, komm rein. Ein Platz ist noch frei.»

Die Nummern grabbeln sich durch die Fotos und vermeiden es, Elena anzusehen.

Nur Ben schaut sie an. Sein Strahlen verschiebt die Proportionen in seinem Gesicht. Sie ist die Nummer sechs. Sein Mund dehnt sich und schiebt die Backen nach oben. Sie ist die kleinste vollkommene Zahl. Seine Augen werden zu Schlitzen, und die Ohren senken sich leicht. Sechs ist das Produkt ihrer echten Teiler. $6 = 2 \times 3$. Sechs. Elena. Vollkommen.

Einige kennen die Fotos und greifen schnell nach einem bekannten Bild, um es mit einem ausgeleierten Kommentar zu versehen. Erst als Elena sich über den Stapel beugt, schaut auch Ben zu den Fotos. Asmarom hockt auf dem Boden und nimmt jedes Blatt in die Hand, dreht es und legt es behutsam wieder hin. Tobias zeigt ihm ein Bild mit einer Hyäne. Asmarom legt es auf seinen Platz und macht wieder diese Wu-uup-Geräusche.

Ben kann sich nicht entscheiden zwischen Sportlern, Tieren, Artisten, Landschaften, Fabelwesen und Porträts. Er zögert, auch weil er weiß, wie es aussieht, wenn er sich bückt und die Schwerkraft ihn nach unten zieht.

Er fingert nach einem Hochglanzfoto vor seinen Füßen, ohne seinen Hintern heben zu müssen. Es ist die Anzeige einer Reisegesellschaft.

Tobias tippt auf das Bild und dann in das Display: *«What? Really?»*

«Wieso? Ist doch hübsch.»

Ben bewegt das Foto und lässt die Lichtreflexe der Deckenbeleuchtung über das glänzende Papier wandern.

«Möchtest du beginnen?» Doktor Behr schaut über seine Brille und nickt den beiden zu.

Ben wendet das Bild und zeigt es der Gruppe. Alle kichern. Doktor Behr hebt beruhigend seine Hand und schwenkt sie dann auf Ben und erteilt wie ein Dirigent seinen Einsatz.

«Ich mag es. Es ist bunt, und man sieht den Himmel.»

«Sollen wir dich auch mal steigen lassen?» Nummer acht feixt, und Doktor Behr wedelt umsonst mit dem Arm.

Ben dreht das Bild mit dem Heißluftballon zwischen seinen Fingern und zuckt mit den Schultern: «Abheben. Alles zurücklassen. Frei sein …»

«Yo, man», bestätigt Nummer sieben.

«Aber es ist ein Fesselballon», sagt Elena so leise, dass es nur Ben versteht.

«Aber diese Fesseln geben Halt.»

Ben will nur das Gute in seinem Bild sehen. Er linst auf Elenas Foto, sie wendet es, und Ben kann nicht mehr als einen grünen Untergrund und weiße Tupfen sehen.

Doktor Behr zeigt auf Asmarom und fordert ihn auf, sein Foto hochzuhalten. Er zeigt die Hyäne und strahlt.

«Yo, man», ruft die Sieben.

Asmarom reibt sich den Bauch: «Wu-uup. Good Food!»

«Hyänen? Ich habe Hunger», verkündet Ben.

«Wu-uup», grummelt Asmarom und leckt sich die Lippen.

Die Jugendlichen reden durcheinander, stecken die Köpfe zusammen und witzeln herum. Doktor Behr hebt diesmal beide Arme, aber keiner reagiert auf sein Pianissimo. Er legt seine Hände in den Schoß und wippt mit dem übergeschlagenen Fuß.

«Stundenziel erreicht», murmelt er, und sein gleichmäßiger, knarzender Atem setzt ein.

Elena legt ihr Bild auf den Stapel und verlässt den Gruppenraum. Ben will ihr folgen, doch er bleibt an einem Stuhlbein hängen und stolpert über mehrere Stühle gleichzeitig.

«Hey, Ballon, pass doch auf!», muffelt Nummer acht.

Ben geht zu der Bildersammlung und dreht das oberste um. Es ist eine Gänseblümchenwiese. Er hatte ihr von den kleinen Margeriten erzählt, sie hat es nicht vergessen. Vielleicht ist er nicht Elenas Typ, aber immerhin ist ihr wichtig, was er sagt.

Ein weiteres Blatt verschwindet im Stapel.

«Zeig mal», fordert Ben Tobias auf.

Ben zupft das Bild hervor und pfeift.

«Immer nimmt er diesen blöden verbrannten Vogel», sagt Nummer acht.

«Das ist ein Phönix», Ben zeigt auf die flammenden Flügel, «altägyptische Mythologie. Er ist ein Symbol für …»

Tobias dreht sich weg, und sein Handy beginnt zu sprechen: «Bu-da-pest.»

«Ist das Tigrinya?»

Tobi rubbelt über das Display, und dann hört Ben: «Bis spä-ter.»

«Er sollte seine Stimme benutzen», sagt der Doc.

Ben winkt Asmarom zu, der sich nur langsam erhebt. Er muss sich an jedem Stuhl festhalten, um nicht umzukippen. Ohne Widerstand lässt sich Asmarom von Ben stützen. Das ungleiche Paar torkelt über den Gang.

«Vielleicht brauchst du nur eine anständige Hyäne, um zu Kräften zu kommen», überlegt Ben, und Asmarom zeigt sein Pferdegrinsen.

Ein grauer Klops schwimmt in einer trüben Suppe. Tobias rührt das Essen nicht an und bleibt in seinem Bett, ab und zu schiebt er sich einen Salami-Stick aus seinem Proviant in den Mund.

Asmarom piekst mit der Gabel in den Fleischkloß. Er ist so fest, dass die Gabel immer wieder abrutscht und der Kloß durch die Soße schlittert. Letztendlich nimmt er ihn in die Hand und beißt sich durch die Fleischmasse.

Ben starrt in die kleinen Fettaugen seiner Gemüsesuppe: «Immerhin kann ich mein Essen identifizieren: Wasser und Salz. Na, wenn ich davon nicht abnehme?»

«Ben, hör mal», haucht Tobias, «wenn du dünn bist … dann lässt du dir deine Hautlappen abschneiden. Ich stülpe sie mir über … dann wären wir normal.»

Ben hat sich weit zu Tobi geneigt, um ihn zu verstehen. Er ist erstaunt, dass Tobi so viele Worte benutzt. Sein Echsengesicht bewegt sich mühsam bei jeder Silbe.

«Was ist schon normal?»

«Den Schulabschluss machen … in die Lehre gehen … Geld sparen … im Verein Fußball spielen, auf der IKEA-Couch sitzen und ‹Game of Thrones› schauen …» Tobias stockt und fügt dann noch leiser hinzu: «Eine Freundin haben.»

Ben rührt in der Brühe: «Klingt spießig, aber gut. Das schaffen wir … derweil sind wir … was sind wir eigentlich?»

«Monster.»

«Quatsch. Denk nicht immer nur, was wir von außen sind. Wir sind …» Ben zieht die Stirn kraus, stülpt die Lippen vor und saugt die Suppe ein.

«Aliens», schlägt Tobias vor.

Ben schlürft weiter und überlegt: «Helden?»

«Pantoffelhelden in Flatterhemden … du liest zu viel ‹Fantastic Fighter›.»

Ben starrt auf die kleinen Fettaugen seiner Brühe, sie trudeln um seinen Löffel, vereinigen und trennen sich wieder, bilden Figuren. Ben meint einen Fantastic Fighter gesehen zu haben. Er rührt weiter, und die Tropfen bilden den Echsenmann, der sich verwandelt und unsichtbar macht. Und dort, sind das nicht die Umrisse eines Mädchens, das Flügel statt Arme hat?

Ein Kissen trifft seine Schulter und reißt ihn aus seiner Fettbläschen-Fantasie. Tobias hat es geworfen und schaut ihn fragend an. Er lehnt wie eine Plastikpuppe am Bettgestell. Würde Barbie-Dani ihn nicht bewegen, wäre er steifer als Ken.

Tobias hebt die Hand, schaut auf seine Krallenfinger und murmelt: «Wir sind … Alien, Monster. Helden? Jetzt bin ich nur noch Sohn meiner Eltern.»

Bens Hände klatschen auf die Tischplatte, so dass das Besteck scheppert, und ruft: «Das ist doch was. Ich wäre auch gerne nur Sohn und nicht Geh-mir-aus-dem-Weg oder Ben-hol-Pizza.»

Ben deutet auf Asmarom.

«Und der wäre auch einfach nur ein Sohn und nicht Flüchtling, Heimatloser, Kriegsopfer, Patient.»

Tobias schweigt und lutscht am Salami-Stick.

Ben wischt mit der Serviette verschüttete Brühe auf. Je länger er rubbelt, desto mehr beruhigt er sich und wirft schließlich das zerknüllte Tuch auf den Teller: «Der wird immer dünner. Ich sollte abnehmen – und nicht er.»

Wie ein Kleinkind liegt Asmarom im Bett, die Knie bis zum Kinn gezogen und die Arme vor der Brust verschränkt. Er ist so dünn, dass Schulter, Hüfte und Füße eine zackige Silhouette bilden.

In der Mittagszeit verliert die Station ihre Hektik. Das Pflegepersonal sitzt im Dienstzimmer, und laut Wahrscheinlichkeitsformel der «Absoluten Häufigkeit» Hn × (E)[5], weiß Ben, dass sie in der nächsten Stunde nicht gestört werden.

Träge dösen die Jugendlichen in ihren Betten. Musik dringt aus Tobias' wuchtigen Kopfhörern, dass selbst Ben den Sänger erkennt. Rag'n'Bone Man singt irgendetwas über Skin. Ob Tobias das mit Absicht hört?

Ben schließt die Augen und denkt an die schönste aller Zahlen, an die kleinste vollkommene Zahl, er denkt an Elena. Würde sie Helena heißen, wären es auch sechs Buchstaben. Nun verschiebt Ben die Buchstaben in seinem Hirn, ein «e» statt «a», denn Helena stammt vom griechischen *helene.* Die Fackel, der Glanz, die Sonnenstrahlen. Also die Strahlende. Die Schöne. Der Sonnenschein.

Ben schwebt zwischen Zahlen und Buchstaben und Son-

---

[5] Absolute Häufigkeit Hn (E): Anzahl des Eintretens eines Ereignisses E bei n Versuchen.

nenstrahlen und landet in der Realität, als ein Handwerker mit seinem Metallkoffer gegen den Türrahmen rumpelt.

«Tschuldigung, muss was im Bad richten, dauert nur zehn Minuten.»

Ben seufzt, schließt die Augen und versucht, sich die schönen Bilder wieder vor Augen zu malen. Doch das Rumoren, das Klopfen und das Geschepper stören. Genervt setzt er sich auf, unschlüssig, ob er sich ein Buch nehmen oder das Zimmer verlassen soll. Tobias liegt unbeeindruckt im Bett, abgeschirmt durch die Musik. Asmarom schaut sich ängstlich um. Er rollt sich aus dem Bett und duckt sich hinter den Stuhl.

«Alles okay», brüllt Ben, doch der Junge greift hektisch nach seiner weißen Plastiktüte und drückt sie an sich. Seine Augen springen wie zwei schwarze Murmeln hin und her, und unter seiner Haut zeichnet sich jeder Muskel ab, die gekräuselten Härchen zittern auf seinen Unterarmen.

«No problem!», versucht es Ben, doch als die Bohrmaschine durch die Fliesen rattert, stürzt Asmarom davon, wirft den Stuhl um, stößt sich am Tisch und fällt auf die Knie. Der Beutel reißt auf. Panisch greift er nach seinen Sachen und rennt aus dem Raum.

Überrascht schaut Ben ihm nach: «Den hol ich nie ein.»

Er hebt den Stuhl auf und richtet das umgefallene Geschirr auf dem Tisch.

«Is was?», fragt Tobias.

«Nö», antwortet Ben und überlegt.

Der Handwerker klopft sich den Staub von der Hose und geht genauso geräuschvoll, wie er gekommen ist. Sein Werkzeugkoffer hinterlässt Dellen im Türrahmen.

«Na, dann kann ich ja jetzt endlich aufs Klo.» Tobias stakst ins Bad, selbst jetzt legt er die Kopfhörer nicht ab.

Ben überlegt, was er tun soll. Asmarom suchen oder dem Personal Bescheid geben? Besser nicht die Klingel drücken. Wenn die doofe Kim kommt, muss er ewig erklären.

Es knallt im Bad, Ben hört, wie Glas zerspringt und klirrend zu Boden fällt. Er reißt die Tür auf. Tobias kniet auf den Fliesen, und in den Scherben spiegelt sich hundertfach sein entstelltes Gesicht. Aus den Kopfhörern klingt es dumpf: *«Take a look in the mirror, and what do you see? Do you see it clearer, or are you deceived?»*

Kapitel 10

Erhellt

Trotz der unbequemen Position bin ich eingeschlafen. Das weiße Licht zeichnet einen Streifen auf den Boden und lässt meine Füße grau erscheinen. Hier steht alles still, weder Helligkeit, Temperatur noch Luft ändern sich. Nur mein Hungergefühl signalisiert, dass Zeit vergangen ist. Ob ich mir etwas vom Wagen mit den vielen Tabletts nehme? Es wird nicht auffallen, und wenn doch, dann kommt sicher schnell Nachschub.

Vorsichtig schaue ich durch den Türspalt, rapple mich hoch und nehme Haltung an, so wie Papa das gefällt: Kopf hoch, Rücken gerade und mit hoffnungsvollem Blick. Bis auf den Blick bekomme ich das hin.

Inzwischen freue ich mich auf die Wandmaus. Ihr doofes Grinsen zeigt mir, dass ich richtig bin, und ich warte, dass die Glastür sich öffnet. Als sie es tut, erklingt ein Rascheln. Ich wundere mich und schaue zu Boden. Dort klemmt eine weiße Tüte zwischen den Glastüren. Ich ziehe an ihr und Dirham-Münzen kullern aus dem Plastik.

Ich kenne sie. Sie gehören mir, nein, sie gehören *uns.* Mama dachte, das libysche Geld bringe uns weiter, aber die Männer wollten immer nur Euro-Scheine oder meinen Körper oder den meines Bruders.

Wir sind zu den Märkten gelaufen und haben uns versteckt, bis wir nicht mehr auffielen. Wir haben gelernt, uns anzupassen. Die kostbaren Euro-Scheine habe ich gut in meiner Kleidung versteckt, von den Münzen haben wir uns roten Tee und klebriges Gebäck gekauft. Dann fühlten wir uns für ein paar Stunden satt und für einen Augenblick getröstet.

Das ist Asmaroms Tüte, aber wo ist er? Ich drehe mich und versuche, zwischen den Menschen seine schlanke Gestalt zu erkennen. Ich suche zwischen den Aquarien mit den Fischen, drücke alle Knöpfe von den Aufzügen und steige doch nicht ein. An der Tür zum Treppenhaus entdecke ich einen offenen Plastikschuh. Die blauen Dinger, über die er sich so gefreut hatte und in denen er in den Bergen Frostbeulen an den Zehen bekam.

Ich nehme den Schuh, gehe durchs Treppenhaus und hoffe, dass Asmarom eine Spur hinterlassen hat. Immer weiter gehe ich abwärts, hier war ich noch nie. Meine Schritte hallen zwischen den Wänden und Stufen. Vor einer schweren Tür liegt der zweite Schlappen.

Ich stemme mich dagegen, ein runder weißer Aufkleber mit rotem Rand will mich offenbar davon abhalten, aber das schafft er nicht. Ich traue Verboten nicht, mir ist noch keines begegnet, das mich tatsächlich schützen wollte.

Es ist kühl hier unten. An den Decken verlaufen Rohre und Kabel, ein paar Menschen in Arbeitskleidung eilen vorbei. In meinem Arbeitsmantel beachtet mich keiner.

Ich summe Mamas Melodie und hoffe, dass Asmarom sie hört. Ganz langsam laufe ich, schaue in Nischen und hinter Container und Säcke mit Wäsche. Hinter einem Stapel gelber Plastiksäcke rumort es. Ich summe weiter. Wahrscheinlich ist es nur eine Ratte. Moment, nein, hier ist alles sauber, hier gibt es keine Ratten.

«Asmarom?»

Ein Sack kullert auf den Boden.

«Asmarom?»

Ich staple einen nach den anderen um. Eine Hand streckt sich mir entgegen, die schlanken Finger meines Bruders. Ich packe zu, die Hand fühlt sich wie ein Gerippe an und die Haut wie Leder. Ich ziehe und zerre. Er legt seine Arme um meinen Nacken, ich falle beinahe auf ihn, stemme mich gegen ihn und hieve ihn in die Höhe.

Er zittert und blickt sich ängstlich um, redet von Schüssen, hält sich die Ohren zu. Obwohl es hier keine Schüsse geben kann, explodiert die Angst unter meiner Haut und treibt blutige Erinnerungen durch mein Hirn: flüchtende Menschen, stolpernde Kinder, grölende Männer und das einrastende Geräusch der Munition, wenn die Waffen neu geladen werden.

Ich schüttle den Kopf, das ist nicht real. Wir sind in Sicherheit. Ich beuge mich zu Asmarom, nehme ihn in den Arm wie ein Kleinkind und summe Mamas Lieder. Ich will ihn ins Krankenzimmer bringen, aber er weigert sich, also gehen wir zusammen in meine Kammer.

«Aber nur kurz», sage ich, und er wippt mit dem Kopf. Vor Sorge und Anstrengung bin ich nass geschwitzt. Ich habe Papas Gebet gesprochen und gehofft, dass keiner etwas von uns will. Ich bugsiere ihn in die Ecke und lege saubere Putzlappen in seinen Nacken. Er schläft mit offenen Augen, seine Pupillen rutschen hinter die Augenlider. Ich habe Angst um ihn. Was soll ich tun? Wer kann mir helfen? Die Putzfrau? Die ältere Krankenschwester?

Im Metallbecken lasse ich kaltes Wasser über meine Arme laufen, ich wasche mein Gesicht und trinke aus dem Rohr in der Wand gegen den Hunger, die Kälte rumort in meinem Magen. Kopf hoch, Rücken gerade und hoffnungsvoller Blick.

Momentan fällt mir alles schwer. Diesmal nehme ich einen Wäschesack mit, dann erkennt man, dass ich beschäftigt bin.

Ich trage ihn mit beiden Händen vor meinem Bauch, und wenn nötig, kann ich dahinter mein Gesicht verbergen.

Wie ein Spion gehe ich über die KJ2 und suche nach der Krankenschwester mit der sanften Stimme oder wenigstens nach der Putzfrau. Diesmal sind viele Leute auf dem Gang, manche tragen Weiß, andere haben normale Kleidung an und halten Schreibzeug und Fotoapparat bereit. Ich halte Abstand und warte. Einer spricht Englisch und macht sich Notizen.

Der alte Mann im weißen Kittel stellt sich auf die Zehenspitzen, um größer zu wirken, und legt sich seine grauen Haare wie einen Fächer über die Stirn. Er redet von *ingenious, perfect* und *fantastic.* Ich weiß nicht, ob er sich meint oder das Zimmer oder das Mädchen, welches in die Gruppe geschoben wird. Der Fotoapparat blitzt auf, das Mädchen dreht sich weg, Panik flimmert in ihren Augen.

Ich kenne diesen Blick, ich weiß, wie sich das anfühlt, begafft zu werden. Jemand will sie festhalten, doch sie reißt sich los und rennt mir entgegen. Der alte Mann bekommt einen roten Kopf und leuchtet wie eine Tomate. Eine Schwester trippelt hinterher und kreischt: «Eleeeeeena!»

Ich eile vor, die Schiebetür geht auf, das Mädchen hetzt, und ich halte ihr die Hand hin: *«Come quickly!»*

Sie greift zu, und ich ziehe sie hinter mir her. Es sind nur ein paar Schritte bis zu meiner Kammer. Ich drücke die Tür auf und schiebe sie in die Dunkelheit, wir lehnen uns an die Gestelle mit den Putzmitteln. Sie schnauft und hechelt, und zwischendurch gluckst sie.

«Eleeeeeena! Eleeeeeena! Eleeeeeenaaaaaaa!»

Ich halte meinen Finger vor den Mund, sie hält die Luft an, und wir warten, bis das Rufen nur noch ein Flüstern ist, und dann müssen wir beide lachen.

Kapitel 11

Gemeinsamer Nenner

Den Mund so weit aufgesperrt, dass die Narben zu reißen drohen, kreischt Tobias: «Das bin ich nicht!»

Mit den Fäusten schlägt er in die Scherben, und knirschend zerspringen sie in kleine Stücke. Blut tropft auf die funkelnden Splitter.

Ben steht reglos daneben, fasziniert schaut er auf das Farbenspiel und zwingt sich, nicht die Brechung von Licht in seine Spektralfarben zu ermitteln. Er ahnt, was passiert ist.

Dem Handwerker ist bei der Arbeit das Tuch vom Spiegel gerutscht, vielleicht hat er es nicht einmal bemerkt. Für Tobias ist die Welt zusammengebrochen, als er sein Spiegelbild zum ersten Mal sah, und dann zerschlug er es. Das ganze Expositionstraining mit langsamem Annähern ans eigene Spiegelbild wurde das Klo runtergespült.

«Hey», Ben lehnt sich an die Wand und rutscht langsam in die Hocke, «du hast es doch geahnt, oder?»

Tobias nimmt eine Scherbe, legt sie in seine Handfläche und versucht, die Finger zu schließen.

«Komm, lass das.»

Die Scherbe verschwindet in der Faust, und Blut rinnt zwischen die Narben, die sich wie kleine Furchen über seine Hand ziehen.

«Tobi, lass los. Was hast du denn gedacht, wie du aussiehst? Du fühlst die Narben. Du merkst doch, dass du deinen Mund nicht richtig aufmachen kannst.»

«Halt's Maul, Fettwanst!», zischt er, mit einer Kraft, die Ben nicht erwartet hätte.

«Du warst schon immer hässlich, ich muss mich erst daran gewöhnen.»

Ben rückt ab, der Echsenmann transformiert sich zur Ultraechse. Mühsam zieht Ben sich am Türrahmen hoch. Der Schweiß kullert ihm in den Nacken und rinnt über seinen Rücken.

Er schnauft und stammelt: «Ich … ich dachte … wir wären … na ja … wir wären *gleich.*»

Mit finsterem Blick schaut Tobias zu ihm hoch, die Augen zu Schlitzen und den Mund zu einer zackigen Linie gezogen. Er redet, als würde er spucken: «Verzieh dich, Schwabbelmonster!»

Ben drückt den Alarmknopf im Badezimmer und geht hinaus.

Das rote Licht blinkt über ihm, aber so, wie es aussieht, muss Tobias eine Weile auf Hilfe warten. Menschen, die Ben noch nie gesehen hat, wuseln über den Gang. Was für ein Irrenhaus! Der Professor schreit, als ob er gleich explodiert, Asmarom ist weg, Tobias mutiert, und Micky grüßt von der Wand.

Ben erwidert den Gruß und presst sich in einen gelben Hartschalensitz im Wartebereich. Seine Finger spielen mit dem Schlüsselbund in seiner Hosentasche. Er wollte ihn schon längst zurückgeben. Die Fingerkuppen drückt er in die zackigen Kanten. Er kann sich nicht aufraffen, nach Jolanta zu suchen, stattdessen starrt er auf die Anzeige der Uhr und wartet auf den dumpfen Ton, wenn die Nummern umspringen. Mit jedem Gong formt sich aus seinen Gedanken eine Gleichung.

Fett + ungeliebt = Ben. Gong!

Schwabbel mit Potenz 4 = Ben. Gong!

2 × (hässlich + arm) = Ben. Gong!

Die Schlüssel rasseln in seinen Händen. Als er vor Tagen

hier saß, fühlte er sich wie ein Reisender, jetzt ist er nur noch ein Wartender am Abstellgleis.

«Eleeeeeenaaaaa! Wo bist duuuuuuu?»

Kims Ruf zerreißt wie eine Sirene die Trägheit, und beinahe erwartet Ben eine Durchsage: «Vorsicht am Bahnsteig.»

«Eleeeeeenaaaaa! Fooooototermin. Der Profeeeeeeeessor suuuucht diiiiiiiich!»

Während die anderen sich erschrocken umschauen, steht Ben auf. Die Gleichungen verpuffen, und nur ein Gedanke breitet sich aus: *Elena. Wo ist Elena?*

Er läuft die Orte ab, die er mit ihr in Verbindung bringt: die Parkbank, das kleine Bistro, die Aquarien, die weiten Gänge mit den Posterdrucken moderner Künstler. Nirgends eine Elena, stattdessen kommt ihm eine verschwitzte Jolanta entgegen.

«*Mój drogi,* was ihr nur machen?»

Jolanta bleibt stehen und wischt sich den Schweiß von der Stirn.

«Elenachen weg.»

Ben fragt leise: «Wieso?»

«Dieser Olek … Herr Professor … machen aus Mädchen ein *wystawa.*»

«Ein was?»

«Ach, wie sagen … ein Dings … ein Exponat, ein Ausstellungsteil.»

«Ja, irgendwie sind wir alle nur defekte Dinger in dieser Fabrik.»

«Nein, mein Großer, ihr seien …», Jolanta sucht nach einem Wort.

«Lass gut sein.» Ben holt die Schlüssel aus der Hosentasche. «Hier, die hast du verloren.»

«*Mój Boże,* Gott sei Dank, den haben ich schon gesucht.

Zum Glück war Tür von Kammer nicht zugesperrt, nur komisch, dass …»

«Na, jetzt ist er ja wieder da.»

Ben begleitet sie durch die Gänge, und sein Blick wandert umher in der Hoffnung, Elena zu finden: «Wo musst du noch putzen?»

«Nichts. Habe Feierabend. Aber ich bleiben und suchen mit dir.»

Jolanta beschleunigt und steuert auf ihren Putzraum zu. Sie drückt die Klinke, als eine Schwester ruft: «Jolanta, wie gut, dass Sie noch da sind. Ziehen Sie ganz dicke Handschuhe an, damit Sie sich nicht an den Scherben schneiden.»

«Scherben?» Jolanta seufzt und lenkt den Wagen in die KJ2.

Ben will nicht mit auf die Station. Zum einen, weil Tobias dort ist, und zum anderen, weil Elena nicht dort ist.

Ratlos lehnt er sich an die Tür des Putzraumes. Ein Scharren und Wispern dringt durch die Tür. Er drückt sie auf und tastet nach dem Lichtschalter, aber er findet ihn nicht. Die schlechte Luft reizt seine Nase.

«Das kenne ich», flüstert er ins Dunkel und beugt sich weiter vor. Eine Hand packt sein Shirt und zieht ihn ins Innere. Ben stolpert gegen das Regal.

«Psssst», zischt es neben seinem Ohr.

Die Tür klackt zu, und Neonlicht zuckt über ihm.

«Was soll das?», schreit Ben und zwinkert gegen das grelle Licht.

«Psssst, ich bin's», eine zierliche Hand legt sich auf Bens Mund.

Diese Berührung erschreckt ihn mehr als der Ruck an seinem Shirt.

«Hey, Überraschung!», und die Hand klopft gegen seine Brust.

«Gänseblümchen», murmelt Ben.

«Was?»

Ben reibt sich die Augen. Vor ihm steht Elena. Sie reicht ihm bis zur Brust. Er müsste nur den Kopf um zwanzig Grad neigen, dann könnte er sie auf den Schädel küssen. In ihren blonden Haaren flimmert das Neonlicht und leuchtet ihren Kopf wie mit einem Heiligenschein aus.

«Träumst du?» Elena klopft mit ihrer Faust gegen seine Brust, auch das findet er schön. Langsam schaut er sich um, Regale voller Putzmittel und Tüchern, Besen und Mopp hängen an der Wand, das Waschbecken drückt gegen seine Hüfte.

«Den Geruch kenne ich», Ben schaut über Elena hinweg.

In der Ecke kauert Asmarom, seine Augenlider flattern, sein Körper zittert. Eine schlanke Gestalt hockt neben ihm und stützt seinen Kopf, der ruhelos hin und her pendelt.

«Alles okay, *no problem*», sagt Elena immer wieder, als würden die Wiederholungen etwas an den Umständen ändern.

«Was macht ihr hier? Die ganze Station sucht dich.»

«Eben», sagt Elena und lehnt sich an das Regal, «bin doch kein Objekt, das man befummelt und fotografiert.»

«Und er?» Ben deutet zu Asmarom. «Und sie? Ist doch ein Mädchen, oder?»

«Ja, sieht man doch. Das ist seine Schwester. Er hatte Panik wegen Waffen und Schüssen oder so.»

«Die Bohrmaschine», überlegt Ben. «Und was machen wir jetzt?»

«Lass mich mal rausschauen.»

Elena zwängt sich an ihm vorbei, und er fühlt ihre Schultern an seinem Bauch. Er macht ihr keinen Platz, wohin sollte er sich auch bewegen? Er steht einfach da und fühlt ihren Abdruck an seinem Körper. Sie achten auf die Geräusche im Gang und warten, bis sie leise und dumpf durch die Tür dringen. Ben schaltet das Licht aus, und Elena drückt die Tür auf.

«Was siehst du?», fragt Ben und schiebt seinen Kopf über den von Elena hinweg.

Der Schwarm aus Fotografen, Fremden und Ärzten walzt sich zum Ausgang, nur Doktor Behr schwimmt gegen den Strom.

«Da kommt dein Bettnachbar mit dem Psycho-Onkel. Wieso trägt der Junge so dicke Verbände an den Händen? Sieht aus, als ob man ihn abführt. Der Psycho wartet mit ihm am Aufzug.»

Ben lehnt sich zurück und zuckt nur mit den Schultern, er will nicht an Tobias denken.

«Mensch, der wird auf die Geschlossene gebracht. Wollen wir ihm helfen?»

«Nö.»

Elena zieht ihren Kopf zurück und blickt Ben an: «Die Geschlossene! Das wünsche ich keinem. Ich dachte, ihr seid Freunde? Phönix und Ballon.»

Elena grinst, und Ben atmet tief durch, wägt alle Optionen ab: Flucht, Kooperation, Ablenkung. Tobias hat zwar keine Hilfe verdient, doch Ben will jede Gelegenheit nutzen, um nahe bei Elena zu sein. Er hat eine Idee.

«Mach auf, wenn keiner in unsere Richtung schaut.»

Elena nickt und wartet, dann tritt sie zur Seite, und Ben schraubt sich aus der Kammer.

«Hallo, Doktor Behr.» Winkend geht er auf die zwei zu.

Der Doc schaut freundlich auf, aber Tobias lässt den Kopf hängen.

Trotzdem legt Ben den Arm um seine Schultern und redet fröhlich weiter: «So ein dummer Unfall, da fällt doch glatt der Spiegel von der Wand, nachdem der Handwerker da war. Die Bohrungen müssen die Halterung gelockert haben. Wie gut, dass du dich nicht schlimmer verletzt hast.»

Ben tätschelt Tobias die Schulter und hat das Gefühl, eine Statue zu berühren. Der Doc runzelt die Stirn und zieht seine dicken Lippen kraus: «Es war ein Unfall?»

«Ja, natürlich, was denken Sie denn?»

«Auto-Aggression.»

«Nein, nicht wahr, Tobias?»

Ben kneift Tobias in den Oberarm, der schaut den Doc an und nickt. Seine Stimme ist so leise, dass der Doktor den Kopf zu ihm neigt.

«Ja, ein Unfall. Sie denken, ich will mich verstümmeln?» Und noch leiser, dass es nur Ben hört, fügt er hinzu: «Bin doch schon verstümmelt.»

Ben sieht, wie der Doc auf seinen Lippen kaut, er macht das immer, wenn er nachdenkt, und um die Entscheidung zu beschleunigen, wirft Ben ein: «Dürfen wir in Ihren Gruppenraum? So zum Runterkommen und Abhängen. Sie wissen, wo wir sind, und wir haben etwas Ruhe. Na?»

Der Doc überlegt und schüttelt langsam seinen riesigen Kopf.

«Herr Doktor Behr, bitte, geben Sie uns etwas Zeit. Ich verspreche, dass alle Vermissten wieder auftauchen.»

«Alle?»

«Ja, hundert Prozent», bestätigt Ben und denkt, dass er mit dem fremden Mädchen eine Zielerfüllung von 120 Prozent hätte.

Mit schweren Schritten schlurft der Doc über den langen Gang, umständlich sperrt er den Gruppenraum auf, und Ben muss sich zügeln, um ihm nicht die Schlüssel aus der Hand zu reißen.

Der Doc hält die Tür auf und sagt: «Ich komme in zwei Stunden wieder, und der Stationsleitung gebe ich auch Bescheid.»

«Geht klar.»

Ben nimmt seinen Arm von Tobias. Der verkriecht sich auf das Sofa, zieht sich die Kapuze über den Schädel, schaltet sein Handy an und muffelt: «Brauche keine Hilfe.»

«Jaja, habe ich auch nicht für dich gemacht.»

Ben wartet, bis der Doktor im Bereitschaftszimmer verschwunden ist, dann geht er zurück zur Kammer. Elena fällt ihm um den Hals und gratuliert ihm. Ben legt seine Hand auf ihre Hüften und hebt sie hoch, er staunt, wie leicht und weich sie ist.

«Gut gemacht, mein Großer», sagt sie und ahmt Jolantas Akzent nach, «und jetzt nehmen Asmarom.»

Zu viert gehen sie in den Gruppenraum. Elena tanzt mit roten Wangen über den Flur. So unbeschwert hat Ben sie noch nie gesehen.

«Und jetzt?» Elena springt auf das Sofa, und die anderen lümmeln sich zwischen die Kissen. Es ist still geworden, man beobachtet sich.

Tobias hat die Bänder seiner Kapuze noch fester gezogen, man sieht nur noch seine Nase und seine Augen. Sein Blick lässt die Luft zittern, und Ben fürchtet, dass er flüchtet oder irgendetwas zusammenschlägt oder sich verwandelt. Echsenmann transformiert sich zu Godzilla, und sein stärkster Instinkt dringt nach außen. Was könnte das bei Tobi sein? Zerstörung? Verzweiflung?

«*Blue.* Blau.»

Ben sucht nach dem Ursprung der Stimme.

Asmaroms Schwester schaut Tobias ohne Scheu an und sagt: «Blau, *your eyes like sea.*» Ihre Stimme ist weich und schwer, wie eine warme Decke legt sie sich über den Echsenmann. Ben betrachtet Tobias, ihm sind seine Augen noch nie aufgefallen. Sie sind klar wie ein See oder weit wie der Himmel und ähneln nicht den Schlitzen von Reptilienaugen.

«Ja, stimmt. Du hast schöne Augen», bestätigt Elena.

Der Echsenmann schrumpft in sich zusammen, und Tobias sinkt in die Polster und hört auf, an den Kapuzenbändern zu zotteln.

«Und jetzt?», fragt Elena erneut.

«Wir brauchen einen Verbündeten», überlegt Ben.

«Den Doc?»

«Nein, jemanden, der etwas praktischer ist, so wie Schwester Helga oder …»

«Jolanta», ruft Elena und klatscht in die Hände, «sie wird uns helfen, aber sie hat schon Feierabend.»

«Nein, hat sie nicht, dank Tobias.» Ben lächelt und eilt davon.

Jolanta sperrt gerade den Putzraum zu, als Ben sie findet. In der bunten Kleidung und mit den offenen Haaren hätte er sie beinahe nicht erkannt. Ihre Tasche schlackert zwischen ihnen, als sie ihm folgt, und immer wieder seufzt sie: «Mój Benchen.»

Jolanta steht vor dem Sofa und betrachtet die Jugendlichen. Aus Angst, sogleich einzuschlafen, will sie sich nicht setzen. Sie nickt zu Bens Erzählung. Sie schlägt ihre Hände zusammen, als Elena von den Geschwistern berichtet, und sie bekreuzigt sich, als Ben fragt, ob Asmaroms Schwester bei ihr übernachten kann. Er sieht ihr Zögern, wahrscheinlich hat sie Angst, ihren Job zu verlieren, aber er sieht auch ihr Kämpferherz. Sie weist niemanden ab, der Hilfe braucht.

«Ich Jola, du?» Jolanta beugt sich zu dem Mädchen, das Asmarom noch fester in den Arm nimmt.

«Ich – Jola! Und du?», versucht sie es noch einmal.

Das Mädchen antwortet nicht, und Tobias zieht sein Handy hervor und aktiviert die Übersetzungs-App. Gemeinsam erklären sie dem Mädchen ihren Plan.

Sie heißt Noemi, und je mehr sie begreift, dass sie sich von ihrem Bruder trennen soll, umso mehr klammert sie sich an ihn.

Ben ist überrascht, wie geduldig Tobias versucht, ihr alles zu erklären, er spielt Sprachnachrichten erneut ab, zeigt Symbole auf dem Display. Er zieht nicht den Kopf ein und rückt nicht ab, als sie sich zu ihm beugt.

Jolanta bekreuzigt sich immer wieder und murmelt etwas in Polnisch und dann, dass sie jetzt wirklich losmüssen. Sie reicht Noemi die Hand, aber Noemi greift an ihren Hals und zieht an einer dünnen Schnur. Ein kleines Holzkreuz kommt zum Vorschein. Jolanta deutet auf ihre Kette, ebenfalls ein Kreuz, aber aus Gold. Die beiden lächeln sich an. Noemi küsst ihren Bruder und ergreift Jolantas Hand.

«Bu-da-pest», quietscht es aus dem Handylautsprecher.

«Budapest!», ruft Jola und winkt den Jugendlichen zum Abschied.

«Bis später», berichtigt Ben die Autokorrektur des Handys und schaut den beiden wehmütig nach. Obwohl Noemi und Jola so unterschiedlich sind, haben sie eine Gemeinsamkeit. Er wünschte, es gäbe auch in seinem Leben gemeinsame Nenner mit anderen Menschen.

Kapitel 12
Gezeitenwechsel

Kein Gepolter, kein Weckruf, kein Geruckel an ihrem Bett und keine Blutdruckmanschette, die surrend ihren Arm zusammenpresst – Elena wacht auf, weil sie munter ist. Sie räkelt sich und kann sich nicht erinnern, wann sie in den letzten Wochen von alleine aufgewacht wäre.

Die Sonne wirft grelle Lichtbündel in ihr Zimmer, und sie sieht den flimmernden Staubteilchen zu. Der vorherige Abend schwebt durch ihre Gedanken: Noemi und Asmarom, der friedlich in den Polstern schlief, und Ben, der für alles eine Lösung fand.

Tobias hatte sich in seinem großen Pullover verschanzt, wie eine Schildkröte reckte er seinen Kopf nach draußen. Aber als Noemi über seine blauen Augen sprach, veränderte er sich. Er wirkte nicht mehr so runzelig, im Gegenteil, er sah wie der Jugendliche aus, der er ist, und sie haben rumgealbert, wie Jugendliche es tun sollten.

Ben fing an, ihnen neue Namen zu geben, und es waren Kombinationen aus mega, ultra, super oder hyper.

Cyber-Schlange, so nannte er Tobi, doch der wand sich und zischte etwas, das keiner verstand, und zeigte dann GIFs von torkelnden Sumo-Ringern und tanzenden Michelin-Männchen.

Elena gefiel das Spiel, und sie fing an zu überlegen, wer und was sie sein könnte. Ben murmelte vor sich hin, als würde er eine schwierige Gleichung lösen: «Die Leuchtende … Elena … Sonnenschein … Kämpferin … Shinewarrior.»

Elena lächelt, Shinewarrior, das klingt nach Kraft und Zukunft und Leben. Sie rollt ihren neuen Namen über die Zunge, probt ihn stumm, bevor er leise über die Lippen hüpft. Shinewarrior! Es klingt noch ungewohnt, aber wie ein Schutzschild legt sich die Stärke des Namens über den neuen Tag. Der Tag. Der Tag, von dem ihre Mutter immer geredet hat. Vor Wochen fing sie an, die Zeit in Stücke zu hacken.

«Noch zwanzig Tage, Elena», oder «Schau, bald hast du es geschafft» und «Nur noch dreizehn Tage».

Mutter zerteilt die Wochen in Häppchen und wirft sie dann weg, ohne von ihnen gekostet zu haben.

Heute beginnt mit der Chemotherapie ein neues Zeitalter. Elena hört schon die Stimme ihrer Mama, als stände sie neben ihr.

«In fünf Tagen bekommst du den Gentransfer, in zwölf kann man Zellveränderungen messen, und in 21 Tagen darfst du heim.»

Mama nummeriert den Alltag durch, und Papa steht nur steif daneben, verzweifelt bemüht, locker zu sein. Wenn er spricht, schraubt sich seine Stimme um ein paar Frequenzen nach oben, und wenn er von Elenas Umzug ins Isolierzimmer spricht, klingt es, als ziehe sie ins Landschulheim.

Vor zwei Tagen waren ihre Eltern gemeinsam da, Mama im Zählwahn, und Papa lümmelte wie ein uncooler Teenager auf dem harten Stuhl. Er schaute immer wieder auf die Uhr, bis er fast erleichtert sagte: «So, mein Schatz, wir müssen los. Ich bin stolz auf dich.»

Papa deutete einen Kuss an und hielt lange ihre Hand. Mama strich ihr mit einer wedelnden Bewegung über den Kopf, immer darauf bedacht, Körperkontakt und Ansteckungsgefahr zu verringern. Ihre Eltern gingen durch die Tür, und Mama bohrte ihren Ellenbogen in Papas Seite, zischte etwas, das Elena nicht verstand. Es klang nicht freundlich.

Elena starrt in die tanzenden Staubteilchen und sucht die Erinnerung nach fröhlichen Tagen ab, als Mama und Papa sich in den Arm nahmen, sich anlächelten und küssten. Auch wenn ihr die Verliebtheit ihrer Eltern früher peinlich war, jetzt vermisst sie sie.

Elena fächert mit ihrer Hand durch den Sonnenstrahl, und die Staubteilchen wirbeln auf. *Ich bin schuld,* denkt sie. Dieser Gedanke schwebt schon lange über ihr, auch wenn der Psychologe ihn hartnäckig vertreiben will. *Ich bin schuld, dass meine Eltern unglücklich sind.* Die Staubpartikel schweben wieder in ihrer eigenen Ordnung durch das Licht.

Elena schwingt sich aus dem Bett und geht zum Fenster. Sie kippt es und saugt die frische Luft ein. Der Sonnenstrahl wandert weiter, und ihre nackten Füße frösteln auf dem Gummiboden.

«Okay», sie atmet tief ein und ballt die Fäuste. «Shinewarrior, der Kampf beginnt!»

«Umzuuuug, in die L-F-Aaaa-haa!»

Elena zuckt zusammen. Schwester Kim legt Tüten und Desinfektionsspray auf den Tisch. In ihrer Hand hält sie laminierte Zettel und fächelt sich Luft zu. «Die musst du lesen. Das sind Anweisungen für die Isolierkammer. Die Kleidung ist im Schrank, stimmt's?»

Die Schwester erwartet keine Antwort und holt ein Kleiderbündel hervor. Mama hatte es schon am Vortag mitgebracht, Hosen und Shirts in hässlichen Farben, aber bei neunzig Grad waschbar, keimfrei in einem Plastikbeutel verschweißt.

Das Paket landet auf dem Bett, die laminierten Karten ebenfalls. Der vorherige Abend war schön, dagegen wirkt der Vormittag umso trauriger. Bedächtig drückt Elena mit dem Finger in die Folie ihres Kleiderbündels. Das sind ihre letzten Minuten in Freiheit, und die will sie nicht alleine verbringen.

Bald, gleich, wird sie in einem Zimmer sein mit Fenstern, die sich nicht öffnen lassen, und jeder, der das Zimmer betritt, muss die Sicherheitsmaßnahmen beachten.

Elena zittert, und ihr Finger drückt sich fester in die Folie. Wenn sie nun ein Loch hineinsticht, muss ihre Mama die Wäsche noch einmal auskochen. Ihr Fingernagel bohrt weiter. Erst als es ploppt, hört sie auf. Ihr einziger Ungehorsam ist ein Loch in der Plastiktüte. Sie sticht erneut zu. Es ist das gleiche Geräusch, wie wenn man die Luftblasen von Verpackungsfolien zerdrückt. Ihr Papa hat diese Folien immer für Elena aufgehoben, und sie hat sie Reihe für Reihe bearbeitet.

Manchmal hat sie mit Papa einen Wettstreit gemacht: Wer kann die meisten Blasen platzen lassen? Sie haben gelacht, und Elena hat gewonnen.

Plopp. Sie rammt ihren Finger in die Folie.

Plopp. Tobias kann sich operieren lassen.

Plopp. Ben ist nur fett.

Plopp. Die Geschwister tun ihr leid, aber die können sich ein neues Leben aufbauen. Aber sie?

Plopp! Plopp! Plopp!

Sie zerreißt die Folie, schleudert die Klamotten durch den Raum und schreit:

«Wenn die LFA schiefläuft, dann … muss ich sterben!»

Es klopft an der Tür. Elena vergräbt ihr Gesicht in den Händen. Egal, was sie sagt, die Tür wird trotzdem aufgehen. Es pocht wieder, und Elena streicht sich die Haare aus dem Gesicht.

«Was ist?»

Langsam geht die Tür auf: «Darf ich reinkommen?»

«Bist doch schon fast drin.»

«Eher nicht, wenn man bedenkt, dass mein Körperschwerpunkt der Bauch ist. Ich bin erst zu 37 Prozent oder noch weniger im Zimmer. Alles okay?»

«Nein! Aber nun komm schon.»

Ben geht zum Tisch, betrachtet die laminierten Zettel, die dort aufgefächert liegen. Verlegen zieht er auch einen aus seiner Hosentasche.

«Der ist für dich.»

«Auch eine Verhaltensregel, wie oft ich gurgeln oder was ich nach dem Pinkeln machen soll?»

Bens Wangen glühen, und er dreht seinen Zettel immer schneller zwischen seinen Fingern.

«Nein, nein.»

Der Zettel rutscht ihm aus den Händen und schlittert über den Boden. Seine Knie knacken, als er sich bückt.

«Es ist ein japanisches Gedicht, ein Haiku. Das ist Rechnen mit Silben», klingt es dumpf. Er versucht, das Papier aufzuheben, aber es klebt jetzt am Linoleum.

«Ich habe es geschrieben», flüstert er.

Elena schaut ihn überrascht an. *Was kann er denn noch alles?*

Endlich erhebt sich Ben, wischt mit seinem Ärmel über die Folie und legt seinen zu den anderen Zetteln.

«Nein, bitte, gib es mir.»

Er reicht es ihr. Elena greift nicht die Folie, sondern seine Hand. Sie zittert, und Ben schließt seine Hand um die ihre. Eine warme Berührung.

«Ich lese es, wenn ich im Verlies bin, und dann stelle ich mir vor, du wärst bei mir.»

«Es ist nicht für lange. Ich kann dich doch besuchen?»

«Ja, aber nur an einer Glasscheibe.»

Elena fröstelt. Sie hat Angst vor der Isolation. Ben setzt sich neben sie und fragt: «Darf ich dich in den Arm nehmen?»

Der große Kerl hockt neben ihr und schaut sie mit seinen Knopfaugen an. Es wäre eine Umarmung, die ihnen beiden guttun würde, und sie würde zum zweiten Mal eine Hygienevorschrift brechen.

Ich bin ja so rebellisch, denkt sie und lächelt.

«Ja, eine Abschiedsumarmung.»

«Nein», protestiert Ben, «das ist eine Wir-sehen-uns-bald-wieder-Umarmung. *Budapest.*»

Sie sinkt an seine Brust wie in ein großes Federbett.

«Wie meinen? Was heißt das?»

«Bis später.»

Bei Ben hat sie das Gefühl, dass er nur geben möchte, er will nichts von ihr und erwartet nichts von ihr.

«Ja, *Budapest,* Triple B», sagt sie.

«Was?»

«Du nennst mich Shinewarrior, dann taufe ich dich Triple B. *Brilliant Bombastic Ben.*»

Sein Kopf wippt nachdenklich, und wieder färben sich seine Wangen rot.

Selbst als Ben schon eine Weile weg ist, fühlt sie noch seine Umarmung – wie einen Abdruck auf ihrer Seele.

Verträumt sprüht sie Desinfektionsmittel auf die Gegenstände, die sie mit in die LFA nehmen will. Sie muss sich zwingen, das Gedicht noch nicht zu lesen. Es sind nur drei Zeilen, aber die will sie sich für später aufheben.

Kapitel 13

Dämmerung

Ich muss mich entscheiden. Kann ich dieser fremden Frau vertrauen? Mal faltet sie die Hände, mal zeichnet sie ein Kreuz in die Luft. Sie lächelt mich an, zieht nicht nur ihre Lippen auseinander, es ist ein echtes Lächeln. Manche Menschen tun nur freundlich, weil sie etwas wollen, einen Gefallen oder dein Geld. Die Menschen im Krankenhaus sind nicht so, selbst der kleine Mann, den sie «Herr Professor» nennen, meint es gut. Er wirkt unfreundlich und kommandiert mit kratziger Stimme herum, aber er will heil machen und nicht zerstören.

Ich muss mich erst daran gewöhnen, dass hier Gutes geschieht, dass ich diesen Menschen vertrauen kann.

Seit Jahren lebe ich mit dem Wissen, dass im nächsten Augenblick etwas Schlimmes passieren kann. Viel zu oft haben wir erlebt, dass Männer aus unserer Kirche verschleppt wurden oder Frauen geschlagen wurden, weil sie angeblich Mohammed beleidigt hätten. In der Schule bekam ich schlechte Noten, einfach so, und wenn etwas kaputtging, schob man es mir in die Schuhe. Wir wurden ständig bestraft, weil wir einen anderen Glauben hatten.

Jetzt sitze ich in der kleinen Wohnung von Jola. Mir tun die Augen weh von den vielen Farben, rosigen Plastikblumen, Kissen in grellen Grüntönen und gelben Vorhängen. Mama hat aus solch bunten Stoffen unsere Kleider genäht, und wenn wir auf dem sandigen Dorfplatz spielten, hüpften wir wie knallige Bälle durch die Gegend.

Jola stapelt Kissen übereinander und legt ein weißes Laken über die Polster.

«Für dich», dabei legt sie ihre Handflächen zusammen und neigt ihren Kopf.

Diese Geste kenne ich, wie die Mutter Gottes sieht sie aus. Mit ihren runden Hüften hat sie die Silhouette einer afrikanischen Frau. Sie zeigt mir das Zimmer mit den seltsamen großen Dingern, erklärt mir, wie sie funktionieren und heißen: Waschbecken, Dusche und Toilette, gibt mir einen Kuss auf die Stirn und reicht mir einen Stapel Wäsche.

«Schlafzeug.»

«Schlafzeug?»

Offenbar ein Anzug für die Nacht, er ist weich, duftet nach Seife und überall sind kleine Sterne drauf. Ich schlüpfe zwischen die Decken und darf liegen, wie ich will. Ich schließe die Augen, ohne Angst zu haben, dass irgendetwas mit mir passiert. So fühlt sich Glück an.

Als ich aufwache, ist Jola schon weg. Sie hat mir einen Kuchen und eine Kanne Tee auf den Tisch gestellt, daneben liegt ein Zettel mit Strichen und Wörtern. Ich starre lange auf die Zeichnung, bis ich es entschlüsselt habe – eine Wegbeschreibung zum Krankenhaus.

Ich schlürfe den heißen Tee und weine in die Tasse. Jola ist so lieb zu mir.

Ich gehe nach draußen, alles wirkt fremd. Fremd und fad. Ein blau-grau-schwarzer Dunst breitet sich aus über Menschen, Autos und Hauswänden. Der einzige Farbtupfer aus Blüten ist Jolas Tuch, dreimal habe ich es mir um den Hals geschlungen.

Vor der Haustür drehe ich die Skizze und vergleiche die Straßennamen. Alles hat hier seine Ordnung. Alles ist durchnummeriert. Jedes Ding hat sogar seine eigene Farbe, die Eimer, in die die Leute ihren Abfall werfen, die Schilder mit den Straßennamen, die Nummern an den Häusern. Ich fühle mich sicher.

Einmal bleibe ich stehen und weiß nicht weiter. Die ungewöhnlichen Buchstaben flimmern und ergeben keinen Sinn.

Ein junger Mann kommt auf mich zu.

Ich weiche zurück.

Doch er lächelt und fragt etwas.

Ich verstehe ihn nicht.

Er probiert mehrere Sprachen aus, bis mir klar wird, dass er mir helfen will.

Ich zeige ihm die Zeichnung.

Er deutet auf ein Verkehrsschild an der nächsten Kreuzung. Da ist ein kleines rotes Kreuz drauf und ein Pfeil.

Ich begreife und bin erleichtert.

Der Mann nickt mir zum Abschied zu.

Ich warte am Eingangstor, stelle mich so, dass nicht ständig die Tür aufgeht, wenn ich mich bewege. Raucher stehen neben mir in langen Mänteln und sichtlich bequemen Schuhen und halten zitternd eine Zigarette in den Händen.

Viele Menschen gehen ein und aus. Mir wird ganz schwindlig. Ich schaue immer wieder nach Asmarom, obwohl er hier nicht vorbeikommen wird. Er liegt bestimmt in einem Bett, und man wird ihm helfen können.

Es ist seltsam, dass er so viel schläft, dass er sich wund kratzt, und wenn ich mit ihm spreche, schaut er mich verständnislos an. Sein Blick ist leer, als wäre er nicht mehr da. Ich mache mir Sorgen. Alles ist zwar sauber und ordentlich, alles wird beschriftet und notiert, aber ich glaube, dass noch keiner Asmarom richtig angeschaut hat.

Da kommt Jola, klatscht in die Hände, hebt sie nach oben und ruft: «Gott sei Dank, du bist da.»

Sie nimmt mich in die Arme, und ihr fülliger Körper umschließt mich. Ich wiederhole ihren Satz in meinen Gedanken: *Gott sei Dank, du bist da.*

Ich folge ihr, der Weg ist mir vertraut: die Maus, die farbigen Wandstreifen, die milchigen Buchstaben KJ2 auf der Glastür.

Jola beobachtet mich und schnalzt immer wieder mit der Zunge.

Ich glaube, sie merkt, dass ich mich auskenne.

Sie schiebt mich in die Sitzecke, die von Plüschtieren besiedelt ist. Ich will da nicht sitzen, ich will zu Asmarom, aber sie drückt mich in die Polster und setzt einen riesigen Stoffbären auf meinen Schoß. Ich solle warten, sie wird schauen, ob ich zu meinem Bruder kann.

Es fällt mir schwer, einfach nur dazusitzen, meine Finger zwirbeln die Bärennase, bis sie sich ganz locker anfühlt. Ich lasse sie los, schlinge meine Hände um den Stoffkörper und lege meinen Kopf zwischen die Ohren des Bären.

Die Menschen huschen über die Station, und ich schaue ihnen nach. Einige habe ich schon gesehen, wie die dünne Schwester mit der quietschenden Stimme oder den Professor.

Letztes Mal flatterte er mit rotem Kopf über den Gang, diesmal stolziert er, wedelt mit seinem Arm und unterbricht eine Schwester. Sie diskutieren über Elena, den Namen habe ich verstanden, daneben eine Frau in normaler Kleidung, wahrscheinlich ihre Mama.

Sie zupft der Schwester am Arbeitsmantel, redet aufgeregt und wischt sich mit dem Ärmel ihre Tränen weg. Ich rutsche bis zur Sitzkante und lehne mich vor, um mehr zu verstehen und in das Zimmer zu schauen, in das die Schwestern mit Flaschen und Schläuchen hineineilen. Ist dies das besondere Zimmer, das Zimmer aus Glas? Elena nannte es ein Gefängnis.

Jola winkt mir zu, und ich stehe auf.

«Elena okay?», ich deute auf das Zimmer.

Jola seufzt nur und bekreuzigt sich. Sie schiebt mich in ein anderes und schlägt kräftig die Tür zu. Ich sehe meinen Bruder und krabble zu ihm ins Bett.

«Stopp, nicht Körperkontakt!», ruft Jola, aber ich nehme ihn in den Arm und streiche ihm über den Kopf. Er zittert und fühlt sich kalt an. Ich ziehe die Decke über seinen Körper und halte ihn ganz fest, aber seine Beine und Arme schlackern trotzdem. Er dreht den Kopf zu mir und starrt mich an. Eine Pupille zittert, während die andere im unteren Augenwinkel ruht.

«Jola? *Look.*»

Sie will den Notruf drücken, hält dann aber inne und redet auf Ben und Tobias ein. Tobias holt sein Handy heraus, tippt und hält es mir vor die Nase:

«Holen Arzt. Du verstecken. Keine Sorge.»

Ben reicht mir die Hand und hebt mich mühelos aus dem Bett, ohne dass ich Asmarom anremple. Tobias schiebt mich hinaus, und ich sehe aus dem Augenwinkel, wie Ben meinem Bruder den Schweiß von der Stirn tupft. Dann leuchtet ein rotes Lämpchen über der Tür, und ich folge Tobias.

Bald laufen wir im Gleichschritt. Es ist ein ungewohntes Gefühl, so alleine neben einem Jungen zu laufen. Tobias hat sein Smartphone in die Hosentasche gesteckt, und der Kopfhörer hängt um seinen Hals. Ab und zu zeigt er auf etwas und tippt das Wort in sein Handy.

«Rot», klingt es blechern aus dem Kopfhörer, und Tobias tippt gegen den Wandstreifen.

Ich fahre mit den Fingern darüber und übe das Wort, bis Tobias zufrieden nickt.

Der rote Streifen endet an den Füßen der übergroßen Maus.

«Micky Maus», erklärt das Gerät, und ich rümpfe die Nase. Tobias grinst, er findet die Maus auch bescheuert und zeigt auf die großen Glasbecken mit den Fischen. Staunend stehe ich davor, wie kleine Regenbogen schweben sie durchs Wasser.

Ich berühre das Glas und verfolge die Fische mit meinem Finger, bis sie sich zwischen den Pflanzen verlieren. Ein Fisch klebt mit seinem Maul am Glas. Ich bin ganz fasziniert und kann nicht verstehen, dass die anderen Kinder nicht zuschauen.

Tobias zeigt mir den Wasserspender, die Bonbonschalen und schmale Gänge, durch die man zur Kantine, in den Keller oder in den Park kommt.

Ständig fummelt er an dem Handy herum, er sieht nur auf das Ding und bekommt von den Blumen am Wegrand nichts mit. Von einem kleinen eckigen Gerät lässt er sich Augen und Stimme ersetzen.

Ich wünschte, er würde mit mir reden. Wir laufen über sandige Wege; selbst in diesem Staub wachsen kleine Blumen, und ich pflücke eine. Ich hätte gern den Namen gewusst, aber Tobias zuckt nur mit den Schultern. Wir laufen unter mächtigen Bäumen entlang und kommen an einem kleinen Spielplatz vorbei.

Langsam gehen wir zurück in das Gebäude, ich stecke das Blümchen ein und bewege mich unauffällig zwischen den Wänden und Tobias.

Als wir nach einiger Zeit wieder bei Asmarom sind, liegt er schlaff in seinem Bett, und ich lege mich neben ihn. Ein Schlauch führt in seinen Arm, und eine Flasche mit Flüssigkeit hängt über ihm. Das gleichmäßige Tropfen beruhigt mich, und ich schließe die Augen.

Tobias und Ben unterhalten sich leise, eigentlich ist es nur Ben, der spricht. Manchmal verstehe ich ein Wort.

Ich muss eingeschlafen sein, Ben rüttelt an meiner Schulter.

«Kommst du mit? Überraschung für Elena», lässt er von Tobias' Handy übersetzen.

Er fordert mich auf zu folgen, und ich frage, ob Elena Geburtstag hat. Er schüttelt den Kopf und meint, es solle eine Überraschung werden, weil es ihr nicht gut gehe. Waren deswegen alle so aufgeregt?

Wir stehen in der kleinen Küche. Tobias rührt in einem Topf mit farbigem Wasser, und Ben schneidet Früchte klein. Ich halte eine Zuckerdose. Zu gerne würde ich meinen Finger anlecken und in die weißen Körner drücken.

Ben beobachtet mich, und dann reicht er mir einen Löffel. Ich schaufle mir Zucker in den Mund, und die Jungs kochen eine Wassersuppe, die sie dann in eine Glasschale fühlen und in den Kühlschrank stellen. Seltsam, wie Europa kocht.

In den nächsten Tagen lebe ich nach der Uhr. Es ist ungewohnt, sich von den rotierenden Zeigern bestimmen zu lassen. Daheim leben wir nach der Sonne, den Jahreszeiten, unserem Hunger und der Müdigkeit. Ich passe mich dem Ticken an, stehe pünktlich vor der Klinik oder im Wartesaal oder bei den Fischen.

Die Fische helfen mir, nicht zu hetzen. Sie treiben vor sich hin und stupsen gegen die Scheiben. Sie erinnern mich an Elena. Ob sie stirbt, wenn sie das Glaszimmer verlässt?

Tobias holt mich ab und gibt mir zu essen. Er spiegelt sich in den Scheiben. Ich beobachte nicht mehr die Fische, sondern sein Gesicht. Je länger ich ihn anschaue, umso weniger bemerke ich seine Wunden. Sie heilen, wie ein Chamäleon wechselt er seine Haut.

Asmarom treibt durch die Zeit. Er schläft und träumt stumm. Sein Essen bekommt er über dünne Schläuche, und was er ausscheidet, putzt eine Schwester weg. Ich schäme mich. Hinter dem hochgezogenen Bettgitter sieht er wie ein Tier aus. Die Jungs wollen mich ablenken und sagen ständig: *«No problem.»*

Das ist doch *meine* Redewendung, wenn ich nichts verstehe und mich unauffällig verhalten will. Ich glaube ihnen nicht, denn Ben ist kein Medizinmann, und Jola ist keine Ärztin. Irgendetwas verzehrt Asmarom, als würde er innerlich sterben.

Kapitel 14

Im Aquarium

Leise schließt sich die Glastür und trennt Elena von ihren Eltern. Sie spürt noch Papas Berührung, seine Hände, die über ihren Rücken strichen, und sein Kinn, das auf ihrem Kopf lag.

Mamas Parfum hängt in ihren Haaren. Wer weiß, wie lange sie die noch hat.

Der Vorraum ist eng, vollgestopft mit Monitoren und Infusionspumpen, neben ihre Eltern quetschen sich der Professor und ein Arzt. Nur Schwester Helga, eingehüllt in Kittel, Haube und Mundschutz, hantiert neben Elenas Bett.

«Leg dich hin. Ich schließe die Zugänge jetzt an.»

In ihren gummierten Händen hält sie dünne Plastikschläuche. Einen nach dem anderen stöpselt sie an Elenas Venen. Anschließend presst sie klebrige Knöpfe auf die Brust, die ihren Herzschlag messen.

«Wir passen auf dich auf.»

Die Schwester drückt Elenas Hand, und die Monitore im Vorraum beginnen blinkend ihre Arbeit. Für die nächste Zeit wird der Glaskasten ihr Zuhause sein. Elena lebt in einem Aquarium, gefilterter Sauerstoff wird durch die Lüftung gepumpt, und Infusionen versorgen sie mit Nährstoffen. Bis auf die eine, die Flüssigkeit in dem Fläschchen mit dem roten Aufkleber. Sie ist zerstörerisch. Sie wird ihre defekten Immunzellen aus dem Körper spülen und nebenbei ihre Haarwurzeln und Schleimhäute angreifen.

Elena liegt auf dem Rücken und dreht ihren Kopf zum Vorraum. Ihre Eltern stehen wie Waisenkinder an der Glasscheibe. Felix und Nadja, der Glückliche und die Hoffnung, doch davon ist nichts mehr zu spüren. Die Bedeutung ihrer Vornamen hat an Kraft verloren.

Mama dreht an den Knöpfen ihrer Bluse und zählt irgendetwas, vielleicht die Lämpchen an den Monitoren oder Elenas Herzschlag. Papa fuchtelt mit den Armen, mal ist es ein Winken, dann ein Daumen-hoch oder ein Fäuste-zum-Sieg-Ballen. Verzweiflung und Traurigkeit kleben an der Scheibe.

Der Professor flattert hin und her, prüft die Medikamente, die Anzeigen und Werte zum wiederholten Mal, bis er auf den Knopf der Infusionspumpe drückt.

«Jetzt oder nie! Alles oder nichts!», trällert er durch das Sprechfenster. Elenas Blick wandert zwischen Infusionsschlauch und Eltern hin und her. Mama bewegt ihre Lippen und zählt die Tropfen.

«Entspann dich», krächzt der Professor, und sein Adamsapfel hüpft wie der rote Kehllappen eines Hahns.

Elena kann sich nicht entspannen. Ihre Muskeln sind hart und die Gelenke steif. Sie hat Angst, dass die Kanülen bei einer Bewegung verrutschen und Flüssigkeit in ihre Muskeln rinnt. Tropfen um Tropfen wandert durch den Schlauch, nicht dicker als Makkaroni, und sickert in ihre Venen.

Elena wartet auf eine Reaktion, ein Brennen, ein Zittern oder Schmerzen. Nichts. Stattdessen fühlt sich alles wie Gummi an, die Gelenke rutschen aus ihren Verankerungen, die Muskeln zerfließen auf der Matratze, und ihre Augen rollen nach innen.

Dennoch hört sie den Professor jubeln: «Die Psychopharmaka wirken.»

Elena protestiert, sie will kein Psychozeug in ihrem Körper, davon war nie die Rede, doch kein Ton ist zu hören. Ihre

Zunge füllt den Rachen aus, und ihr Körper verschmilzt mit der Matratze.

«Alles bestens», konstatiert der Professor, «sie schläft.»

Nein, tue ich nicht, schreit sie wortlos in den Raum. Sie hört Geräusche, riecht die künstliche Luft und spürt die Klebestreifen auf ihrer Haut, die die Kanülen am richtigen Platz halten.

Elenas Welt löst sich auf, sie treibt dahin und kann nicht mehr unterscheiden zwischen Gegenwart und Vergangenheit, zwischen Wirklichkeit und Fantasie. Ihre Gedanken schwirren wie Plankton im Meer.

Sie stellt sich vor, wie Ben der Wal auftaucht und sie einfach verschluckt. Er trägt sie aus der künstlichen Welt und spuckt sie auf eine einsame Insel, wo sie Sand unter ihren Füßen spürt und ihr die Sonne ins Gesicht scheint.

Stattdessen brennt Hitze in ihren Adern.

Die Klimaanlage surrt, die luftgefüllte Matratze macht saugende Geräusche wie die Wasserpumpe im Volksbad. Elena sitzt am Beckenrand mit dem ersehnten Seepferdchen auf ihrem Badeanzug. Sie spielt Meerjungfrau, hat ihre Beine mit einem Gummi umschlungen und schwimmt nun mit einer ausgedachten Schwanzflosse. Sie schnellt durchs Wasser, und eine Riesenkrake verfolgt sie. Sie verschluckt sich, taucht auf und prustet los. Ihr Papa rudert mit den Armen, grunzt und brüllt.

«Ich bin ein Seeungeheuer und fange Meerjungfrauen.»

Die Arme ihres Vaters legen sich um ihre Hüften, er stemmt sie aus dem Wasser und wirft sie hoch. Hände halten sie, Arme bergen sie, Müdigkeit drückt sie an Papas Schultern. Am beuligen Polyesterkissen schläft sie ein.

Elenas Freunde denken, sie könne ausschlafen, abhängen und am Bildschirm den ganzen Tag Serien schauen. Das ist ein Irrtum.

Ihr Alltag besteht nur aus Störungen: Aufwachen, um ein Medikament zu schlucken, den Notruf drücken, weil eine Kanüle verrutscht ist, und zittern vor Schreck, weil ein Messgerät aufheult oder weil eine Schwester den Raum betritt.

«Guuuuuten Mooooorgen», blökt Schwester Kim. In der violetten Arbeitskleidung sieht sie aus wie die Milka-Kuh, und ihre Worte klatschen wie Kuhdung auf Elenas Bett, ein Fladen nach dem anderen.

«Wie geht es uns … wird ein guter Tag … bald bekommst du die neuen Zellen … ach, ich habe so viel zu tun … mein Fingernagel ist abgebrochen.»

Elena schließt die Augen und denkt: *So ein Mist.* Doch gegen das Geblöke kann sie nicht die Ohren verschließen.

«Was ist das denn?», kreischt Schwester Kim und buchstabiert, «S-h-i-n-e-w-a-r…»

Elena reißt die Augen auf, schnellt hoch und reißt ihr den Zettel aus der Hand.

«Das geht dich gar nichts an.»

«Upsi, hat da jemand einen Verehrer?»

«Quatsch, lass mich in Ruhe.»

Elena stopft den Zettel unter die Decke, ihre Hände werden feucht, und die laminierten Kanten hinterlassen Rillen an den Fingerkuppen. Es ist Bens Gedicht, und Kim hätte es beinahe verhunzt, dabei wollte sie es sich für den richtigen Moment aufheben.

Sie wartet, bis sie alleine ist, rollt sich auf die Seite und betrachtet Bens Schrift.

Jeder Buchstabe ist gleich groß, obwohl das Papier keine Linien hat. Langsam liest sie die Wörter, wieder und wieder, bis die Bedeutung ihre Gedanken ausfüllt.

Shinewarrior strahlt
Die Sonne hinter Wolken
ihr Licht schimmert durch den Schmerz

«Die Sonne hinter Wolken» – Elena lässt die Worte durch ihre Gedanken ziehen. Erst vor Kurzem hatte ihr Schwester Helga die Bedeutung ihres Namens erklärt. Elena, die Strahlende, die Glanzvolle. Ihr Papa nannte sie früher «meine kleine Sonne», wenn er sie durch die Luft wirbelte, in die Höhe warf und wieder auffing.

«Licht schimmert durch den Schmerz» – Elena sehnt sich nach Helligkeit. Ihr Körper verändert sich, die Haare fallen aus, ihre Haut ist dünn und brüchig wie Pergament, ihre Muskeln werden schwächer, und selbst Atmen ist anstrengend. Ihr Mund ist wund, Essen schmerzt, und sie hat auf nichts Appetit. Sie wünschte, sie könnte einfach alles verschlafen und mit einem perfekten Körper aufwachen.

Sie schließt die Augen, und die Tränen hinterlassen eine salzige Spur auf ihren Wangen. Der Rhythmus der Worte trägt sie durch die Zeit.

Die Infusion mit den genveränderten Zellen ist so unauffällig wie eine Kochsalzlösung. Elena hätte es nicht bemerkt, wenn nicht der Professor mitsamt einem Fotografen in den Vorraum gekommen wäre. Der Prof feiert den Tag mit gegelten Haaren und gebügeltem Kittel. Deutet mit seinem dünnen Finger auf die Infusionsflasche und verharrt für das Pressefoto.

Auch Elena soll aufs Foto, doch sie dreht den Kopf so weit wie möglich weg. Sie starrt auf das versiegelte Fenster in ihrem Zimmer, ein kleiner Streifen Himmel ist sichtbar, grau wie ein nasser Scheuerlappen hängt er zwischen den Häusern.

Sie wendet erst den Blick, als ein Tablett scheppernd auf dem Tisch landet.

«Ich habe keinen Hunger», grummelt sie, lüftet aber trotzdem die Essenshaube.

«Quallen?»

Skeptisch stupst sie mit dem Finger gegen die durchsichtige Masse. Bisher kennt sie die roten und die grünen Sorten aus dem Becher, aber hier hat sich jemand Mühe gemacht, hat Obst geschält und zerkleinert, die Götterspeise dick eingekocht, gekühlt und gestürzt, damit man sie schneiden kann. Wie Kristalle liegen die bunten Steine auf dem Teller.

«Das sieht großartig aus.»

Wackelpudding ist das Einzige, das Elena ohne Schmerzen essen kann. Alle anderen Lebensmittel fühlen sich wie Stacheldraht an. Ihre Zunge ist geschwollen, Rachen und Hals sind wund, aber die Götterspeise kühlt und schmeckt.

Mit zwei Fingern greift sie nach einem bunten Würfel und schiebt ihn wie eine Praline in den Mund, langsam schmilzt er auf der Zunge. Freudig nimmt sie den nächsten und entdeckt die kleinen Fruchtstücke von Erdbeeren, Himbeeren und Blaubeeren. Es ist köstlich.

Sie schließt die Augen, und Erinnerungen steigen auf: Erdbeeren und Sommer, Himbeeren und Zuckerschnute, Blaubeeren und Badesee. Sie hüpfte durch das Wasser, Papa folgte ihr mit einem Stock in der Hand und Wasserpflanzen um den Kopf, und dabei brüllte er: «Töchter des Meeres, unterwerft euch!»

Kreischend stoben auch andere Mädchen durchs Wasser, und Damen mit Badekappen reckten empört die Köpfe. Andere Väter lagen wie Walrosse am Strand, aber ihr Papa war ein König. Selbst an der Würstchenbude behielt er seinen Kopfschmuck auf und sprach mit majestätischer Stimme:

«Den König gelüstet nach einer Bockwurst, man möge sie ihm mit einer Senf-Ingredienz heiß servieren.»

Mama lachte, bis ihre Wurst kalt wurde und Papa sie verschlang. Empört schlug Mama auf Papas Arm, sie schäkerten und kabbelten sich. Nachher trug Papa sie triumphierend über der Schulter.

Elena war stolz auf ihre schönen und lustigen Eltern.

Ein Tropfen vom Himbeersaft hängt an Elenas Lippen, verträumt schleckt sie ihn auf und öffnet die Augen. Die schönen Erinnerungen schweben durch den Raum. Elena schiebt den Teller beiseite, und eine vertraute Schrift kommt darunter zum Vorschein.

Es bestimmt den Takt.
Tu nur das Eine. Atme!
Und Leben ist die Antwort.

Elena flüstert die Verse, und die Worte schmelzen wie die Götterspeise in ihrem Mund. «Atmen. Atmen. Reicht das?»

«Geht es dir nicht gut?»

Schwester Helga steht neben dem Bett und überprüft die Zugänge und Infusionen. Anders als der Professor schielt sie nicht zu den Anzeigen, wenn sie mit Elena redet.

«Sieht man schon was?», fragt Elena hoffnungsvoll.

«Das Ergebnis vom Bluttest kommt bald, nur Geduld.»

«Habe ich doch, aber es ist so langweilig hier.»

Genervt hebt Elena die Arme, wie eine Marionette baumelt sie an Schläuchen und Kabeln.

«Der Professor wird dich besuchen und alles erklären.»

«Eher untersuchen, im Schlepptau seine Mutanten, die glotzen nur, wackeln mit ihren Köpfen – und wenn der Professor etwas sagt, echoen sie es mit monotoner Stimme nach.»

«Sie wollen nur lernen.»

«Ich bin kein Lehrobjekt!»

Elenas Augen funkeln, und ihre Wangen bekommen eine seltene Röte. Die Wellenlinien auf dem Monitor werden schneller.

«Jetzt ist dein Blutdruck besser.» Die Schwester lächelt. «Du darfst wütend sein. Wut hat Energie, mit der kannst du kämpfen. Halte durch!»

Schwester Helga nimmt das Verpackungsmaterial von den Schläuchen und Infusionen und schlüpft durch die Schleuse.

Elena wirft ihren Kopf zurück, ballt die Fäuste und haut sie auf die luftgefüllte Matratze. Sanft sinken Kopf und Hände in das Bett. Wie in einer Gummizelle, denkt sie, Verletzungen sind nicht möglich.

Erst das Klatschen des Plastiks auf dem Boden lenkt sie von ihrer Wut ab. Sie dreht den Kopf, und die Lichter der Monitore spiegeln sich im laminierten Brief. Wie ein Signal blinkt es über der Zeile: «Tu nur das Eine. Atme.»

Aber sie will mehr, sie will zur Schule gehen, Freunde treffen, shoppen gehen, sich die Nägel lackieren.

Ein Gedanke schiebt sich zwischen jeden Wunsch: *Was, wenn der Gentransfer nicht funktioniert? Was, wenn Leben nicht die Antwort ist?*

Dann stehen Mama und Papa an ihrem Grab. Sie würde so gerne mit ihren Eltern darüber sprechen, aber die winken nur ab und sagen, dass alles gut werden wird. Alle Hoffnung legen sie in die Fähigkeiten des Professors, als sei er ein Magier.

«Alles wird gut», das ist nur ein Zauberspruch ihrer Eltern. Medizin hat nichts mit Magie zu tun. Sie ist ein Handwerk, und wenn der Werkstoff schlecht ist, kann der beste Handwerker kein Meisterstück daraus fertigen.

Elena rubbelt mit den Handflächen über ihre Hüftknochen. Wenn *sie* sich der Wahrheit stellen kann, dann sollten es ihre Eltern erst recht tun. Sie sind doch die Erwachsenen, die Schlauen, die es besser wissen müssten.

Es klopft an der Glasscheibe. Zappelig wie ein Kasper winkt ihre Mutter Nadja und verheddert sich im weitem Kittel der Schutzkleidung. Als sie endlich auf dem Stuhl neben ihrem Bett sitzt, plappert sie, als wären sie in einem Straßencafé, als wären Einkaufstüten auf dem Boden und nicht medizinische Geräte.

«Die Sonne scheint. Ach, ich bin so aufgeregt. Bussi von Papa. Bist du nicht auch aufgeregt? Es ist doch so ein wichtiger Tag. Heute sind die neuen Zellen messbar.»

Nadja holt Luft und schwatzt weiter: «Der Herr Professor kommt nachher mit dem Blutbild. Wir erwarten nur Gutes. Du musst immer positiv denken, machst du das? Die Putzfrau lässt dich grüßen, ist das nicht nett? Sie hat mir die Hand gereicht und sich anschließend bekreuzigt. Na, himmlischer Beistand kann nie schaden.»

Elena schweigt, und nach einer Weile versiegen auch Mutters Worte.

Nadja fummelt an ihren Handschuhen herum, sie zupft das Gummi von den Fingerkuppen. Das Schnalzen wird mit jedem Finger lauter. Elena liegt steif im Bett und starrt an die Decke.

«Willst du denn nichts sagen? Ich bin doch extra gekommen.»

«Mach dir keine Umstände.»

«Das sind keine Umstände, ich komme gerne zu dir. Nur … sollten wir die Zeit nicht nutzen?»

«Für was denn, ins Schwimmbad gehen, ein Eis essen, einen Grabstein aussuchen? Ja, lass uns doch zum Bestatter bummeln. Vielleicht hat er ein Sonderangebot.»

Nadja schluckt und zwirbelt heftig am Handschuh. «So darfst du nicht reden. Du darfst die Hoffnung nicht aufgeben. Vor allem nicht heute.»

«Ich darf dies nicht, ich darf jenes nicht.»

Elenas Wangen glühen, und sie äfft die Schwestern nach: «Kleines, geh doch noch mal Pipi machen. Fein gemacht. Musst du auch groß?» Dann zieht sie die Wangen ein und mimt den Professor mit seiner Gockelstimme: «Junge Dame, es mache sich mal oben herum frei. Wie alt ist es? Sechzehn? Und keine sekundären Geschlechtsmerkmale? Es kann sich wieder anziehen.»

Nadjas Tränen fließen hemmungslos, wie eine welke Blume sitzt sie auf dem Stuhl.

«Was heulst du denn? Es geht um mich und nicht um dich.»

«Ich weine doch um dich.»

«Ja, na und? Vielleicht brauche ich aber deinen Mut und nicht deine Tränen.»

Elena setzt sich Kopfhörer auf, schaltet aber die Musik nicht an – und zieht die Bettdecke bis zur Nasenspitze.

Nadja räuspert sich: «Ruhe dich aus. Wir sind alle angespannt.»

Ihre Mutter schlurft wie eine alte Frau durch die Schleuse, und Elenas Tränen sickern in das Bettzeug.

Das Federvieh und ihr Chef drängen in das Zimmer. Es ist zu eng, um die Flügel zu heben oder die Brust zu schwellen. Der Professor steht wie ein gerupftes Huhn vor Elenas Bett. Seine Stimme ist kratzig. Die anderen schauen auf den Boden und scharren mit den Füßen. Elena rutscht unruhig hin und her.

«Wo ist Mama?»

«Die Frau Mutter ist unpässlich. Die Schwester umsorgt sie.»

«Ich werde nicht gesund.»

«Das ist nicht unkorrekt.»

Der Professor senkt den Blick und starrt auf seine Schuhspitzen.

«Sterbe ich?»

Der Professor wackelt mit dem Kopf, den Blick immer noch gesenkt.

«Nein, du stirbst nicht. Jedenfalls nicht sofort.»

«Was?»

Schwester Helga schiebt sich durch den Hühnerhaufen, drängt den Professor zur Seite und beugt sich zu Elena.

«Was der Herr Professor meint, ist, dass der Körper seit dem Gentransfer keine Veränderung zeigt. Vielleicht brauchen die Zellen mehr Zeit. Wir wissen es nicht. Dein Zustand ist nicht schlechter als zuvor.»

«Ja, das ist bedauerlich, und ich kann es mir nicht erklären. Ich habe alles richtig gemacht.»

Ungläubig schüttelt der Professor den Kopf.

«Alles umsonst? Der Glaskasten? Die Chemo? Die Schmerzen?» Elenas Gesicht unterscheidet sich kaum vom weißen Laken, und bevor sie sich gänzlich auflöst, nimmt Schwester Helga sie in den Arm.

Elena schluchzt: «Wo sind meine Eltern?»

«Sie warten draußen auf den Professor. Sie wollen nicht, dass du sie so siehst.»

«Wie denn? Traurig?»

Elena kann nichts gegen die Tränen machen, hemmungslos weint sie in den Kittel der Schwester. Sie weiß nicht, was sie mehr enttäuscht, das Blutbild oder ihre Eltern.

«Feiglinge», wimmert sie und spürt, dass die Schwester nickt.

Es vergeht eine Stunde, bis ihre Mutter wieder auftaucht. Ihre Augen sind glasig, das strähnige Haar klemmt hinter den Ohren. Sie sieht um ein Leben gealtert aus. Sie windet sich in die Schutzkleidung und zieht sich ein Lächeln, dünn wie ein Bindfaden, zwischen die Wangen.

«Wir müssen einfach noch mehr Geduld haben. Die Hoffnung stirbt zuletzt. Hör mal, der Professor möchte etwas Gutes für dein Immunsystem tun, damit du stark wirst.»

Elena zuckt mit den Schultern. Ist das jetzt noch wichtig? Viel lieber würde sie mit ihrer Mama reden oder auch schweigen, Hauptsache ehrlich sein.

Doch bevor sie etwas sagen kann, stürmt der Professor rein: «Also, ich denke, wir verabreichen diesen Immunstabilisator, damit es, ähm, damit sich Elena von der Chemotherapie regenerieren kann.»

Die Mama nickt, und eifrig hantiert der Professor an den Apparaturen, nimmt selbst die Schläuche in die Hand und startet die Infusionspumpe. Es dauert nur Augenblicke, und das Medikament fließt in ihren Körper. Nadjas behandschuhte Finger liegen wie dünne Würstchen in der Pelle auf Elenas Handrücken. Elena schiebt ihre Hand unter die Decke. Sie will keine schlaffe Würstchenhand, sie will Mamas weiche, beschützende Hand.

Plötzlich wird ihr kalt, ihre Gliedmaßen zittern, und ihre Zähne schlagen aufeinander. Die Stimme ihrer Mutter klingt auf einmal ganz dünn: «Schwester!»

Elena fühlt, wie Fingerkuppen sich in ihr Handgelenk drücken.

«Vitalwerte sinken. Sie verträgt das Medikament nicht.»

Durch ihre Augenlider leuchten die Kontrolllämpchen weniger grell, und das sonst schrille Piepsen wirkt dumpf. Elena versinkt wie in einem Meer. Ihr Körper fühlt sich schwer und steif an. Wellen drücken sie nieder, und Ungeheuer ziehen sie in die Tiefe. Immer kälter wird es in ihr. Es rauscht und dröhnt in ihren Ohren: «Kreislauf stabilisieren!»

Tentakel schlingen sich um ihren Brustkorb und pressen ihren Atem hinaus. Sie kann sich nicht wehren, sie will sich nicht wehren und lässt sich vom Sog nach unten ziehen.

Etwas greift nach ihr, etwas Warmes, etwas Sanftes. Die Wellen rauschen und säuseln: «Atme! Atme!»

Die Hand hält sie und zieht sie durch die Gischt.

«Atme, bitte», klingt es vertraut an ihrem Ohr.

Elena spannt ihren Brustkorb, und der Griff der Fangarme lockert sich. Elena schnappt nach Luft.

«Vitalwerte stabilisieren sich.»

Elena ist müde, unendlich müde. Sie schaukelt auf ihrer luftbefüllten Matratze wie auf kleinen Wellen.

«Sie hat sich beruhigt. Kommen Sie, Sie brauchen eine Pause.»

Der Griff um Elenas Hand lockert sich. *Bitte nicht,* denkt Elena, *bitte nicht loslassen.* Aber dann greift die Hand wieder zu, diesmal sanfter und wärmer als je zuvor.

«Ich kann sie nicht loslassen.»

Mama, denkt Elena.

Kapitel 15

Wetterleuchten

Die Enttäuschung über Elenas erfolglose Behandlung liegt wie eine schwere Decke auf der Station. Sie dämpft die Gespräche und lässt Lachen verstummen. Die Schwestern hantieren mit flinken Händen und hängenden Köpfen. Sie achten nicht auf mich, und ich husche ins Zimmer der Jungen.

Ben wirkt trotz seiner Größe wie ein seelischer Zwerg, stundenlang starrt er in seine Bücher, ohne eine Seite umzublättern.

Auch Tobias hat sich verändert, er wirkt weicher und freundlicher, und wenn er lächelt, fallen die Narben kaum auf.

Mein Bruder liegt reglos in seinem Bett, Krampfanfälle schütteln ihn, anschließend schläft er stundenlang. Wenn er dann mal wach ist und wir ihn an die Bettkante setzen, neigt er sich immer zur Seite, selbst sein Mund ist schief. Er erinnert mich an die Alten in unserem Dorf, wenn sie der Schlag getroffen hat. Mir macht das Angst.

Ich rede auf Tobias ein, und er versteht mich, drückt immer wieder den Notruf, bis die Schwester mit einer Ärztin kommt. Ben hat sich mit mir im Badezimmer eingeschlossen, und gemeinsam lauschen wir an der Tür, was passiert. Nichts. Asmarom sei erschöpft, habe einen Infekt, vielleicht von der Reise traumatisiert, solle ausruhen und sich auch ein bisschen bewegen. Ja, was denn nun?

Ben und Tobias stützen ihn und gehen mit ihm in den Gruppenraum oder in die Küche. Wie ein Stofftier schleppen wir Asmarom herum. Er erinnert mich an den Stoffbären aus der Sitzecke. Ich hatte ihm die Nase vor Aufregung abgedreht. Nun hocke ich neben meinem Bruder, damit er nicht umfällt, streiche ihm über den Kopf und wühle mit meinen Fingern in seinem Haar – vor Aufregung.

Immer wenn Jola ihn sieht, stimmt sie einen Singsang aus Gebeten und Ratlosigkeit an und sagt, dass «man etwas müssen tun». Ein afrikanischer Junge brauche einen afrikanischen Arzt, und dann hat sie eine Idee und schweigt.

Ich rede auf sie ein und kratze alle Wörter zusammen, die ich kenne in Englisch und Deutsch, selbst ein paar polnische Silben mische ich mit rein, damit sie mir von ihrer Idee erzählt. Ich rede, während sie Kohlsuppe kocht, ich rede, als wir essen, ich rede, als wir uns auf das Sofa setzen.

Endlich steht sie auf und holt ein Buch aus dem Regal. Es ist voller Fotos. Sie blättert und tippt dann auf ein Bild.

«Warschau 1977», entziffere ich. Eine junge Frau steht neben einem großen, schlanken Mann. Das Gesicht ist ein schwarzes Oval, mit weißen Flecken aus Augen und Zähnen.

«Buruk», sagt sie und dann, ganz liebevoll, «Buruczek.»

Ich schaue mir lange das Bild an.

«East Africa?»

«Ja, Äthiopien. Jetzt Doktor in Polen», sie tippt mehrmals auf das Bild und lächelt: «Freund, *dobry przyjaciel,* guter Freund.»

«Buruk», flüstere ich, das ist ein schöner Name. Er bedeutet «der Reine», und er kann uns helfen? Ich greife Jolas Hand und bin ganz aufgeregt: Wie weit ist es nach Polen? Wie kommen wir dahin?

Sie wiegt den Kopf, es sei nicht weit. Aber wie sollten wir über die Grenze kommen? Und seine Adresse weiß sie auch nicht genau.

Das macht doch nichts, sage ich. In meiner Heimat haben wir ständig Menschen besucht, die keine Adresse haben. Das ist kein Problem.

Ich schlinge meine Arme um Jolas Hals, und sie sitzt da, als würde sie es bereuen, mir von Buruk erzählt zu haben.

Die Nacht vergeht langsam, ich kann es nicht erwarten, den Jungs von dem Arzt zu erzählen. Wir finden einen Weg, da bin ich mir sicher. Zum ersten Mal ist mir leicht ums Herz, und ich summe diesen verheißungsvollen Namen vor mich hin: «Buruk. Buruk. Buruk.»

Die Zerbrechlichkeit holt mich ein, als ich mich in die KJ2 schleiche. Die Jungen sind nicht im Zimmer, mein Herz klopft schneller. Ist etwas passiert? Ich hole mir einen Kittel von Jola. Sie protestiert, hindert mich aber nicht. Ich mache es so, wie es mir Tobias erklärt hat, einen Farbstreifen nach dem nächsten laufe ich ab.

Am Ende des blauen Streifens werde ich fündig. In der Teeküche klappern Stühle und Tische, Asmarom lümmelt in der Ecke, der große Teddy, so nennt man den Stoffbären, wie ich mittlerweile erfahren habe, polstert die harte Eckbank aus. Ich kann es kaum erwarten, ihnen von Jolas Freund zu erzählen, doch dazu komme ich nicht.

Ben und Tobias sind so beschäftigt wie schon lange nicht mehr. Ben steht auf Zehenspitzen und wirft eine Girlande um die Deckenlampe, und Tobias stapelt Kekse auf einen Teller und stellt eine Kerze mit künstlichem Licht auf den Tisch.

Fragend schaue ich mich um und rutsche zu meinem Bruder auf die Bank.

«Party», erklärt Tobias.

«Party?»

«Ja, für Elena.»

Was feiern wir denn, wenn sie immer noch krank ist?

Tobias errät meine Frage und antwortet: «Freiheit! *Freedom!*»

Wir warten, und andere Kinder stecken ihren Kopf durch die Tür. Ben scheucht sie weg, und ich verstecke mich hinter den wuchtigen Armen des Teddys.

Tobias stöpselt sein Handy an einen Lautsprecher und hält den Finger über der Starttaste. Wir löschen das Licht, gleich wird sie kommen.

Vorsichtig geht die Tür auf, wir hören, wie Schwester Helga uns viel Spaß wünscht, mit finsterem Blick steht Elena in der Küche, bis wir jubeln, das Licht anschalten und Papierschnipsel werfen.

Elena sieht nicht danach aus, als ob sie feiern will.

Den Jungen ist es egal. Tobias lässt die Musik durch den kleinen Raum wummern, und Ben legt seine Pranken um ihre Hüften, hebt sie hoch und brüllt: «Shinewarrior!»

Sie zappelt in seinen Armen, trommelt an seine Brust und lacht.

Vorsichtig, als wäre sie zerbrechlich, lässt er sie nach unten.

«Ja, ich bin frei», jubelt sie, doch etwas in ihrem Blick sagt mir, dass es nicht von Dauer ist. Aber wer weiß schon, wie lange Glück oder Unglück anhalten. Jetzt ist ein Moment zum Fröhlichsein.

Die Musik ist so laut, dass Asmaroms Gelenke vibrieren, er blinzelt ein bisschen und hängt nicht mehr so schlaff herum. Wir trinken blubberndes Wasser und bewegen uns zur Musik, soweit es jeder kann. Zu fünft feiern wir in dem kleinen Raum. Es fühlt sich tatsächlich wie Freiheit und Leben an.

Die Tür wird aufgestoßen, Elenas Mama zerrt an ihrer Tochter, wedelt mit den Armen und hat den Mund weit aufgerissen. Wir verstehen sie erst, als Tobias die Musik abstellt.

«ELEEEEENAAAAA!»

Ich zucke zusammen, begreife nicht, sehe aber die Wut und noch etwas: Sorge.

«Alkohol? Ihr trinkt Alkohol?»

Sie greift Elena am Arm und zieht sie mit sich, aber Ben stellt sich vor die Frau, hebt beschwichtigend die Hände, erklärt mit warmer Stimme. Elena ruft dazwischen:

«Mama, lass mich!»

Elena schlägt den Arm ihrer Mutter weg, stellt sich hinter Ben und blickt sie finster an. Elenas Mama verhält sich, als seien wir gefährlich für ihre Tochter.

Elena brüllt und schimpft. Ihre Stimme ist voller Vorwürfe: «Du hast Angst … ihr seid feige … von wegen Vernunft.»

Die Mutter lehnt sich an den Türrahmen, ihre Stimme ist nur noch ein Hauchen: «Elena. Bitte.»

Ich schrumpfe auf der Bank zusammen, im Arm halte ich den Teddy und meinen Bruder. Mein Gesicht drücke ich in das weiche Fell und bete, dass sie nicht böse auseinandergehen. Vater hat immer darauf bestanden, dass wir uns im Guten trennen. Wer weiß, ob man sich je wiedersieht. Ja, wer weiß.

Die Mutter geht, die Enttäuschung bleibt. Die Teeküche versinkt im Durcheinander aus benutzten Plastikbechern, halbleeren Flaschen und zerfetzten Girlanden.

Elena knüllt die Luftschlangen zusammen und stopft sie in den Mülleimer, Flaschen scheppern im Spülbecken, und sie ruft: «Schluss damit! Ich will noch etwas erleben, solange ich noch kann. Lasst uns abhauen.»

«Yeah, to Polen», rufe ich und boxe den Teddy auf den Kopf.

Alle schauen mich überrascht an, als wäre ich verrückt. Ich rede auf Tobias ein, bis er mir mit der Sprach-App hilft und ich von Buruk und Polen erzählen kann.

Ben schüttelt die ganze Zeit mit dem Kopf, dafür nickt Elena, und ihre Wut wandelt sich in Abenteuerlust. Tobias wischt über das Display und meint, dass es nicht weit sei, nur ein Tag hin und einen zurück, was könne schon Schlimmes passieren, und Sonne und frische Luft täte ihnen allen gut.

Vor Freude drücke ich Asmaroms Arm, meine Fingerkuppen hinterlassen Dellen auf seiner Haut, hastig versuche ich sie wegzuklopfen. Die Krankheit dringt aus jeder Pore und verklebt die Luft. Wir alle sehnen uns danach, diese Klinik zu verlassen, selbst Ben, auch wenn er es nicht zugeben will.

Kapitel 16
Trübes Gewässer

Alles dreht sich um Elena, sie ist die Sonne, die alles in ihren Bann zieht. Dabei will sie nicht der Mittelpunkt sein. Sie kann sich nicht erinnern, wann sie sich um jemanden gekümmert hat. Der Vorschlag von Noemi lässt sie nicht mehr los, und sie malt sich die Reise als ein wunderbares Abenteuer aus, von dem sie alle heil zurückkommen werden.

«*Matko Boska!*», Jolanta schnappt nach Luft, «Mutter Gottes! Nein! Nicht machen.»

«Jola, bitte, du musst uns helfen. Schau dir doch Asmarom an.»

Elena drängt Jolanta in das Zimmer der Jungs. Über den Tisch gebeugt, studieren Ben und Tobias Satellitenaufnahmen einer grünen Landschaft und diskutieren über Entfernung, Transport und Sicherheit.

Tobias verändert sich, er häutet sich innerlich und äußerlich. Die Narben werden heller, seine Haltung aufrechter, und seine Stimme gewinnt an Kraft. Echsenmann weicht zurück, und Tobias wird sichtbar.

Brillant Bombastic Ben kritzelt Zettel für Zettel voll, für alles hat er eine Gleichung. Er zerlegt Probleme so lange, bis sie klein und bedeutungslos sind.

Elena strahlt und pufft ihn in die Seite.

«Danke, Triple B», flüstert sie, und Ben rechnet noch schneller. Sie weiß, dass er Bedenken hat.

Jolanta umrundet den Tisch, sieht die polnische Straßenkarte, wirft die Arme in die Luft und begleitet alles mit einem polnisch-deutschen Sprachgemisch aus der Sorge um Asmarom, der Dummheit der Jugendlichen und Bitten an den Allmächtigen: «Nein, *mój Boże!* Verrückter Plan.»

«Erzähl von dem Doktor», bittet Elena.

Jolanta ziert sich, doch es dauert nicht lange, dann spricht sie von Buruk, und kurz darauf nennt sie ihn zärtlich Buruczek, der als Student dreißig Jahre zuvor nach Warschau kam. Sie besuchten dieselben Vorlesungen, trafen sich im Kirchenchor und später in der Wohngemeinschaft zum Kochen. Buruk zog es immer aufs Land, je einfacher das Leben, umso näher fühlte er sich seiner Heimat Äthiopien. Sie wollten … doch dann stockt sie und schweigt.

Selbst Jola hat ein Abenteuer, denkt Elena und stupst sie an. «Ist er gut? Können wir ihn finden?»

«Ja, nein, vielleicht», sie wiegt mit dem Kopf und lächelt, «ja, er ist gut, aber ihn finden, seien schwer.»

«No problem», Tobias blinzelt über seinen Laptop hinweg, «allerdings … wir müssen verschwinden, ohne dass man uns vermisst. Vielleicht kann ich mich in den Krankenhauscomputer hacken?»

Jolanta schnappt nach Luft, und Tobias wiegelt ab, dass es nur ein Scherz sei. Er zwinkert Elena zu und flüstert ihr ins Ohr: «Sie muss nicht alles wissen.»

Elena strahlt aus jeder Pore, ihre Augen glänzen, und ihre blasse Haut zeigt einen rosigen Schimmer, selbst ihre Muskeln haben mehr Spannung. Sie steht aufrecht und ist bereit, ohne ihre Eltern und ohne die Überwachung des Professors loszuziehen.

Ihre Werte sind stabil, nicht ideal, aber stabil, sie könnte nach Hause, wenn ihre Eltern nicht so ängstlich wären. Sie muss nur auf Hygiene achten und regelmäßig Pillen für ihr Abwehrsystem schlucken. Zwei Tage unterwegs zu sein, das klingt nach Freiheit.

Die Aufgaben sind schnell verteilt: Noemi bearbeitet Jola, Ben übernimmt die Zeitplanung, Tobi wird sich in das Computersystem der Klinik schmuggeln, und Elena motiviert jeden wie einen Trainer am Spielfeldrand. Sie feuert Ben an, versucht ihn von seinen Bedenken über mögliche medizinische Komplikationen und voraussichtliche Straftatbestände abzulenken.

«Bitte, Triple B, was soll schon passieren? Es ist nur ein Ausflug, eine soziale Interaktion zur Stärkung des Gruppengefüges.»

Ben verzieht den Mund: «Bravo, klingst wie der Psychologe. Aber was, wenn sie uns die Geschwister wegnehmen?»

«Wer, die *policja?*» Elena lacht auf. «Die wollen doch keine Flüchtlinge, und selbst die Bundespolizei kann die zwei nur dorthin schicken, wo sie zuletzt gemeldet sind, und das ist hier.»

«Die Argumentation klingt schlüssig, was aber noch zu beweisen wäre.»

«Danke. Das Schwierigste wird sein, hier abzuhauen, ohne dass Jolanta Ärger bekommt.»

«Hm? Wie hast du das genannt? Soziale Interaktion?»

Ben stülpt die Lippen vor und denkt nach, dann kramt er in Tobias' Fressvorrat und holt eine Packung Pralinen heraus: «Die nehme ich mal mit, okay?»

Tobias reagiert nicht, versunken vor dem Bildschirm scrollt er sich durch alte Militärlandkarten der deutsch-polnischen Grenze. Er berührt mit der Nase fast das Display, um die undeutliche Schrift lesen zu können.

«Komm», ruft Ben Elena zu und drückt ihr die Pralinenschachtel in die Hand, «auf ins Dienstzimmer, die haben grad Pause.»

Sie weiß nicht, was er vorhat, aber sie solle möglichst lange im Stationszimmer bleiben und mit den Schwestern plaudern.

Das ist kein Problem, über Süßigkeiten zum Kaffee freut sich das Personal immer. Elena schwatzt, und Ben rumort hinter ihr, geht dann in den Nachbarraum zu den Akten und Dienstplänen, und irgendwann hört sie ihn nicht mehr und kehrt in das Jungenzimmer zurück.

Ben sitzt am Tisch und kritzelt wieder rum, murmelt Zahlen vor sich hin, streicht aus, zerknüllt ein Blatt und nimmt ein neues.

«Was machst du?»

«Psssst.» Ben knabbert an seinem Bleistift und schüttelt den Kopf. Elena geht zu Asmarom. Er wird immer dünner, die Adern treten deutlich hervor, selbst seine Knochen könnte sie zählen. Die Augenlider flattern, und seine Finger krallen sich ins Laken. Sie streicht ihm über den Handrücken, fühlt jede Sehne unter der rissigen Haut.

«Du bist nicht alleine», flüstert sie ihm zu.

«Treffpunkt neunzehnhundert am Aquarium», lautet Bens Anweisung. Elena sitzt schon seit einer Stunde da und schaut den Fischen zu. Ihre Mama war kurz da und hatte wieder den Optimismus angeknipst, den letzten Streit erwähnte sie nicht. Sie blendet ihn aus oder entschuldigt ihn als Stresssymptom.

Noemi hat sich neben sie gesetzt, und schweigsam starren sie in das künstliche Licht, das zwischen den Wasserpflanzen flimmert. Hat Noemi nicht alles, was Elena gerne hätte? Freiheit, Gesundheit und einen weiblich geformten Körper. Sie hingegen ist nur ein Neutrum … Mürrisch reiben ihre Handflächen über ihre Hüftknochen.

Ben kommt angehechelt, Tobias windet sich zwischen die Stühle, setzt sich neben Noemi und stellt den Laptop auf seinen Schoß.

«Jola leiht sich ein Auto und fährt uns, aber nur, wenn die Klinik das erlaubt», platzt Elena heraus.

«Wird sie, wird sie», murmelt Tobias, und seine Finger fliegen über die Tastatur.

Ben faltet einen knittrigen Zettel auseinander. Elena erkennt nur Striche, Zahlen und Kürzel. Erwartungsvoll schaut Ben sie an.

«Toll, und was ist das?»

«Ein perfekter Plan», verkündet Ben und redet über «Hn × (E)», den Psychologen und um dreiundzwanzighundert auf das System und Aufbruch um zehnhundert am kommenden Tag. Elena versteht kein Wort, schaut zwischen den Jungs hin und her.

Noemi nickt und sagt: *«No problem.»*

Ben hat den Stationsplan studiert und einen Zeitplan hergeleitet, wann keiner auf dem Flur ist und sie ungesehen in das Büro des Psychologen einbrechen können.

Um Punkt elf stehen sie vor der Bürotür von Dr. Behr. Sie haben zehn Minuten Zeit. Elena klopft das Herz bis in den Hals, aber Noemi bewegt sich entspannt und knackt das Türschloss, als hätte sie das schon öfters getan, schleicht in den Raum, zieht die Vorhänge zu und schaltet das Tischlicht ein.

«No problem», lächelt sie und lässt Tobias an den Schreibtisch. Zwischen Büchern und Akten gräbt er die Tastatur aus, Staubflocken wirbeln auf und tanzen im Lichtkegel. Tobias unterdrückt ein Husten und räuspert sich. Offenbar nutzt der Doc seinen Arbeitsplatz nur als Ablage. Die Lüftung des Computers surrt, und langsam öffnen sich die Programme.

«Der alte Zottelbär wird kein kompliziertes Passwort haben, wenn er überhaupt eins hat.»

Ben holt wieder die knittrige Liste hervor, seine schwitzigen Finger hinterlassen Abdrücke.

«Fass bloß nichts an», zischt Tobias.

Ben seufzt, und Schweißtropfen kullern über seine Stirn: «Das ist strafbar.»

«Ach Quatsch, die Medikamente sind doch für uns gedacht, und gegen einen Ausflug würde der Doc nichts haben.»

Elena beugt sich über Tobias' Schulter und verfolgt jeden Handgriff. Schnell gelangt er ins Dokumentationssystem und tippt Verordnungen in ihre Akten. Elena erhascht Wörter wie soziale Interaktion, Perzeptionstraining, Erhöhen der Handlungskompetenz im alltäglichen Setting und Kleingruppe.

«Und wenn das auffällt?»

«Wie denn? Doktor Behr hat die nächsten drei Tage frei, und der Eintrag stammt aus seinem System. Bei der Übergabe hat er vergessen zu erwähnen, dass wir für eine Nacht beurlaubt sind. Kann doch mal passieren», Tobias biegt seinen Hals zu Elena und zwinkert ihr zu, «in seinem Alter.»

Ben atmet schwer und zählt die Minuten: «Noch 420 Sekunden.»

Tobias hält inne.

«Wie viele Minuten sind das?»

Ben seufzt und streckt sieben Finger. Tobias nickt, schnauft und schimpft leise zum Klackern der Tasten.

«Was ist?» Elena steht so nahe neben ihm, dass sie die Narbensalbe auf seinen Wangenknochen riecht.

«Das Apothekensystem ist schwieriger.»

Tobi schwitzt, seine Finger rutschen über die Tastatur, und ein schmieriger Film aus Staubflocken und Schweiß bildet sich. Ben wippt von einem Bein auf das nächste, er zeigt drei Finger.

Noemi steht neben der Tür und lauscht, auch sie wirkt unruhig.

«So, fertig. Elenas Medikamente sind verdoppelt. Sie bekommt sie morgen früh. Jetzt noch Asmarom.»

Noemi hebt den Arm, und alle halten die Luft an. Tobias löscht das Licht. Schritte nähern sich der Tür.

Ben hält zwei Finger hoch.

Die Buchstaben auf dem Monitor wandern so schnell, dass Elena sie nicht mehr lesen kann, doch Tobias markiert Zeilen, klickt und ersetzt Zahlen, geht auf «Senden» und schließt das Apothekensystem.

Elena beugt sich vor und wischt mit dem Ärmel die dünne Schleimschicht von den Tasten ab. Staubflocken wirbeln auf und pudern den Arbeitsplatz wieder grau.

Die Schritte werden nicht lauter, sind aber immer noch zu hören.

Ben hebt einen Finger wie ein Schuljunge: «Jetzt ist Kim im Sanitärraum. Nur noch eine Minute, dann hat sie die Bettpfannen gesäubert. Wir müssen vor ihr draußen sein.»

Ben öffnet die Tür und stellt sich breitbeinig auf den Gang. Die Mädchen schlüpfen raus und drücken sich an der Wand entlang.

«Kommst du nicht?», flüstert Elena.

Ben schüttelt den Kopf und versucht ruhig zu atmen.

«Ich lenke sie ab. Verschwindet!»

Kurz vor der Ecke dreht sich Elena noch einmal um, Ben stützt sich auf den Handlauf und setzt sich in Bewegung wie ein Schlafwandelnder. Kurz darauf hört sie Kim, und obwohl sie leise spricht, pfeift ihre Stimme in Elenas Ohr.

Um Mitternacht schaut Elena zum letzten Mal auf den Wecker. Der Schlaf würfelt alle Erlebnisse durcheinander, sie träumt vom Professor in Polizeiuniform, Asmarom fallen die Gliedmaßen aus den Gelenken, in Polen treffen sie einen Voodoomeister, der sie mit Nadeln malträtiert.

Völlig erschöpft wacht sie auf, torkelt ins Badezimmer und hält ihren nackten Schädel unter den Wasserhahn.

«Das war nicht real, das war nicht real», murmelt sie vor sich hin, «jetzt konzentriere dich.»

«Aufbruch zehnhundert», hat Ben ihr gesagt, jetzt ist es sieben Uhr. Sie hat Zeit zum Packen. Die Medikamente wird sie holen, wenn alle Pfleger und Schwestern ausgeschwärmt sind, um Vitalwerte zu messen oder den Patienten bei der Morgentoilette zu helfen. Dafür braucht man keine Formeln, denkt sie, schlüpft in ihre ausgeleierte Kleidung und zieht die Kapuze tief ins Gesicht.

Sie blickt über den Gang, die Luft zittert vor Betriebsamkeit. Sie schlendert von Tür zu Tür und fixiert das Dienstzimmer. Sollte man sie ansprechen, kann sie so tun, als wolle sie zur Teeküche.

Vorsichtig drückt sie die Tür auf. Keiner ist da, aber der Medizinschrank ist abgesperrt. Das irritiert sie nicht, denn sie sucht etwas anderes: die morgendliche Apothekenlieferung. Diese steht auf der Arbeitsplatte in einer weißen Schachtel so unauffällig wie ein Stapel Druckerpapier.

Elena atmet tief ein und hastet zur Schachtel, hebt den Deckel und grabbelt durch die Blisterpackungen. Sie kennt die Namen ihrer Medikamente und könnte sie rückwärts aufsagen. Sie fischt sie heraus und steckt sie in die Hosentasche.

Nach Asmaroms Medikamenten muss sie länger suchen. Der Deckel senkt sich über den Karton, und in dem Moment wird die Tür mit einem Hinterteil aufgestoßen. Flucht nach vorne, mahnt sie sich und plappert los, bevor die Schwester sie überhaupt gesehen hat.

«GutenMorgenichwillmichverabschieden, wirfahrenlos und sindmorgenwiederda. Tschüüüüüß.»

Sie flitzt davon, und die Tabletten rascheln in der Tasche.

Kapitel 17
Gleichung mit Unbekannten

Ben muss sich zwingen, sie nicht ständig anzustarren. Die Lampe auf Doktor Behrs Schreibtisch taucht sie in warmes Licht. Ihre Haut ist rosig, die Augen strahlen, blonde Härchen schimmern auf ihren Unterarmen, und ihre Begeisterung steckt an.

Sie hat sich verändert, denkt er. Aus Elena ist Shinewarrior geworden. Vier Silben, die ihn anspornen. Vier Silben, die ihn in Elenas Umlaufbahn katapultieren. Er kreist um sie wie ein Planet um seine Sonne, und wenn es dunkel wird, versinkt die Sonne in seinen Träumen. Dort lösen sich alle Grenzen auf: seine Fettleibigkeit und ihre Sterblichkeit.

Selbst wenn Tobias' nächtliche Schmerzensschreie oder Asmaroms Rumoren die Anziehungskraft stören, manövriert sich Ben mit den vier Silben in die Umlaufbahn zurück. Manchmal werden es fünf oder auch sieben Silben, und wie ein kleiner Stern leuchten Verse in seinen Gedanken auf.

Es stört ihn, dass Elena so nahe neben Tobias steht und ihre Köpfe sich berühren.

Ben zählt die Sekunden, hat er 60 erreicht, beugt er einen Finger. Nach 420 Sekunden hat sich seine Hand zur Faust geballt.

Noemi wird unruhig, schleicht zur Tür und scheint etwas zu hören.

Nun geht alles ganz schnell: Ben reißt die Tür auf und verdeckt mit seinem breiten Rücken die Sicht. Vor ihm huschen die Mädchen den Gang hinunter, und Tobias humpelt hinterher. Langsam öffnet Ben seine geballte Faust. 420 Sekunden. Sieben Minuten, fünf Buchstaben und drei Silben: E-le-na. Sie verschwindet um die Ecke, und Silben addieren sich zu Haiku-Versen.

Du durchdringst Grenzen
Strahlen, die uns begleiten
Ein Weg wird sichtbar

Er kann sich nicht lange an dem Gedicht freuen, weil Schwester Kim ihn anraunzt, warum er sich in der Nacht hier rumtreibt.

«Ich kann nicht schlafen. Der Pipitee drückt mir auf die Blase.»

«Jetzt aber ab ins Bettchen», quietscht sie und drückt mit ihren langen Fingernägeln in Bens Rücken.

Mit ganzer Willenskraft verdrängt er die Sorge aus seinen Gedanken, was aus Elena werden soll, wenn sich ihr Zustand auf der Reise verschlechtert.

«Du durchdringst Grenzen», flüstert er mit Blick auf den Boden, «Strahlen, die uns begleiten.» Er geht ins Zimmer und betrachtet die Landkarten und Zettel, die sich auf dem Tisch stapeln.

«Ein Weg wird sichtbar», murmelt er und hievt sich ins Bett, «morgen werden wir ihn befahren.»

Er fühlt die Hitze in seinen Wangen, und mit jeder Lüge wird sie intensiver. Die Stationsschwester ist überrascht und schimpft über Doktor Behrs Schusseligkeit. Eine Beurlaubung? So etwas müsse man ihr doch sagen.

Jolanta hingegen ist ungewöhnlich ruhig, fragt nicht, wieso

ihnen der Psychologe den Ausflug erlaubt habe – und dann auch noch mit einer Putzfrau als Chauffeurin. Sie hat ihren Dienst getauscht, ein Auto geliehen und sich fest angeschnallt.

Ben errechnet die optimale Sitzordnung zur Gewichtsverteilung im Wagen, vom Ergebnis ist er enttäuscht. Er hätte gerne neben Elena gesessen, doch seine Berechnung zwingt ihn auf den Beifahrersitz.

Elena sitzt hinter ihm, immerhin kann er sie im Rückspiegel sehen, wenn er sich etwas nach hinten beugt. Neben ihr lümmelt Asmarom, und in der dritten Reihe zwängen sich Noemi und Tobias auf die Sitze.

«Auf zu neuen Galaxien. WHIZZZ!», ruft Ben, als sich der Ford Galaxy in Bewegung setzt. Statt mit Warp-Geschwindigkeit tuckern sie im Schritttempo durch dichten Großstadtverkehr. Jolanta rührt mit dem Schalthebel, wenn ein Radfahrer quert, und die Radaufhängungen knirschen, als sie einem Lieferwagen ausweicht.

«Wenn du mit 47,5 Kilometern pro Stunde fährst, erwischen wir eine grüne Welle», kommentiert Ben und starrt auf die Tachonadel.

Aus der letzten Reihe navigiert Tobias, doch seine dünne Stimme verliert sich in der Wagenmitte. Elena zerrt Tobi das Tablet vom Schoß und lässt es über Bens Schultern gleiten. Bis er sich auf dem Bildschirm zurechtgefunden hat, ist Jola zweimal falsch abgebogen.

Ben hätte am liebsten selbst das Steuer übernommen, denn ihre Hände schwitzen und rutschen von Lenkrad und Schaltknüppel.

Mit ruhigen Kommandos lotst Ben sie durch den Verkehr. Seine beherrschte Stimme breitet sich im Wagen aus und dämpft die Aufregung. Er will sich zu Elena drehen, bekommt aber nur Asmarom in sein Blickfeld. Der schläft mit dem Kopf am Fenster, und sein gleichmäßiger Atem kondensiert an der Scheibe.

Sie lassen die Stadt hinter sich. Statt Mülltonnen und verrosteten Fahrrädern säumen Linden die Chaussee, wie ein grüner Tunnel spannen sich ihre Äste über die Straße. Wenn sie ein Dorf durchqueren, hetzen die Hühner durch sandige Vorgärten. Manchmal lehnt ein alter Mann in blauen Arbeitssachen am Zaun und wendet ihnen sein zerknautschtes Gesicht zu.

Je weiter sie ins Land fahren, umso entspannter und gesprächiger wird Jolanta. Mit jeder passierten Dorfkirche, jedem durchfahrenen Kiefernwald und jedem überquerten Fluss kommen sie ihrer Heimat näher. Sie biegen auf Feldwege ab und pausieren, essen den Proviant aus der Klink: trockene Brötchen mit Leberwurst aus Blechdosen und Wackelpudding, der sich im warmen Auto schon fast ganz verflüssigt hat.

Ben hat Asmarom geweckt und ihn unter eine Weide gelegt. Noemi weicht nicht von seiner Seite, hält seinen Kopf und reicht ihm Wasser. Es ist still, und trotzdem blickt sich Asmarom schreckhaft um. Ben wundert sich, dass er im Klinikgewusel schlafen konnte, aber in der Stille nervös wird und sich die dünne Haut seiner Unterarme aufkratzt. Noemi schiebt seine Hand zur Seite, doch dann kratzt er sich an den Beinen.

Besorgt betrachtet Ben die feinen Wunden.

«Warum macht er das?» Seine Frage verfängt sich im Blattwerk der Bäume.

Tobias zeigt Ben das Tablet mit Straßenkarten, zuckt mit der Schulter und drückt die Sprach-App: «Fit-te Fe-ri-en-zeit. Bun-des-liga.»

«Hä?»

Tobias tippt hastig herum und schimpft über die Autokorrektur und seine steifen Finger.

«Quatsch mit uns. Wir kennen uns doch alle.»

«Gu-te Ge-le-gen-heit. Bun-des-stra-ße.»

«Auf keinen Fall, da kontrolliert die Polizei. Wir müssen diese Brücke finden. Probiere es noch einmal in den Dateien des DDR-Militärs oder der Landwirtschaftlichen Produktionsgenossenschaft oder so.»

Tobias beugt sich wieder über das Gerät und navigiert sich durch Zahlen- und Buchstabenkombinationen. Fehlermeldungen und Warnungen wischt er mit dem Zeigefinger vom Display und schüttelt ständig mit dem Kopf.

Ben richtet sich auf und fixiert die grüne Landschaft: «Tja, dann müssen wir analog recherchieren.»

Tobias hätte vor Schreck beinahe seine Geräte fallen gelassen.

«Analog?», fragt er ungläubig.

Die Häuser des nächsten Dorfes reihen sich neben der Landstraße auf. Kein Dorfplatz, keine Kirche, nur eine Schenke mit schiefem Schild «Zum roten Adler» und ein Löschteich. Auf der Bank vor dem Gasthaus sitzen drei Männer mit Bierflaschen in der Hand.

«Fast wie zu Hause», sagt Ben. «Ihr bleibt hier.»

Die Geschwister rutschen tief in ihre Sitze, Jola klammert sich betend ans Lenkrad, und Ben geht zu den Männern.

«Tachchen och, wir suchen wat.»

Die drei Männer schauen ihn dumpf an, als hätten sie ihn nicht verstanden. Ben seufzt und bittet um Hilfe. Die Männer erinnern ihn an zu Hause, und beinahe hätte er ihnen Fähigkeiten aus seinen Comic-Heften zugeschrieben. Sie sind keine Inkognito-Superhelden. Die drei halten sich an ihren Flaschen fest, öffnen langsam den Mund und nölen herum. Bevor Ben seine Fragen stellen kann, hört er sich noch das Früher-war-alles-besser-Gemotze an.

«Sagen Sie mal, ich hab gehört, es gibt eine alte Brücke auf dem ehemaligen Militärgelände. Wissen Sie was davon?»

«Wieso?»

«Wir wollen über die Grenze.»

«Dann nehmt doch die Bundesstraße.»

«Zu weit.»

«Haste recht. Scheiß Umweg, nur um auffem Polenmarkt einzukaufen.»

Die Männer erzählen, dass sie früher für die NVA gearbeitet haben, und selbstverständlich kennen sie diese Brücke. Bauern benutzen sie, um Heu von den Wiesen zwischen den vielen Flussarmen der Oder zu ernten.

Der Kapitalismus gehe nachlässig mit der Grenzsicherung um, sonst wären nicht so viele Flüchtlinge da. Inzwischen sei die Brücke morsch, aber ja, man komme rüber, wenn man ein sehr guter Fahrer sei. Bei dieser Bemerkung grinsen sich die drei an.

Ben zwingt sich, sitzen zu bleiben, hört sich Geschichten über Störche und ehemalige Stasi-Spitzel an, um die Routine der Alten nicht zu stören.

«Benchen, wieso haben das so lange gedauert?»

Jola sitzt ganz verkrampft mit der einen Hand am Schlüssel, mit der anderen am Lenkrad. Das Auto vibriert vor Ungeduld, und alle atmen durch, als sie das zerbeulte Ortsschild passieren.

«Ein Undercover-Einsatz braucht Zeit. Mach mal Google Earth auf», ruft Ben zu Tobias und lässt sich das Tablet geben. Er dirigiert den Wagen über löchrige Straßen, schmale Kopfsteinwege und sandige Spuren.

Anfangs fragt Jola immer wieder: «Sicher?»

Dann fragt sie nicht mehr. Der Ford schaukelt hin und her,

und Asmarom knallt ein paarmal gegen die Scheibe. Hastig polstert Elena seinen Platz mit Jacken aus.

Ben sucht nach den Anhaltspunkten, die ihm die Männer gegeben haben, um zur alten Flussbrücke zu gelangen. Sie passieren Birkenwäldchen, einen verrosteten Mähdrescher, dicke Eichen, einen großen Wassertank, Tümpel und zwei Findlinge und stranden an einer Stelle, von wo aus man die Oder von weitem sieht.

«Wo Brücke?», fragt Jola.

Ben schnaubt und zoomt sich durch die Satellitenbilder, ungeduldig wischt er über das Display und murmelt: «Das ist flaches Land, wir werden doch diese Brücke finden.»

Elena klopft ihm auf die Schulter und ruft: «Stopp! Wartet! Lasst mich mal!»

Jolanta schaltet den Motor aus, und Bens Körper vibriert, als würde der Wagen nach wie vor über den Feldweg schaukeln.

Elena streift ihre Schuhe ab, schlüpft durch die Tür und klettert auf das Autodach. Ben wartet auf das dumpfe Geräusch, wenn Blech zusammengedrückt wird, doch Elena bewegt sich so leicht, dass er seinen Kopf aus dem Fenster streckt und sich vergewissert, dass sie noch da ist.

«Habt ihr ein Fernglas?»

Tobias holt ein Täschchen hervor, nicht größer als eine Zigarettenschachtel. Mit seinen Krallenhänden versucht er, den Reißverschluss zu öffnen, aber der kleine Verschluss rutscht ihm aus den Fingern. Ben wartet, er ist sich immer unsicher, wann er helfen soll und wann nicht.

«Can I help you?» Noemi beugt sich zu Tobias, ihm fällt das Täschchen aus den Händen und landet im Fußraum. Noemi hebt es auf und klettert aus dem Wagen zu Elena.

«Great!», sagt sie und reicht es weiter.

Ben lehnt sich weiter aus dem Auto, und die Karosse neigt sich mit ihm.

«Und? Sucht mal östlich.»

«Wo ist östlich?»

«Schaut einfach geradeaus, so wie das Auto.»

Fast zeitgleich strecken die Mädchen ihren Arm aus und fixieren einen Punkt hinter einer dicken Trauerweide.

«Jola, nimm Kurs auf den dicken Baum.»

«Verstanden, aber erst, wenn alle im Auto.»

Sie fahren so langsam, dass die Tachonadel nur zittert, und trotzdem wirbelt trockener Sand auf und dringt durch die offenen Fenster in das Auto. Sie ruckeln über die Heide, bis Jolanta vor dem Ufer stoppt. Noemi klatscht in die Hände und freut sich, alle anderen starren entsetzt auf das Bauwerk.

Die Brücke sieht aus, als hätten Kinder sie gebaut. Vier Pfähle stecken im Wasser, eine schiefe Ebene aus Planken führt nach oben, ein gerades Mittelstück schwankt über dem Fluss, und eine schiefe Ebene dient offenbar als Abfahrt.

Ben fragt sich, warum man nicht einfach eine gerade Brücke gebaut hat. Wozu der Freiraum zwischen Fluss und Brücke? Wollen die Bootsfahrer stehend durchfahren? Fahren hier überhaupt Boote? Ben hofft, dass die Pfeiler nur rostig aussehen und kein Oxidationsprodukt sind. Immer wieder gleicht er die Realität mit der Karte ab, aber es gibt keine andere Brücke außer dem Grenzübergang an der Bundesstraße.

Mit steifen Gelenken klettern sie aus dem Wagen, nur Asmarom döst an der Glasscheibe, die sein Gesicht zu einer Grimasse quetscht.

Sie sind keine zwei Stunden von der Stadt entfernt, aber die brandenburgische Einöde ist wie ein fremdes Land.

Tobias war noch nie hier, da seine Familie Geld hat, um in die Ferne zu fliegen.

Ben war noch nie hier, da seine Familie nicht einmal Geld hat, um ein Ticket für den Nahverkehr zu lösen.

Elena war noch nie hier, da es in dieser Gegend keine medizinische Versorgung gibt. Ohne Krankenhaus am Horizont würden ihre Eltern nie verreisen.

Jolanta kreist mit den Armen und zeigt in die Weite. Die Oder, der Grenzfluss, breitet sich über den Wiesen aus und streckt sich bis in den Schilfgürtel. Wellenlos zieht das Wasser dahin, und kleine Strudel saugen Löcher in die Oberfläche. Wiese, Wasser und Himmel vermischen sich zu einem Blaugrün. Am Horizont schwanken die wuchtigen Weiden wie haarige Riesen.

«Schön, nicht wahr? Da hinten meine Heimat.»

«Naja.» Ben wackelt mit dem Kopf. Es fällt ihm schwer, weiter als bis zu den morschen Planken der Brücke zu schauen.

«Wir müssen weiter.» Besorgt deutet er auf Asmarom. Immer häufiger fällt der Junge in einen unruhigen Schlaf und schlägt mit seinem Kopf gegen das Fenster.

Wenn er wach ist, kann er nicht aufrecht stehen. Zum Pinkeln lehnt Ben ihn an einen Baum und stützt seine Seite. Ohne Widerstand lässt er sich die Unterhose runterziehen. Sie ist blutig. Ratlos steht Ben da. Soll er ihm die Wäsche wechseln? Soll er Jola rufen oder Noemi?

Asmarom krümmt sich vor Schmerzen, Ben zieht ihn wieder an und trägt ihn zum Auto.

«Jola, leg mal eine Decke unter Asmaroms Sitz.»

«Wieso? Es ist doch warm.»

Sie kramt trotzdem nach einer Decke. Gemeinsam lagern sie den Jungen, und als Jola nah an seiner Seite steht, flüstert Ben ihr zu:

«Er pinkelt Blut.»

«*Mój Boże.* Hilf!»

Wie eine Henne scheucht sie die Jugendlichen auf und hetzt zum Steuer. Sie dreht mehrmals den Schlüssel, bis die Zündung eiert, drückt das Gas durch, und der Wagen heult auf.

«Jola, warte. Wir müssen die Überfahrt erst berechnen.»

«Wir?» Elena steht neben Ben und hält sich die Hand vor den Mund. Die Abgase hüllen sie in stinkendes Grau. Während Ben nur mit dem Fuß auf die Bretter tippt, balanciert Elena auf ihnen, klopft mit der Ferse dagegen und meint:

«Sind angeschraubt. Und schau, da sind Querstreben, damit die Reifen Halt finden.»

Sie winkt Noemi zu, und die Mädchen tänzeln über den Fluss. Ben schaut den hüpfenden Gestalten nach und reibt seine feuchten Hände am Shirt ab. Tobias torkelt hinterher, bleibt dann aber stehen und winkt. Er macht seltsame Bewegungen, irgendetwas zwischen Schüttelfrost und Tanz-Moves.

Jolanta protestiert, als Ben die Fahrertür öffnet und sie bittet, sich nach hinten zu setzen. Er will fahren, sie soll sich um Asmarom kümmern.

Sie schimpft und grummelt, oder ist es Beten?

Manchmal kann Ben das nicht unterscheiden.

Er ruckelt am Fahrersitz und schiebt ihn so weit wie möglich zurück. Es ist trotzdem eng, und das Lenkrad klemmt zwischen seinen Knien. Er stellt die Spiegel ein, startet probeweise, korrigiert die Spiegel, kurbelt das Fenster runter, lehnt seinen Arm hinaus und klopft gegen die Karosse.

«Sind deine Verrenkungen ein Lotsen?», ruft er Tobi zu, der ungeduldig auf der Brücke steht.

Ben atmet durch und fährt an. Im nächsten Moment würgt er den Motor ab und muss erneut starten, schaut in den Rückspiegel und sieht eine zitternde Jola, die Asmarom an ihren Busen drückt. Als sie merkt, dass Ben sie beobachtet, zieht sie ihre Mundwinkel nach oben und zischt durch die Zähne:

«Du schaffen das, mein Großer.»

Im Schritttempo rollen sie los, und Ben hat das Gefühl, auf Wasser zu fahren. Erst rutschen die Reifen im Sand – und dann auf den feuchten Brettern. Der Fluss schmatzt gegen die Pfeiler. Es hört sich an, als freue er sich darauf, den Wagen zu verschlingen.

Die Reifen ruckeln über die querliegenden Planken, und die Rillen verhindern ein Zurückrutschen. Zwölf Bretter bis zum Scheitelpunkt in einem Winkel von 25 Grad. Ben errechnet die Beschleunigung und wagt es nicht, sie umzusetzen.

Tobias winkt und knurrt, korrigiert die Ausrichtung mit rudernden Armen. Der Wagen rutscht abwärts, und Jolanta unterdrückt einen Schrei.

«Gib Gas», zischt Tobias und klopft wütend auf die Motorhaube. «Du kannst nur ein fahrendes Auto lenken, du Superhirn. Fahr endlich!»

Er hechtet zurück und fuchtelt mit den Armen, versucht einen Takt zu stampfen. Ben fixiert Tobias, gibt Gas, aber zu viel, und der Galaxy springt nach vorne. Erschrocken geht er vom Pedal und spürt, wie er die Kontrolle verliert. Was nützen ihm Rechenoperationen? Sein Herz galoppiert und lässt sich nicht von Lösungen zähmen.

«Go, Triple B! Go!», brüllen die Mädchen, übernehmen den Rhythmus von Tobias und klatschen in die Hände. Bens Herz synchronisiert sich mit dem Rhythmus, seine Hände krallen sich ans Lenkrad, bis sich die Knöchel weiß färben. Er schmeckt Salz auf seinen Lippen, Schweiß läuft ihm über das Gesicht.

Tobias steht noch immer im Mittelpunkt, doch Elena ragt ins Blickfeld. Er fixiert sie und fährt auf seinen Fixstern zu. Sie leuchtet auf, so gesund und fröhlich wie noch nie.

Das Ruckeln lässt nach, und Ben braucht einen Moment, bis er versteht, dass Sand unter den Reifen knirscht.

«Gott sei Dank!» Er lehnt seinen Kopf gegen das Lenkrad, und die Knie schlackern neben seinen Ohren.

«Ja, *dzięki Bogu.* Wem sonst?»

Jolas Hand rubbelt über seinen gebeugten Rücken. Tobias steigt ein, und auch er schnauft, tupft sich den Schweiß ab mit seinen Verbänden, die inzwischen grau vom Schmutz und gelblich vom Blütenstaub sind. Er dreht das Radio an, und ein polnischer Schlager dudelt aus den Lautsprechern.

Als Ben aufschaut, sieht er die Silhouetten der Mädchen. Sie laufen in den zwei Spur-Rinnen, und ihre Hände streichen über die hohen Gräser in der Mitte. Kornblumen beugen sich unter ihren Händen. Sobald sie Klatschmohn berühren, lösen sich die roten Blütenblätter und segeln durch die Luft.

Noemi läuft mit nackten Füßen durch den Sand. Ihr robuster Gang hat sich verändert. Ben fällt zum ersten Mal auf, wie weiblich sie ist; ihre Hüften schwingen bei jedem Schritt, die Schultern sind entspannt, und man erkennt ihren zierlichen Hals. Jetzt, wo sie aufrecht geht, überragt sie Elena.

«Schön, nicht wahr?», seufzt Jolanta, während sie aus dem Fenster sieht.

«Ja», sagen die Jungs gleichzeitig.

Ben gibt Gas und hat die Mädchen schnell eingeholt. Die treten seitlich an sein Fenster.

«Wir laufen», trällert Elena, «warte bei den Bäumen da vorne.»

Ben lenkt den Wagen an ihnen vorbei und sieht sie nur noch für einen Augenblick im Rückspiegel. Er beschleunigt, spürt den Fahrtwind, und der Duft von Wasser, Wiese und Sommer wirbelt ins Wageninnere.

Die Bäume formieren sich zu einer Allee, und zwischen ihren Ästen lugen ein Zaun und ein Gebäude hervor. Unter einer dicken Linde parkt Ben und wartet. Asmarom schläft, Tobias hält sein Handy aus dem Fenster und starrt auf das weiße Rädchen auf dem Display. Es rotiert vergeblich.

Jolanta steigt aus und stapft durch das schiefe Holztor des Gehöfts. Die Hunde kläffen, doch sie winkt und ruft, bis eine Person auftaucht und die Hunde zum Schweigen bringt. Jolanta und der Fremde reden, er lehnt sich gegen den Zaun, und sie gestikuliert, und dabei wippt ihr großer Busen auf und ab.

Ben schaut lieber in die andere Richtung, wo sich die Umrisse der Mädchen abzeichnen. Noemi flattert in ihrer bunten Kleidung wie ein Schmetterling hin und her. Sein Blick fällt auf Elena. Sie sieht schön aus in der farbigen Kulisse. Im Krankenhausweiß wirkte sie immer durchscheinend, hier sieht sie lebendig aus.

Ben lehnt sich zurück und genießt es, Elena zu betrachten, ohne dass es wie Gaffen aussieht.

Es ist still im Auto, als sie weiterfahren. Jeder hängt seinen Gedanken nach. Jolanta stiert auf die Notizen, die ihr der Hundebesitzer gegeben hat, vergleicht sie mit der Landschaft. Ab und zu schnalzt sie mit der Zunge. Ben sieht im Rückspiegel ihren wackelnden Kopf und die Furche zwischen ihren Augen, aber er will nicht nachfragen. Der Moment ist zu schön, um ihn mit Sorgen zu zerstören, vor allem, weil Elena neben ihm sitzt.

Nach einer Stunde auf schlechten Wegen ist auch die letzte Fröhlichkeit aus ihren Gliedern geschüttelt. Die Ortschaften bestehen nur aus einem Teich voller Entengrütze und ein paar Häusern. Wann immer sie nach dem Arzt fragen, öffnen sich Münder mit vergilbten Zähnen oder Lücken und stimmen ein Loblied auf Doktor Buruczek an. Die Leute deuten in das Grün, wünschen gute Fahrt und reichen ein Wurstpaket oder Kuchen für den Doktor durch das Fenster.

«*Już niedaleko!*» Das haben sie so oft von Jola gehört, dass die Jugendlichen nur noch genervt stöhnen.

«Nicht weit? Von wegen», grummelt Elena und gräbt ihre Hände in die Hosentaschen. «Wo wohnt denn nun der Medizinmann?»

Die Wegweiser sind schiefe Bäume, Bauruinen oder angepflockte Schafe, und wenn sie einem Menschen begegnen, füllt der slawische Singsang das Wageninnere.

Jolanta lacht, bis ihr ganzer Körper vor Freude schaukelt. Die anderen lachen nicht, sie werden von dem Getucker über beulige Feldsteine durchgeschaukelt. Bei einem tiefen Schlagloch hüpft Elena aus ihrem Sitz und prallt mit Kopf und Schulter gegen Ben.

«Alles okay?» Erschrocken blickt er auf die zierliche Gestalt an seiner Seite.

«Ja-ja», klingt es atemlos.

Endlich lugt ein Dachfirst zwischen den schwankenden Robinien hervor, und Jolanta zupft an ihren Haaren herum und streicht die Ärmel ihrer Bluse glatt.

«Nervös?» Ben schaut amüsiert in den Rückspiegel.

Jolanta schnüffelt an ihrer Bluse und sagt: «Ich rieche.»

Beschämt presst sie ihre Arme an die Seite.

«Nimm das Wurstpaket mit, wenn du Buruk begrüßt. Es duftet grandios nach Leberwurst.»

Ben schluckt seinen Speichel und lenkt das Auto nach links in einen Torbogen aus verschlungenen Weidenruten. Das Haus sieht hässlich, aber auch gemütlich aus. Pflanzen klettern an dem rauen Putz entlang. Auf dem geteerten Dach nagelt eine dunkle Gestalt Dachpappe an. Das Motorengeräusch bemerkt er nicht unter seinen Hammerschlägen.

Jolanta öffnet die Tür und fragt: «Soll ich rufen?»

Bevor sie antwortet, drückt Ben die Hupe. Tobias und die Geschwister zucken zusammen, und der Mann auf dem Dach gerät ins Schwanken.

«*Oh Boże,* Ben. Mach Doktor nicht kaputt.»

Jolanta boxt Ben auf seinen Oberarm und steigt aus dem Wagen. Mit wedelnden Armen und lauter Stimme geht sie auf das Haus zu.

Der Mann klettert langsam an zwei zusammengebundenen Leitern hinab. Sein Ausdruck ist verschlossen, aber als Jolanta auf ihn zueilt, entspannt er sich, und seine weißen Zähne leuchten in der Sonne. Jolanta und der Mann umarmen sich lange.

«Sie hat das Wurstpaket vergessen», kommentiert Ben.

Jolanta winkt den Jugendlichen zu. Die fünf gehen über den Hof, Ben in der Mitte mit Asmarom am Arm und dem Wurstpaket in der Hand. Der Mann lächelt und nickt, dabei wackelt sein Kopf, als wäre sein Hals aus Gummi. Es ist kein Nicken und auch kein Kopfschütteln, eher eine Mischung aus beidem.

Buruk legt seine Zähne frei und strahlt in die Gruppe, umarmt Ben samt Asmarom und Wurstpaket. Bei Tobias ist seine Umarmung vorsichtiger, aber nicht weniger herzlich. Der Mann lässt sich von Tobias' Narben nicht irritieren. Er schaut nicht, wie Ärzte sonst schauen, mit verzogenen Mundwinkeln und zusammengekniffenen Augen. Dieser angebliche Doktor lacht und fasst sie alle ohne Handschuhe an. Und ohne das Verlangen, sich anschließend zu desinfizieren.

Als er Noemi betrachtet, wackelt sein Kopf nicht mehr, der Mann verbeugt sich und sagt mit weicher Stimme: «Buruk, *welcome.*»

Jolantas Bewegungen und Sprache nehmen an Tempo auf, und Ben vermutet, dass sie von Asmarom erzählt.

Buruk nickt, schnalzt mit der Zunge und sieht besorgt aus. Mit einer Kopfbewegung delegiert er sie ins Haus. Er geht voran, alle folgen ihm, und beim Eintreten räumt er einen Tisch weg, schiebt Decken zur Seite, holt Handtücher und eine Schüssel Wasser.

Ben legt Asmarom auf eine Chaiselongue, ein Ungetüm, auf dem schon Katharina die Große posiert haben könnte.

Buruk hebt den Jungen leicht an, und Jolanta stopft Kissen unter Rücken, Nacken und Knie. Noemi hält Wache neben dem Sofa, als wolle sie verhindern, dass ihr Bruder von dem Monstrum verschluckt wird.

Buruk redet langsam in einer unbekannten Sprache und tastet dabei den Jungen ab, drückt die Haut auf seinem Handrücken zusammen, und als eine Falte stehen bleibt, streicht er sie weg.

Er untersucht die Augen, taxiert die Kratzspuren, provoziert Reflexe an Asmaroms steifen Gliedmaßen und hantiert so ruhig, als wäre alles in bester Ordnung. Noemi nickt und gibt kurze Antworten.

Ben hat mehr und mehr das Gefühl zu stören. Erleichtert folgt er Jola, als sie hinausgeht. Sie hat den Putzmodus eingeschaltet und inspiziert den Wagen nach Schmutzwäsche, deutet auf Ben, er solle sein Shirt ausziehen, damit sie es waschen kann.

Erschrocken wehrt er ab. Jolanta lässt nicht locker, fordert das Shirt, hält inne und überlegt, verschwindet im Haus und kommt mit einem Gewand von Buruk wieder.

«Ich ziehe kein Zirkuszelt an», mault er, nimmt aber trotzdem den bunten Stoff entgegen. Er dürfe das Gewand behalten, ruft ihm Jola zu. Eine Pumpe steht im Hof, und Ben schwingt den Schlegel, das Wasser plätschert in einen Blecheimer. Es funkelt im Sonnenlicht, und sein Verlangen nach Erfrischung ist so groß, dass er das Shirt vom Körper pellt und sich Wasser auf den Bauch schaufelt. Er kann sich vorstellen, was für ein Bild er abgibt, weiß und dick wie Baymax.

«Lass mich mal!» Elena greift den Schlegel, und Ben hält seinen Kopf unter das Wasser, spült Schweiß und Verlegenheit weg. Obwohl sie mit ganzem Körpereinsatz pumpt, wird der Strahl immer dünner und tröpfelt schließlich nur noch aus dem großen Rohr. Völlig außer Atem lässt sie den Schlegel los. Er wippt noch auf und ab, und Elena wippt mit, schwankt und sucht Halt.

Ben wühlt sich durch das afrikanische Gewand, bis er in den vier richtigen Öffnungen steckt.

«Hey, was ist mit dir?»

Er packt Elena, und gemeinsam lehnen sie sich sitzend an die Eisenpumpe. Die Metallteile drücken in seinen Rücken, und er sucht eine bequeme Position. Elena aber ist so schlapp, dass er sie mühelos neben sich schiebt. Ihre Augenlider flattern, Lippen und Haut sind blass.

«Mach mal eine Pause. Hast du deine Medikamente genommen?»

Sie schüttelt den Kopf und deutet auf das Auto. Er will seine Position nicht verändern, sie hat sich an seine Seite geschmiegt, doch er steht auf und holt mehrere Schachteln. Besorgt betrachtet Ben die unterschiedlichen Verpackungen.

«Weißt du, wie du was nehmen musst?»

Sie nickt, und ohne nach Wasser zu verlangen, legt sie sich die Tabletten auf die Zunge, neigt ihren Kopf nach hinten und streicht mit zwei Fingern an ihrem Hals entlang.

«So hat es meine Mutter auch gemacht, wenn sie unserem fetten Kater Tabletten verabreicht hat», kommentiert Ben. Elenas Hand ruht noch auf ihrem Hals, vorsichtig tastet sie ihn ab und zuckt zusammen.

«Alles okay?» Ben will sich wieder dichter neben sie setzen, aber sie verschränkt ihre Arme und gräbt ihre Finger in die Achselhöhlen. Steif und kantig hockt sie neben ihm. Ben schimpft sich – wie konnte er nur annehmen, dass sie ihn mag? …

Er findet sich ja selbst abstoßend.

Kapitel 18

Morgenlicht

Ich freue mich so sehr, Buruk endlich kennen zu lernen, dass ich ihn beinahe umarmt hätte. Rechtzeitig bleibe ich vor ihm stehen, neige meinen Kopf, schaue auf den staubigen Boden, und Mutters Stimme mahnt in meinem Kopf, mich demütig und respektvoll zu verhalten.

Jolanta legt den Arm um mich und schiebt mich gleichzeitig zu Buruk. Mit seiner hellbraunen Haut, den hohen Wangenknochen und der schmalen Nase könnte er zu unserer Familie gehören. Er begrüßt mich mit einem starken Akzent und wackelt mit dem Kopf auf diese ganz spezielle Art, wie es nur Tigray tun.

Tränen steigen auf, einfach so. Ich reiße meine Augen auf und hoffe, dass die Tränen trocknen, bevor sie über die Wangen laufen.

Mein Blick auf Buruk verschleiert sich, er verschwimmt, und die Kontur meines Vaters erscheint. Sein Kopfwackeln, wenn er uns lobte oder etwas erklärte oder betete, und seine vollen Lippen, die einen dicken Kuss auf der Stirn hinterließen.

Jolanta streichelt meinen Rücken, redet und dreht sich zu Asmarom, und die Haltung von Buruk verändert sich. Er strafft seinen Rücken, wackelt nicht mehr mit dem Kopf, sondern winkt uns ins Haus. Wir legen Asmarom auf ein verziertes Sofa, wie einen Wüstenprinz betten wir ihn auf die Polster.

Buruk spricht mit uns, und immer, wenn er etwas mit Asmarom macht, erklärt er es. Ich muss viele Fragen beantworten. Manchmal fällt es mir schwer, mich zu erinnern. Habe ich das alles erlebt? Die Flucht? Das Hungern? Das Verstecken? Die Angst, von Männern angefasst zu werden? Es fühlt sich nicht wie mein Leben an.

Buruk nimmt ihm Blut ab, er habe eine Vermutung, sagt er.

Asmarom ist unruhig und spricht wirres Zeug, redet von Dämonen, die ihm Geld abnehmen und ihm die Hose runterziehen. Ich beiße mir auf die Lippen und habe Angst, mehr zu hören. Er würgt und winselt, dass ihn riesige Wellen zerschlagen. Er schnappt nach Luft und zittert und ruft verzweifelt: «Ich ertrinke!»

Buruk hält seinen Kopf, stützt ihn im Rücken und spricht leise. Seine Aussprache ist weich, er summt eine alte Melodie, bis Asmaroms Augenlider nicht mehr zittern und sein Atem gleichmäßig geht.

«Ich fahre ins Labor und besorge Medizin. Es wird ein Parasit sein. Er braucht Zeit für Heilung.» Buruk schaut mir direkt ins Gesicht und sagt sanft: «Und du brauchst auch Zeit für Heilung.»

Ich will stark sein, und doch merke ich, wie ich in die Polster zu Asmaroms Füßen sinke. Was ist das für eine Erkrankung? Wieso bringt mich dieser Mann so aus dem Gleichgewicht? Warum könnte ich andauernd weinen, wenn er mich anschaut?

Buruk verlässt das Zimmer. Ich bette Asmaroms Beine auf meinen Schoß und lehne meinen Kopf gegen die samtigen Kissen. Ich wünschte, es wäre ein verzaubertes Sofa, das uns in eine andere Welt trägt, in eine mit Mama und Papa, Tante Mo und Onkel Erimias und Großmutter und … Es wird schummrig, und ich schwebe davon.

Als der Wagen im Hof scharf bremst, schrecke ich auf, mein Herz trommelt. Buruks Stimme klingt leicht und fröhlich, mein Entsetzen wandelt sich in Erleichterung.

«Es sind wirklich nur Würmer. Der Bluttest hat es bestätigt.» Buruk schwenkt einen Zettel voller kleingedruckter Zahlen.

«Ein Wurm?»

«Nein, viele, Tausende. Sie sind durch verschmutztes Wasser in den Magen gelangt, haben sich im Darm vermehrt und sich im ganzen Körper ausgebreitet bis ins Gehirn und sich durch kleine Gefäße gefressen.»

Ich ziehe die Luft ein, mich gruselt bei der Vorstellung, dass sich Würmer im Leib meines Bruders tummeln. Wenn ich Mama das erzähle, wird sie ihre Hände auf die Hüften stemmen und schimpfen. Sie hat uns immer vor unreinem Wasser gewarnt. Dann wird sie empört mit dem Kopf wackeln, weil die weißen Ärzte keinen Rat wussten.

«Und jetzt?»

Buruk holt eine Tablette hervor, fast so groß wie ein Marmeladendöschen aus dem Krankenhaus. Entsetzt schaue ich auf die Monsterpille. Er erklärt, dass sie die Therapie heute beginnen können, aber morgen müssten wir wieder nach Deutschland, um die Behandlung fortzusetzen, die Symptome würden dann rasch verschwinden.

Ich bin glücklich über seine Worte, auch die anderen freuen sich, und es berührt mich, wie sie sich um uns gesorgt haben. Nur Elena wirkt abwesend, streicht sich immer wieder über den Hals und reckt ihn, als würde sie gähnen. Vielleicht ist sie müde. Sie war den ganzen Nachmittag draußen und hat den Tisch eingedeckt.

Immer wieder eilten Ben und Elena an den Fenstern vorbei. Er schleppte den Tisch auf den Hof, reihte Stühle drum herum, und als er keinen Stuhl mehr fand, nahm er zwei Holzklötze. Ein steifes Betttuch wurde zur Tischdecke, und Elena sortierte Teller, Besteck und kleine Gläser aus Buruks Apothekenschrank darauf.

Jetzt stehen Blümchen in den winzigen Flaschen und wippen mit ihren weißen und blauen Köpfchen auf und ab.

Jola tischt auf, und ich freue mich auf das Essen, das aus der Erde kommt und nicht aus Plastik. Als Tobias es sich auf den Teller schaufeln will, klopft ihm Jola auf die Finger.

Ich muss grinsen, es erinnert mich an zu Hause, und tatsächlich höre ich Papas Stimme, die ein Tischgebet spricht. Ich schrecke auf. Nicht Papa, es ist Buruk, der mit gefalteten Händen Tigrinya spricht. Leise stimme ich in die Verse ein. Zum Schluss sagt Buruk: «Amen.»

Ein vierfaches Echo ertönt von Jola und den Jugendlichen.

Der Sommer hängt zwischen den Obstbäumen und Dächern und neigt sich über unsere Tischgemeinschaft. Wir reden in vier Sprachen, loben das gute Essen, lachen über einen Spaß. Wenn man Humor versteht, kann man alles verstehen.

Plötzlich springt Jolanta auf, ihr Stuhl kippt nach hinten, Ben hastet zur Pumpe, Buruk geht um den Tisch.

Erst jetzt sehe ich, dass Blut zwischen Elenas Lippen hervorrinnt. Sie hält sich die Hand vors Kinn und hebt entschuldigend die Augenbrauen. Blut sickert zwischen ihren Fingern hindurch. Ben hält ihr das kalte Wasser hin. Sie greift mit beiden Händen und trinkt langsam. Wir schauen sie erwartungsvoll an. Sie meint, alles sei okay, aber ich sehe, wie sich in den Mundwinkeln neues Blut sammelt.

Jolanta mahnt uns, den Teller leer zu essen, und wir sollen uns nicht sorgen, Buruczek kümmert sich um Elena. Das tut er auch, er will alles über ihre Erkrankung hören. Jolanta übersetzt, manchmal stockt sie, wenn Elena komplizierte Wörter verwendet.

Ich sehe, wie Buruk mit seinem Kopf wackelt. Es ist eher ein Kreisen, als hätte er sich die Nackenmuskeln verrenkt. Vaters Kopf schaukelte so, als die Polizei vor unserem Haus stand.

Ohne nachzudenken, packe ich die Hand, die neben mir liegt, und halte sie fest. Die Haut ist weich und dünn, ich löse den Griff und schaue auf gekrümmte Finger. Tobias schließt seine Hand, so weit er kann. Wir schauen uns nicht an, starren nur auf die weißen und blauen Blumenköpfchen auf dem Tisch.

Ben weiß nicht, wohin mit seinen Händen und sich selbst. Er stapelt das Geschirr und wedelt mit seinen Pranken Krümel von der Tischdecke. Er stellt die Blümchen in eine neue Ordnung und füllt den Wasserkrug auf, der nicht leer war. Wir warten. Keiner mag mehr etwas essen.

Als Elena aus dem Haus kommt, ist ihre Wange dick.

«Eiswürfel», nuschelt sie und zeigt auf ihr ausgebeultes Gesicht. Die Tafelrunde ist wieder komplett, doch Buruk sieht nachdenklich aus, und Jolanta beißt sich auf die Lippen.

«Lasst uns einen Abendspaziergang machen», verkündet Buruk.

Ich stehe auf, alle anderen schauen mich verwundert an. Buruk lacht und wiederholt auf Polnisch, und Jolanta schickt ein deutsches Echo weiter.

Wir laufen um das Grundstück, aber das Haus mit Asmarom auf dem Sofa ist unser Zentrum. Wir beobachten die langbeinigen Vögel, die im hohen Gras landen. Tobias steht so dicht neben mir, dass mich sein Ellenbogen berührt. Zum ersten Mal stolpert mein Herz nicht vor Angst. Mit dem Haus im Rücken setzen wir uns an den Seitenarm der Oder, der das Grundstück durchfließt. In kleinen Strudeln zieht er an uns vorbei und drückt das Schilf nach unten. Schwere Feldsteine reichen wie eine Landungsbrücke in den Fluss, und weiter hinten ragt ein Fels aus dem Wasser, der voller schwarzer Schalen ist.

«Muscheln», sagt Tobias.

Elena hat sie auch entdeckt und steht schon mit den Knöcheln im Wasser. Ben stoppt sie, aber Elena will zu dem Stein, also beugt Ben seinen Rücken, und Elena klettert hinauf. Huckepack stapfen sie durchs Wasser. Wir feuern sie an, nur Jolanta ruft wieder: «Oh Gott, oh Gott, oh Gott.»

Als sie zurückkommen, hält Elena leere Muscheln in der Hand. Die Innenseite schimmert wie ein Regenbogen. Versonnen drehe ich sie in den Händen und fange mit ihnen das Abendlicht ein.

Buruk deutet auf das Wasser, angestrengt suche ich nach den Fischen, die er uns zeigen will. Er meint aber nicht die Fische, er meint das Schilf. Zuerst redet er mit mir, dann mit Jolanta, bis seine kleine Geschichte auch Elena und die Jungs erreicht hat.

Er zeigt auf das gebeugte Schilf im Wasser und spricht Verse aus der Bibel, dass Gott das geknickte Schilfrohr nicht abbricht. Manchmal müsse man sich beugen, um nicht zu zerbrechen, aber wenn die Flut vorbei ist und die Strömung nachlässt, wird Gott einen wieder aufrichten.

Ich schaue lange auf das Schilf. Es bewegt sich sanft wie Wellen, als würde eine unsichtbare Hand darüberstreichen. Die Abendsonne verschwindet zwischen dicken Bäumen, und ab und zu steigen die langbeinigen Vögel als schwarze Schatten auf. Die Frösche quaken und erinnern mich mit ihrem Rhythmus an die Wu-uup-Rufe der Hyänen.

Mit der Morgendämmerung wechseln die Vogelstimmen, und aus den melodischen Tönen der Nacht werden krächzende und pfeifende Laute. Revierkampf, denke ich und rolle mich auf die Seite, durch die dünne Matratze spüre ich die Dielenbretter. Es stört mich nicht. Ich sehe Asmaroms gleichmäßigen Atem durch seinen Körper wehen, aber die Sorge um Elena kratzt an meiner Seele.

Buruk hat sich ihre Tabletten angesehen, die sie wie Bonbons schluckt.

«Es sind doch nur Vitamine!», protestierte sie, doch Buruk nahm sie ihr weg. Wieso?

Ich drehe mich auf die andere Seite und rolle die Fragen in meinem Hirn. Wieso ließ sich die Blutung im Mund nicht stillen? Wieso schaute Buruk so besorgt? Ich versuche zu verstehen, aber meine Gedanken hängen in der Morgendämmerung fest und vermischen sich mit den Eindrücken des Abends.

Das Miteinander am Flussufer hat mich an unsere Kirche erinnert, wenn Papa aus der Bibel las. Das hat mir Mut gemacht. Weder hat Gott uns verflucht, noch straft er uns mit Krankheit, wie es die afghanischen Männer im Flüchtlingslager sagten, dabei an ihren langen Bärten zupften und uns ihren von Spucke durchweichten Naswar, ihren geliebten grünen Kautabak, vor die Füße spien.

Ein Vogel setzt einen Warnruf ab, wahrscheinlich schleicht eine Katze um das Nest. Ich erhebe mich und gehe auf Zehenspitzen durch das Haus, die Holzdielen knarzen trotzdem. Die Tür ist angelehnt, und ich trete in den Hof. Über den Giebel blitzt die Sonne und schickt ein paar Strahlen über die Hausseite.

Dort kauert Elena auf einer Bank, die Beine angezogen, und mit geschlossenen Augen hält sie ihr Gesicht in die Sonne. Ben sitzt neben ihr, die Sonne scheint ihm auf den Bauch. Sie hat seine Jacke an, zittert aber immer noch. Er rutscht hin und her.

Ich sehe, wie er versucht, seinen Arm um sie zu legen. Doch er traut sich nicht. Elena hilft ihm und legt ihren Kopf an seine Seite. Er zieht seine Schulter zurück, und sie rutscht an seine Brust. Wie Geschwister sitzen sie da, fürsorglich und zerbrechlich. Der kühle Wind trägt ihre Worte zu mir.

«Ich muss mich biegen wie das Gras im Fluss, damit ich nicht zerbreche.»

Es sind Buruks Worte vom Vorabend, ich verstehe nicht alles, aber ich kann folgen.

«Mein Körper zersplittert, wenn ich weiter dagegen ankämpfe. Wenn ich mich beuge, bleibe ich komplett.»

Ben wird unruhig.

«So … hat … hat er es … nicht gemeint», stottert er, «manchmal … soll man das Schwere wie eine Welle über sich ergehen lassen … sich treiben lassen, um sich dann wieder aufzurichten. Du willst doch nicht aufgeben … ertrinken?»

Die Sonne erhebt sich über dem Haus und taucht beide in ein klares Licht. Elena sieht entschlossen aus, Ben verzweifelt. Sie fasst seine Hand und sagt: «Hilf mir. Ich will nicht in der Klinik sterben.»

Ich lehne mich an den Türrahmen und verschwinde in seinem Schatten. Ben schüttelt sich, will aufspringen, öffnet den Mund, aber Elena hält ihn fest, schiebt ihre zierliche Hand durch seine Ellenbeuge. Die Fleece-Jacke kräuselt sich, und ihr nackter Arm ruht auf seinem Bauch. Die feinen Härchen schimmern golden über ihrer weißen Haut.

Ben zögert, doch dann berührt er sie vorsichtig mit den Fingerspitzen und streicht sich Zentimeter um Zentimeter ihren Arm entlang. Beruhigt mehr sich als sie.

Immer wieder nickt er, ein verzweifeltes Abschütteln ihrer Worte. Sie wirkt ungewöhnlich friedlich.

Zwischen meinen Fingern drehe ich das kleine Kreuz von meiner Kette.

«Keine Sorge, dein Bruder wird wieder gesund.» Buruks Atem weht in meinen Nacken.

Ich zucke ein bisschen zusammen und drehe mich zu ihm um. «Ja, ich weiß, aber was ist mit Elena?»

Er schweigt und wackelt mit seinem Kopf, mehr Nein als Ja. Ich wende mich ab, gehe zu Asmarom hinein, halte seine Hand und tröste mich mit seiner Wärme. Er blinzelt mich an, und in seine schmalen Wangen graben sich feine Grübchen.

Aus dem Abendbrottisch ist eine Frühstückstafel geworden. Zwischen die Blumen hat Jolanta Platten mit Hefegebäck gestellt, vor Asmarom dampft eine Tasse mit Gemüsebrühe. Er sitzt schief auf dem Stuhl, dicke Kissen an den Seiten hindern ihn am Runterfallen. Es ist schön, ihn so zu sehen. Er freut sich über alles: frische Luft, Sonnenschein, selbständig essen und vor allem über Buruk, den er jetzt erst richtig wahrnimmt.

Ich puste in meinen heißen Tee, und durch den Dampf beobachte ich die anderen. Tobias zupft seine Hefeteile in kleine Stücke und schiebt sie sich in den schiefen Mund, Ben starrt in die Weite, und Elena beugt sich zum Teller und zerpflückt das Essen, ohne es in den Mund zu stecken. Ein Tuch hat sie mehrmals um ihren Hals geschlungen. Sie trägt sonst nie Tücher. Will sie etwas verbergen?

Jolanta steht immer wieder auf, sie ist schon mehr beim Packen als beim Essen. Sie beschmiert Berge von Broten mit Gänseschmalz und wickelt sie in dünnes Papier.

«Aufräumen, packen und los», verkündet sie, während sie das leere Geschirr stapelt, «Buruczek wird uns begleiten.»

Dabei lächelt sie und bekommt rote Flecken am Hals.

Das Einpacken geht schnell. Tobias sitzt als Erster im Wagen und hat seine Geräte griffbereit auf die Netze am Sitz und auf die Ablagen verteilt. Die Jugendlichen können sich nicht einigen, wer wo und neben wem sitzt.

Ben kritzelt Zahlen auf einen Block und erklärt, dass man Körpergröße, Gewicht und medizinische Umstände bei der Sitzverteilung beachten solle. Jolanta klatscht immer wieder in die Hände und macht Geräusche, als würde sie Hühner in einen Stall treiben. Buruk setzt sich ans Steuer und startet den Wagen.

«Halt, ich fahre doch.» Ben hastet zur Fahrertür.

«Buruczek kennt sich aus, setzen du neben Elena. Ist doch schönster Platz», dabei kichert sie, und Ben trottet mit rotem Kopf zurück zum Einstieg.

Die Dreierbank sieht geräumig aus, immerhin klebt mein Bruder an der Scheibe, und Elena benötigt nur eine halbe Sitzfläche.

«Jetzt mach schon, rutsch zu mir.» Elena drückt den Anschnaller zwischen die Polster, und Ben platziert sich auf beiden Sitzen.

Wir tuckern über die Feldwege und gelangen auf eine Straße aus Betonplatten. In rhythmischen Abständen rollt der Wagen über die Asphaltkanten, es erinnert an das Ruckeln einer Eisenbahn und lullt uns in Trägheit. Ab und zu nimmt Tobias ein Gerät in die Hand, prüft den Empfang und legt es dann stöhnend zur Seite.

In unterschiedlichen Grüntönen fliegt die Landschaft an uns vorbei: die Weiden, das Schilf, der Fluss. Rinder stehen in kleinen Gruppen zusammen, und Störche stapfen durch die Wiesen. Das Grün streckt sich bis zu den Dörfern und droht Häuser, Kirche und Gasthof zu verschlingen.

Wir fahren lange, bis wir zu einer Stadt kommen. Sie liegt zu beiden Seiten der Oder. Eine große Brücke verbindet die Stadtteile.

Jola und Buruk reden leise. Wenn ich mich vorbeuge, sehe ich Buruks Gesicht im kleinen Spiegel über ihnen. Die Falten um seine Augen und den Mund, die sonst leicht und verspielt aussehen, haben sich hart in sein Gesicht gegraben.

Der Wagen verliert an Tempo und hält vor einem Schild, das

den Grenzübergang in tausend Metern ankündigt. In der ersten Reihe wird diskutiert: Jolanta will fahren, denn Ben darf ja offenbar gar nicht, aber Buruk besteht darauf, jetzt unbedingt weiterzufahren. Jola weist die Jugendlichen an, so normal wie möglich auszusehen.

«Wie soll das gehen?», fragt Tobias und grinst mich an.

Jolanta wird immer hektischer, steigt mehrmals aus und ein, verschiebt eine Tasche, rückt Asmarom aufrecht, setzt mir eine Kappe auf und tätschelt Elenas Wangen in dem Bemühen, etwas Farbe auf ihre blasse Haut zu kneten. Tobias solle ein Buch lesen oder sich wenigstens die Seiten vor sein Gesicht halten, und die Pullover-Ärmel soll er über seine Hände ziehen.

«Oh Gott, oh Gott, oh Gott», ruft sie immer wieder.

Ich würde sie am liebsten in den Arm nehmen und sagen, dass wir das auch noch schaffen. Wir haben schon viele Grenzen überquert, und diese sieht doch harmlos aus, nur Schilder, keine Zäune, kein Stacheldraht, keine Patrouille. Ein Mann in Uniform läuft am Brückengeländer entlang.

Bens Stimme brummt im Wagen, er rechnet irgendetwas mit Geschwindigkeit und was am unauffälligsten sei, dann schaut er mich und Tobias an.

Ich lächle und sage einfach: «Okay.»

Tobias hält sich die Zeitschrift vor das Gesicht und sagt nichts.

«No problem», ruft Buruk und startet den Motor, *«we are family.»*

Ja, das sind wir, denke ich und ducke mich in den Sitz.

Zügig fahren wir auf die Grenzbrücke, ein paar Autos sind vor uns, Fußgänger mit Stoffbeuteln und Studenten mit wuchtigen Schultertaschen. Jolanta nuckelt vor Nervosität an der Wasserflasche.

Ein Polizeiwagen steht auf der deutschen Seite. Der Polizist lehnt sich gegen die Front des Autos. Obwohl seine Haltung lässig ist, dreht sich sein Kopf wachsam wie der eines Falken.

«Nie trać głowy!», flüstert Buruk und streichelt Jolantas Hand.

«Ich verlieren meinen Kopf nicht», grummelt sie und kaut auf ihren Lippen.

Wir rollen auf die Brücke, unter uns die Oder, so breit, wie ich sie noch nie gesehen habe. Sie scheint hier das Wasser aller Flussarme zu vereinen. Vor uns leuchten Bremslichter auf, und Buruk verringert das Tempo. Ich schaue aus dem Fenster, und die Sterne auf dem blauen EU-Schild leuchten mir entgegen. Wie sehr habe ich von diesen Sternen geträumt, von denen alle erzählen, dass sie Freiheit bedeuten.

Buruk fährt an die Seite, und der Polizist bewegt sich mit steifen Beinen auf uns zu. Seine Hände ruhen auf dem wuchtigen Gürtel mit Waffe und Schlagstock, und über seiner Schulter hängt ein Funkgerät. Vor Panik kann ich nicht stillsitzen.

Tobias flüstert: «Keine Sorge, das ist nur ein Schottersheriff. Im schlimmsten Fall nimmt er uns Fingerabdrücke ab.»

Dann grinst er und sagt, dass er keine Fingerabdrücke mehr habe. Ich greife seine Hand, meine Fingernägel kratzen über seine Haut. Er ächzt neben mir und zischt mir zu, ich solle mich entspannen.

Der Polizist klopft schon auf den Kotflügel, und Buruk lässt das Fenster runter. Ein dunkler Schatten fällt über mein Gesicht. Es ist Ben, der sich aufrichtet, sein Kopf berührt das Wagendach.

«Tachchen och. Wat haben wir denn hier Schönes?»

«Guten Tag, Herr Wachtmeister.» Jolanta beugt sich über Buruk. «Machen Ausflug mit Familie, Herr Wachtmeister. Alles gut. Ihnen auch?»

Der Polizist lugt durch das Fenster und rümpft die Nase. Jolanta raschelt am Paket aus Zeitungspapier und beugt sich über Buruk.

«Wurst, Herr Wachtmeister? Polnische!»

Er sagt etwas, und Jolanta kramt in ihrer Handtasche. Mit zittrigen Fingern reicht sie ihm Papiere. Der Polizist studiert sie, aber sein Blick wandert immer wieder zu Buruk und Jolanta. Ich kenne diesen Blick. Sie glauben dir nicht und wollen dich verunsichern. Ihre Bewegungen sind langsam, aber voller Spannung. Was wird er tun? Buruk aus dem Wagen reißen und rumschreien?

Ich rutsche immer tiefer in den Sitz. Zwischen Bens Schulter und der Karosserie sehe ich, wie der Polizist mit dem Kopf wackelt. Er öffnet die Tür, und Buruk muss aussteigen, auch Jola steigt aus und geht um den Wagen. Ich beiße mir auf die Lippen und halte den Atem an.

Bilder der Flucht zucken durch meinen Körper. Die Schleuser haben uns aussortiert, keiner wusste, nach welchem Muster sie es tun. Asmarom hatte sich größer und breiter gemacht, als er war. Er wollte stark sein, er wollte ein guter Flüchtling sein, und nie waren wir sicher, ob wir das Richtige tun. Mal mussten wir schwach und dumm wirken, mal stark und schlau. Ich weiß nicht, was ich jetzt tun soll.

Buruk redet noch immer mit dem Mann, und Jola übersetzt. Sie zeigen auf uns, dann nimmt Buruk Jola in den Arm und gibt ihr einen Kuss.

«We are family», sagt Buruk, und der Polizist nickt.

Jolanta greift in den Wagen und holt das Wurstpaket heraus. Die Spannung weicht, und der Polizist nimmt ihr die Wurst ab, tritt beiseite und lässt Buruk einsteigen. Langsam rollt der Wagen am blauen Schild mit den goldenen Sternen vorbei. Ich drehe mich zum Rückfenster.

Der Polizist hebt die Wurst zum Abschied in die Luft. Ich atme aus und lache. Ich lache mir die Angst aus meinem Körper.

Buruk schaltet das Radio an, und wir grölen zu den Liedern. Wenn ich den Text nicht verstehe, singe ich meine eigenen Worte und danke Gott von Herzen. Wir übertönen den Verkehrsfunk und die Nachrichtensprecher. Asmarom klopft mit den Fingerspitzen am Fenster den Takt, nur Elena fehlt die Puste.

Gleichmäßig rollen wir über die Landstraße, über uns berühren sich die Baumkronen, zwischen abgestorbenen Ästen blitzt der Himmel wie blaue Mosaiksteine auf. In meinen Gedanken funkeln Jolantas Worte «Ausflug mit Familie» in unterschiedlichen Farben: Familie, Geschwister, Gemeinschaft, füreinander da sein. Wochenlang fühlte ich nichts, jetzt fühle ich so viel auf einmal.

Ich bin erleichtert wegen Asmarom, traurig ohne meine Eltern, fröhlich mit Buruk, ängstlich vor der Zukunft, neugierig auf Tobias und besorgt um Elena.

Sie wird immer blasser, und wenn man sie nur berührt, bilden sich blaue Flecken auf ihrer Haut.

Kapitel 19

Sturmflut

Sobald sie die Klinik betreten, werden sie von ihrer Routine geschluckt: Vitalwerte checken, Essen, Visite, Gruppenstunde mit dem Psychologen.

Doktor Behr sitzt mit wippenden Füßen auf seinem Stuhl und zwirbelt am Papierchen eines Bonbons. Sonst lümmelte er im Lehnstuhl, jetzt balanciert er mit seinem Hintern auf der Stuhlkante, die Lippen so weit vorgestülpt, dass seine Halsfalten nicht mehr schlackern.

Die Ruhe vor dem Sturm, denkt Elena und wartet auf einen Wutausbruch. Der Doc schmatzt und schnalzt mit der Zunge. Leise und klar tröpfeln seine Worte hervor, dass er es gewohnt sei, dass ihn alle für vergesslich und seltsam halten. Er leckt Spucke von seinen Lippen und fährt fort: «An meine Verordnungen kann ich mich sehr gut erinnern. War das Interaktionstraining hilfreich? Warum dieses Theater?»

Gesenkte Köpfe. Bedröppelte Stille. Nur Asmarom sitzt aufrecht und schaut strahlend in die Runde.

«Darum», sagt Ben und deutet auf Asmarom.

Der Doc schüttelt den Kopf, die grauen Haarsträhnen wedeln hin und her: «Warum?»

Elena berichtet von Asmarom, der Fahrt und Buruk, und dass es jetzt eine Diagnose und Therapie gebe.

Das Wippen von Doktor Behrs Füßen lässt nach, und er steckt sich das Bonbon in den Mund.

«Und sonst? Wie geht es euch?»

Elena versucht zu lächeln und zieht den Schal fester um ihren Hals. Sie will nicht von sich erzählen, weder von den Beulen, die in ihrem Körper wachsen, noch von den kalten Schweißausbrüchen. Sie will es ignorieren und hoffen, dass es einfach wieder verschwindet.

Doktor Behr wartet auf eine Antwort, doch die Tür geht auf, und der Professor zieht samt Gefolge ein. Er redet, die Studenten fragen nach, Schwester Kim schreibt plappernd Notizen in die Akte, und Buruks warme Stimme bereitet den Klangteppich.

«Streiten Sie?», fragt Elena.

Der Professor legt seinen Kopf schief, und seine grauen Haare rutschen ihm ins Gesicht: «Nein, wir disputieren.»

Dann pustet er sich die Strähne aus den Augen.

«Über mich?»

«Ausnahmsweise nicht», er pustet erneut, «vorerst nicht.»

Elena lehnt sich zurück: «Gut, dann streiten Sie wegen Asmarom.»

Der Professor plustert sich auf und öffnet den Mund, aber Doktor Behr kommt ihm zuvor. Er schnellt aus dem Stuhl, greift die Hände des Professors, und während er spricht, wandert das Bonbon in seinem Mund hin und her.

«Gratuliere, Herr Professor! Welch ein außergewöhnliches Prozedere in unserer Klinik, und Sie haben die Meinung eines ausländischen Kollegen zu Rate gezogen. Hervorragend!»

Dem Professor schwillt der Kamm, er will seine Hand zurückziehen, doch Doktor Behr hält sie fest und redet weiter: «Es wird ein interessanter Artikel in der ‹Medical World› werden, wenn Sie die Behandlung mit Praziquantel gegen Schistosomiasis in einer deutschen Klinik darlegen.»

Der Professor überlegt, schaut auf Asmarom, dreht sich um und sagt mit hochgezogenen Augenbrauen: «Mit unserer

Technik können wir die Diagnose verfeinern. Worauf warten Sie?»

Er geht aus dem Gruppenraum und sagt im Rhythmus seiner kleinen Schritte: «Schwester! MRT, Sono, PCR.»

Doktor Behr verschränkt die Arme, und sein Kiefer zermalmt triumphierend das Kräuterbonbon. Zwischen den Schmatzern sagt er: «Ich glaube, das Perzeptionstraining war sehr erfolgreich, und hier habe ich Anteil an der sozialen Interaktion.»

Er reicht Buruk die Hand und zwinkert ihm zu. Langsam gehen die Männer auf den Gang, mit auf dem Rücken verschränkten Händen und wackelnden Köpfen. Sanft klackt die Tür ins Schloss.

«Mission erfüllt», sagt Elena. Sie ist selbst erschrocken, wie dünn ihre Stimme klingt. Die anderen schweigen.

«Ist doch gut gelaufen. Der Gockel wird alles tun, damit er gut dasteht, selbst wenn er sich wie ein Wetterhahn auf dem Dach drehen muss.»

«Geht es dir wirklich gut?» Ben beugt sich zu ihr.

Hastig steht Elena auf und hält sich schwankend am Stuhl fest: «Ja, klar. Ich geh jetzt mal.»

«Warte, ich komme mit.» Ben öffnet die Tür und läuft dicht neben ihr. Sie fühlt seine Wärme und hört den Rhythmus seines Atems, aber sie spürt auch sein Misstrauen. Wie ein Bodyguard begleitet er sie, hält den einen Arm nach vorn, den anderen leicht hinter ihrem Rücken, bereit, sie aufzufangen, falls sie zusammensackt.

«Elena, Schatz, wie war die Exkursion? Hoffentlich nicht zu anstrengend. Hast du den Diätplan und die Hygieneregeln eingehalten? Geht es dir nicht gut? Du siehst blass aus.»

Die Fragen von Elenas Mutter stürmen auf sie ein, und ohne nachzudenken, greift sie Bens Arm und schmiegt sich an seine

Seite. Wie eine indische Göttin mit acht Armen und Händen grabbelt sich Nadja zu ihrer Tochter vor, tätschelt ihr den Kopf, streicht das Shirt glatt, schiebt Ben zur Seite und will sie zu ihrem Zimmer zerren.

«Hör auf!»

Elena geht einen Schritt zurück, stellt sich neben Ben und bugsiert seinen Arm über ihre Schulter.

«Ja, es war ein schöner Ausflug.»

Ben reicht ihr die Hand, und reflexartig packt Nadja zu. Sie verzieht ihren Mund zu einem Lächeln und starrt trotzdem auf Elena.

«Ben. Ich heiße Ben.» Doch er kann ihre Aufmerksamkeit nicht gewinnen.

«Mein Freund.» Elena greift die Hand, die auf ihrer Schulter ruht. «Und wir müssen los.»

«Du hast Freunde?» Nadja beißt sich auf die Lippen. «Natürlich hast du Freunde. Ich wusste nur nicht, dass Ben … müsst ihr so nahe nebeneinander … dein Immunsystem … wo müsst ihr denn hin?»

Elena fühlt, wie Ben den Arm hebt und sich aus der Umarmung lösen will. Sie greift noch einmal zu und sagt: «Zur Physiotherapie.»

Gleichzeitig stößt sie mahnend ihren Ellenbogen in Bens Seite.

«Ja, aber in dreißig Minuten sind wir wieder da. Sie warten doch, oder?», versucht Ben zu beschwichtigen.

Nadja nickt schwerfällig und schweigt.

Elena zieht Ben mit sich über den Gang, treibt ihn an und wird erst vor der automatischen Tür langsamer.

«Was hast du denn? Deine Mama ist total nett. Meine kommt mich nicht besuchen. Vielleicht würde sie wollen, wenn sie könnte; oder sie könnte, wenn sie wollte. Ach, lassen wir das.»

Elena ist außer Atem, schlaff hängt sie an seiner Seite. Am liebsten würde sie sich von ihm davontragen lassen.

«Tu es doch», dröhnt Bens warme Stimme neben ihr.

«Was denn?»

Sie fühlt, wie er seine Muskeln anspannt, und sie hängt sich mit beiden Armen bei ihm ein und winkelt ihre Beine an. In seinem Arm fliegt sie durch die Luft, über den Flur, durch die Tür und die Treppen runter. Sie lacht, und die Leute gehen ihnen aus dem Weg, teils belustigt, teils empört. Auf der Wiese im Klinikpark setzt er sie behutsam ab.

«Frau Alfer-Stark wäre von deiner Leistung beeindruckt», sie äfft die Therapeutin nach, «Po anspannen, Schultern runter, eins, zwei, drei, zack-zack.»

Ben stützt seine Hände auf die Knie und atmet wie ein Blasebalg, dann richtet er sich auf, stemmt die Hände auf die Hüften und biegt seinen Rücken durch wie eine schwangere Frau. Je weiter er sich streckt, umso mehr rutscht seine Hose. Er zieht sie sich über den Bauch, und langsam gehen sie über die geschlängelten Wege durch den Park. Gänseblümchen quetschen ihre Köpfchen zwischen Gehwegplatten hervor. Elena achtet darauf, keines zu zertreten.

Alle paar Schritte zieht sich Ben die Hose hoch.

«Du hast abgenommen.»

Er fummelt die Kordel aus der Jogginghose.

«Hast du gesagt, ich wäre dein Freund, um deine Mutter zu ärgern?»

Er zurrt die Schnur fest und schaut konzentriert auf den Knoten.

Elena stockt: «Ja … nein … ach, ich weiß auch nicht. Du bist ein Freund, wirklich!»

«Okay, ich bin gerne ein Freund für dich», wobei Ben das Wort «ein» betont.

«Soll ich ein M einfügen?»

«Nur, wenn das der Wahrheit entspricht.»

Elena nickt und hakt sich wieder bei ihm ein, leise fügt sie hinzu: «Eigentlich bist du mein einziger Freund.»

Ben holt Schwung und dreht sich einmal im Kreis, Elena hängt an seiner Seite und lässt sich herumwirbeln.

«Da haben wir wohl beide Glück gehabt», ruft er fröhlich durch den Park, «und jetzt geh zu deiner Mutter.»

Widerwillig löst sich Elena aus der Umklammerung, die automatische Tür öffnet sich, und sie folgt den bunten Streifen in die KJ2. Einmal schaut sie sich um. Ben steht wie ein Fels da und winkt ihr mit der einen Hand zu, mit der anderen hält er die Hose zusammen.

Sie sitzen in der Cafeteria, und Mutter redet und redet, zeigt Bilder von einer Klinik in Israel, sie seien auf Autoimmunerkrankungen spezialisiert und blablabla. Elena hält ein gekühltes Getränk in den Händen. Sie wollte Cola, Mutter findet das unvernünftig und kaufte Saft. Das Riskanteste, was Nadja tut: Sie erlaubt ihrer Tochter Eiswürfel.

«Nicht zu hastig», mahnt sie und lässt den Strohhalm in das Glas gleiten. Selbst wenn Elena wollte, sie kann nicht hastig trinken. Ihre Schleimhäute fühlen sich wund an, und auch das Schlucken schmerzt. Sie ist so müde, dass sie einschlafen könnte. Es war ein Spaß, sich von Ben tragen zu lassen, aber auch eine Notwendigkeit. Ihr schwindet die Kraft, aber sie sagt nichts zu ihrer Mutter. Sie saugt am Halm und lässt ab und zu ihren Kopf wippen, als würde sie zustimmen.

Es wäre schön, nie mehr in ein Krankenhaus zu gehen. Doch ihr Wunsch würde nach Aufgeben klingen.

«Hörst du mir zu? Wir sollten mit dem Professor reden, wann du nach Hause darfst, bevor wir weitere Spezialisten aufsuchen.»

«Ja, Mama, nach Hause. Das ist gut.»

Elena lässt einen Eiswürfel in ihrer Hand schmelzen, drückt sich die kalten Fingerkuppen auf die Augenlider und vereist ihre Tränen.

«Geht es dir nicht gut?»

Besorgt gleitet die Hand ihrer Mutter über ihre Stirn.

«Doch, aber ich bin müde. Ich gehe in mein Zimmer.»

«Schatz, ich helfe dir.»

«Ich möchte alleine sein.»

Nadja nickt, und in ihren Augen blinzelt Enttäuschung.

Elena schleppt sich zu ihrem Zimmer. Sie ist überrascht, wie schwer sich die Tür öffnen lässt. Kalter Schweiß rinnt ihr in den Nacken.

Auf ihrem Tisch steht in einem Medizinbecher ein Sträußchen Gänseblümchen. Daneben klebt ein Post-it, und Elena erkennt die gekritzelte Schrift.

Gänseblümchen winkt
und Hoffnung geht spazieren
Du bist nicht alleine

Elena streicht über die Schrift und fühlt, wo Ben den Bleistift zu fest aufgedrückt hat. Sosehr sie sich freut, umso stärker drängt sich die Einsamkeit in ihr Zimmer und legt sich kalt um ihre Schultern. Elena wäre so gerne woanders, zu Hause oder auf Buruks Hof oder wenigstens bei den Jungs. Sie setzt sich auf das Bett, nur kurz ausruhen und nachdenken, dann gleitet ihr Oberkörper auf die Kissen.

Sie wacht auf, als die Nachtschicht ihre Runde macht.

«Du hast das Essen nicht angerührt.»

Schwester Helga räumt die Haube auf das Tablett.

«Wenigstens die Nachspeise und trinken, viel trinken.»

Die Schwester stellt den Joghurt und eine Tasse Tee auf den rollenden Beistelltisch neben dem Bett. Sie hilft Elena in das Schlafzeug und richtet das Zimmer her. Elena ist froh, dass sie schweigend arbeitet. Zum Schluss reicht sie ihr einen Becher mit drei Pillen.

«Die darf ich doch nicht mehr nehmen?»

«Wer sagt das?»

«Buruk», und in dem Moment beißt sie sich auf die Lippen.

«Ich habe ihn kennen gelernt.» Schwester Helga lächelt. «So ein Zufall aber auch. Ihr lernt einen äthiopischen Arzt beim Interaktionstraining kennen, der in Polen wohnt und mit Jolanta befreundet ist. Tztztz, Sachen gibt's.»

Schwester Helga kräuselt die Stirn, lächelt aber weiterhin.

Die Pillen stellt sie auf den Tisch und überlegt laut: «Naja, die Vitamine sind nicht so wichtig.»

Sie drückt Elena den Joghurtbecher in die Hand und schaltet das Nachtlicht an. Elena rührt im Joghurt, und je länger sie den Löffel kreisen lässt, umso weniger Appetit hat sie. Satt, ohne etwas gegessen zu haben, legt sie sich hin und schläft sofort ein.

Sie träumt, dass ihre Haut schrumpft und sich eng um sie spannt, als wären Schrauben an ihren Gelenken, die immer weiter gedreht werden. Die Haut zwirbelt sich auf, Haare reißen aus, Fingernägel segeln zu Boden, und ihre Augen treten aus dem Kopf. Der Professor öffnet seine Hand, um sie aufzufangen.

Schreiend wacht sie auf, der Schlafanzug klebt nass auf ihrer Haut, und ihre Augenlider fühlen sich dick und entzündet an. Sie gräbt den Kopf in ihre Hände und flüstert: «Bitte, Gott, hilf doch.»

Eine Hand legt sich auf ihre Schultern, und sanfte Worte hüllen sie ein: «Und wenn du durch reißende Ströme gehen musst – Gott ist bei dir. Du wirst nicht ertrinken.»

Elena schaukelt ihren Oberkörper hin und her. Schwester Helga nimmt sie in den Arm und hält sie fest.

«Ich bin fremd in meinem eigenen Körper. Er gehört nicht mehr zu mir», schluchzt Elena, «er verändert sich und fühlt sich anders an als sonst.»

Die Schwester hält sie und streicht ihr sanft über den kahlen Schädel.

«Wir ziehen dir frische Sachen an. Soll ich deine Mama anrufen?»

Elena hebt den Kopf: «Das wird sie erschrecken.»

«Das schafft sie schon. Sie weiß, dass es dir nicht gut geht.»

Schwester Helga holt einen neuen Schlafanzug.

«Und warum labert sie und fasst mich nicht an?»

Mit zittrigen Fingern knöpft Elena ihr Oberteil auf. Ihre Fingerkuppen fühlen sich an, als hätte sie tatsächlich keine Nägel mehr.

«Was hat Mama nur? Ist es Angst? Unsicherheit? Vorahnung?»

Die Schwester schweigt, wischt Elena den verschwitzen Schädel ab und hilft ihr aus dem Oberteil.

«Ich kann den großen Sessel in dein Zimmer stellen. Dann kann deine Mama die Nacht hier verbringen, in Ordnung?»

«Ja, das wäre schön.»

Tränen laufen ihr über die Wangen, und das Salz brennt auf ihrer Haut.

«Glauben Sie das wirklich, mit Gott und so?»

Schwester Helga bezieht das Kopfkissen neu und nickt. Sie klopft es zurecht und sagt mit fester Stimme: «Ja!»

Elena lässt sich in das Kissen fallen und versinkt in einer Wolke aus Kunstfasern.

Als sie ihre Augen öffnet, sitzt ihre Mama in dem wuchtigen Sessel und schläft. Ihr Kopf ruht an der Lehne, und ihre Haare liegen aufgefächert über ihren Schultern.

Elena rührt sich nicht, sie möchte das friedliche Bild nicht stören. Es ist schon lange her, dass ihre Mama ruhig atmete, keine Knöpfe abzwirbelte oder einfach nur schwieg. Jetzt, da die Sonne durch das Fenster scheint, kann Elena die Angst der vergangenen Nacht nicht verstehen.

Die Tür geht vorsichtig auf, und ein paar Turnschuhe ragen ins Blickfeld. Ein vertrauter Duft weht ihr entgegen. Sandelholz-Parfum und Kaffee.

Sie richtet sich auf und strahlt. Papa balanciert vier Kaffeebecher in einer Pappschachtel, und unter seinem Arm klemmt eine Tüte mit Brötchen. Er legt alles vorsichtig auf den Tisch, aber Nadja wird trotzdem wach. Er küsst sie auf die Wange und nimmt dann Elena fest in seine Arme.

«Guten Morgen, mein Sonnenschein.»

Er hält sie und verändert seine Position nicht, obwohl er schief sitzt und sie spürt, wie seine Rückenmuskeln hart werden. Sie drückt mit ihrer Stirn gegen seine Brust und atmet seinen Geruch ein. Er legt sein Kinn auf ihren Kopf und sagt:

«Du kratzt.»

«Du auch.»

Elena fährt ihrem Papa über das stoppelige Kinn, und er streift ihr über den Kopf. Die nachwachsenden Haare hinterlassen einen dunklen Schimmer auf ihrem Schädel.

«Wieso vier Kaffeebecher?»

«Ach, der ist für eine Freundin.»

Elena will schon fragen, wer das sei, aber ihr Papa beginnt die Möbel zu rücken, so dass sie alle am Tisch sitzen können. Ohne Morgengruß stellt eine Küchenhilfe das Tablett ab und muffelt rum, dass dies kein Hotel sei.

«Vielen Dank», antwortet Felix und stellt das Tablett auf den Fußboden, Butter und Marmelade sortiert er heraus.

Nadja dreht den kleinen Medizinbecher mit den Blümchen auf dem Tisch. «Die sind hübsch. Sind die von Ben?»

Elena nickt, und Mama räuspert sich.

«Er ist sehr nett. Ich bin froh, dass er dein Freund ist.»

Ein Ruck geht durch Felix, und Kaffee schwappt auf seine Hand: «Du hast einen Freund?»

Elena schaut zu ihrer Mutter: «Tut mir leid, dass in der Nacht der Anruf kam. Ich ...»

Nadja schüttelt heftig den Kopf und unterbricht sie: «Das war richtig so.»

«Du hast einen Freund?»

Felix verschränkt die Arme und erwartet eine Antwort.

Nadja schaut in ihren Becher. Langsam platzen die Milchblasen im Cappuccino.

«Es tut mir leid, dass ich so seltsam war. Der Professor hat mir immer Angst gemacht mit seinem Wissen, seiner Unnahbarkeit, seinem hochgestochenen Gerede.»

«Du hast einen Freund?»

Felix schiebt seinen Kopf zwischen die Frauen.

«Mensch, Papa, ja, einen Freund. Er ist groß und schlau und total nett.»

Felix verzieht sein Gesicht.

Es klopft zweimal, Elena ist das Anklopfen nicht gewohnt.

Felix eilt zur Tür und begrüßt Jolanta. Sie trägt ihre Dienstkleidung, das Haar streng nach hinten gebunden und die Handschuhe in die Kitteltasche gestopft. Sie verteilt ihre Küsse, wie sie es auf der Reise gemacht hat, und Elena ist überrascht, dass ihre Eltern ihr die Wangen hinhalten.

Felix schiebt ihr den Stuhl zurück und sagt: «Es wird Zeit, dass wir uns etwas revanchieren.»

Jolanta winkt ab und zuckt mit den Schultern. Fragend blickt Elena in die Runde, und ihre Mama erklärt: «Jolanta hat uns zugehört und hatte immer ein nettes Wort für uns. Wir haben sogar auf ihren Rat hin die Katze wiedergeholt. Jetzt muss es ja nicht mehr so steril sein.»

«Wen habt ihr? Muckefuck? Meinen Kater?» Elena lächelt.

«Ja, und beten tue ich auch. Jeden Tag für Mamusia und Tata und Elenachen.»

Jolanta schlürft den heißen Kaffee. Immer wenn es um Religion geht, werden Nadja und Felix ganz still, als sei es ihnen peinlich.

Eine schrille Stimme weht über den Gang. Jolanta steht hastig auf und verschwindet in der Nasszelle, bevor Schwester Kim das Zimmer betritt.

«Morgencheck, Langschläferin. Wie geht es uns heute?»

Elena setzt den Becher an ihre Lippen, um der Schwester weder zu antworten, noch sie anzusehen, stattdessen antwortet Felix:

«Uns geht es gut. Wann wird Elena entlassen?»

Die Blutdruckmanschette schlingt sich um Elenas Oberarm und wird von dem kleinen Gerät surrend aufgepumpt.

«Das entscheidet der Herr Professor nach der Visite.»

Die Schwester liest die Zahlen ab und reißt den Klettverschluss auf.

«Wann kommt er denn?», fragt Felix.

Sie schiebt den Blutdruckmesser in die große Kitteltasche und wackelt zur Tür. In diesem Moment kommt Jolanta mit einem vollen Müllbeutel aus dem Bad, und Schwester Kim läuft vor Schreck gegen die Tür.

«Blutbild. Machen Blutbild von Elenachen.»

«Was? Das geht Sie wohl einen feuchten Dreck an.»

Jolanta wedelt mit dem Müllbeutel: «Bitte, machen Sie Notiz in Akte für Herr Professor.»

«Quatsch, der macht mich rund, wenn ich ihm einen Vorschlag mache.»

Empört zieht sie eine Schnute und streicht über ihren flachen Bauch. Sie stolziert davon, und Jolanta stopft den Abfall in den großen Müllsack. Die drei am Tisch schauen der zufallenden Tür hinterher.

Nadja schüttelt nachdenklich den Kopf: «Wieso Blutbild? Ist denn was?»

Elena zuckt mit den Schultern und flüstert in den Pappbecher: «Vielleicht passiert das, was wir nie wollten. Obwohl wir es doch immer geahnt haben. Der Professor hat an der Uhr gedreht, meine Lebenszeit ist abgelaufen.»

Ihre Mama schlägt die Hand vor den Mund und dämpft den Aufschrei. Papa schrumpft auf seinem Stuhl. Elena hört ihn nicht atmen.

«Es tut mir leid», stammelt Elena.

Ihre Eltern schütteln heftig mit den Köpfen und legen ihr die Arme um die Schultern. Die Hände von Felix und Nadja greifen ineinander. Das erste Mal seit langem berühren sie sich, und zwischen ihnen kauert Elena.

Ein warmer Luftzug weht durch das gekippte Fenster, streicht der Familie über ihre gebeugten Schultern und lässt die Gänseblümchen im Medizinbecher wippen.

Der Vormittag wabert durch das Zimmer, und im Schweigen verlieren die drei das Zeitgefühl. Das Smartphone vibriert mehrmals, ehe Elena es in die Hand nimmt.

«Von Tobias», sagt sie, «und Ben.»

«Du hast *zwei* Freunde?» Felix starrt seine Tochter an.

«Das Leben ist kurz, Papa», sie kichert und drückt ihm einen Kuss auf die Stirn.

Er schnappt nach Luft und murmelt: «Das ist nicht lustig.»

«Wieso? Das Leben hört nicht auf, lustig zu sein, nur weil jemand krank ist, und es hört nicht auf, ernst zu sein, nur weil jemand lacht.»

Elena tippt auf ihrem Smartphone und schickt den Jungs kurze Nachrichten.

Felix überlegt: «Ist der Spruch von dir?»

«Nein, von Buruk», antwortet sie, ohne aufzuschauen.

«Wer ist Buruk?»

Keine Antwort. Elena hat sich die Kopfhörer aufgesetzt und chattet mit den Jungs.

Papa bricht auf, er muss noch ins Büro, aber Mama will auf den Professor warten. Nadja sortiert Elenas Kleidung, stopft Schmutzwäsche in einen Beutel und stapelt T-Shirts übereinander.

«Wird Zeit, dass wir mal einkaufen gehen», murmelt sie, als sie die weiten Hosen mit den vielen Flusen faltet.

Elena schickt Tobi einen ratlosen Emoji. Sie weiß nicht, was sie für Ben tun kann. Er hat schon seine Tasche gepackt und könnte in den nächsten Stunden die Klinik verlassen, aber er will nicht nach Hause.

Elena tippt: «Kann J. helfen?»

Tobias antwortet: «Habe Bett frei», und dann folgt ein GIF mit flatterndem Hahn.

Elena seufzt. Gleich ist der Gockel auch bei ihr.

Der Professor stolziert in den Raum und lässt sich von

Schwester Kim die Tür aufhalten. Ein Gruß versackt im Rascheln der Kittel, Doktor Behr schließt als Letzter die Tür.

«Was haben wir denn da?»

Mit verschränkten Armen stiert Elena den Professor an, und als Nadja zwischen den Schranktüren auftaucht, korrigiert er mit einem Hüsteln seine Frage.

«Wie geht es dir ... äh ... Ählena?»

Elena schweigt, denn der Professor erwartet auch gar keine Antwort. Er referiert über ihren Fall mit den Studenten, die mit ihren Schuhsohlen über den Boden scharren. Der Professor plustert sich noch eine Weile mit Fachtermini auf, bis Doktor Behr in die Gruppe brummt:

«Aber leider ist der Gentransfer fehlgeschlagen. Die Patientin möchte entlassen werden. Zu unserem Bedauern ist sie in einem schlechteren Allgemeinzustand als bei der Einweisung.»

Der Professor japst: «Was fällt Ihnen ein?»

Doktor Behr bahnt sich einen Weg durch die Gruppe, sein riesiger Kopf berührt nun das Ohr seines Vorgesetzten.

Neugierig beugt sich Elena vor und konzentriert sich auf Docs Stimme. Sein Flüstern ist eine Drohung: «Sollte nicht die Ethikkommission ein Interesse an dem Fall haben?»

Mit spitzen Fingern zupft der Professor an seinem Kittel, richtet die Krawatte und übergibt mit trockener Stimme an seinen Kollegen.

Doktor Behr veranlasst noch ein großes Blutbild.

Ein Student wagt die Frage: «Ist es üblich, dass ein Psychologe Differenzialwerte ordert?»

Der Professor dreht sich auf seinem erhöhten Absatz, fixiert den Fragesteller und antwortet: «Wir pflegen einen interdisziplinären Umgang, und ich kann mich meinem geschätzten Kollegen nur anschließen.»

Er holt Schwung, kreiselt auf seiner Ferse zurück und hebt zum nächsten Patienten ab. Doktor Behr ist nicht mehr an der Visite interessiert und bleibt bei Elena stehen.

«Wieso?», fragt Elenas Mama und knuddelt die fusselige Jogginghose, die sie noch immer in der Hand hält.

«Buruk hat darauf gedrängt. Er ist beunruhigt.»

Nadja drückt die Hose an ihre Brust, und in ihrem Gesicht stehen die Fragen, wer dieser Buruk ist und warum er sich Sorgen macht. Doktor Behr legt ihr die Hand auf den Arm und mahnt, dass man jetzt nicht über ungelegte Eier zu sprechen brauche.

Elena muss grinsen: «Jolanta hat ihn Olek genannt.»

«Wen?», fragt der Doktor.

«Den Professor, und ein Hahn kann keine Eier legen.»

Nadja legt die Hose beiseite und sagt nachdenklich: «Als Olek wirkt er nicht mehr bedrohlich.»

«Nicht wahr, meine Liebe?», der Doktor hebt die Hand zum Gruß und verlässt den Raum.

Aus dem Beistelltisch und aus den Schubfächern holt Elena ihre Gegenstände hervor und breitet sie auf dem Bett aus, ein Buch ist noch eingeschweißt, alle Utensilien sind abwaschbar, selbst das Familienbild lässt sich desinfizieren. Das laminierte Haiku von Ben segelt auf den Boden.

> Dazwischen ist Jetzt,
> Tag und Nacht, Plus und Minus,
> Leben braucht den Gegensatz.

Das Licht spiegelt sich in der Folie und leuchtet die Wörter *Jetzt* und *Leben* aus.

«Mama? Schau!»

Nadja stellt sich neben ihre Tochter und zuckt mit den Schultern. Elena zieht sie zu sich herunter.

«Du musst auf meiner Augenhöhe sein, dann siehst du es.»

Nadja geht leicht in die Hocke und schaut auf die Wörter. Ihre Beine beginnen zu zittern, dennoch bleibt sie gebeugt.

Kapitel 20

Fibonacci-Zahl

Ben packt seine Kleidung in die IKEA-Tasche, selbst die Schmutzwäsche hat er gefaltet, aber Tobias stopft seine Klamotten in den Hartschalenkoffer, als wäre dieser eine Mülltonne. Grummelnd wendet sich Ben ab, er kann die Unordnung nicht ertragen und noch viel weniger, dass Tobias achtlos mit den Dingen umgeht.

Asmarom hingegen hat tatsächlich nur einen Müllbeutel und sortiert seinen Besitz hinein samt Aluminiumdöschen mit Streichwurst und Marmelade. Dann zieht er das blaue Plastikband zusammen und lässt seine Tüte nicht mehr los.

Er geht, wie er gekommen ist, denkt Ben.

«Lass das!»

Fragend blickt ihn Asmarom an.

«Lass das Gefummel. Es macht mich nervös.»

Er klopft auf Asmaroms Finger, die unermüdlich das Plastikband seines Müllbeutels um die Finger zwirbeln, um es dann wieder aufdrieseln zu lassen.

«Das wird schon. Die Würmer sind ja ausgerottet», sagt Ben mit wenig Überzeugung, denn ein anderer Wurm drängt sich in Asmaroms Leben: ein BAMF.

Der BAMF-Typ wird die Geschwister abholen und ins Flüchtlingsheim bringen. Ben hofft, dass er nicht kommt. Tobias hatte zwar versucht, sich in diese Bundeszentrale für Asyl zu hacken, konnte aber die Akte der Geschwister nicht manipulieren. Sobald sie ihre Entlassungspapiere haben, wollen sie verschwinden.

Der Vormittag vergeht, ohne dass eine Schwester auftaucht. Ben drängt, dass sie besser im Gang warten sollten, um alles im Blick zu haben.

Tobias lümmelt sich in die Sitzecke, aber Ben streift umher, schaut durch angelehnte Türen und sortiert Gesprächsfetzen zu Sätzen. Er hasst es, wenn unbekannte Größen seinen Alltag behindern.

Unterschiedliche Faktoren treiben durch sein Hirn: Wann kann ich die Klinik verlassen? Wie wird es zu Hause sein? Wo werden die Geschwister leben? Wie geht es Elena?

Er ist lang genug auf der KJ2, um das Ergebnis zu kalkulieren. Die Stationsroutine ist gestört. Es ist nicht die Anspannung, wenn ein Kind abhaut oder reanimiert wird oder in den OP muss oder Eltern ausflippen. Es ist eher eine Verwirrung.

Sobald Ben auf Personal trifft, unterbrechen sie das Gespräch. Selbst die Therapeuten sind schweigsam. Ben taxiert, ob ein Laufbandtraining ihm zu Informationen verhelfen könnte. Aber Alfer-Stark hat Dienst, und die würde ihn nur triezen und nichts sagen.

Bei Elena hat er auch kein Glück, sie ist weder in ihrem Zimmer, noch antwortet sie auf seine Nachricht. Ben versucht eine letzte Rechenoperation: «Komm, wir suchen Jolanta. Wenn sie sich an ihre Tour hält, müsste sie in sieben Minuten mit maximaler Abweichung von 120 Sekunden die Mülleimer im Anmeldebereich leeren.»

Tobias legt seinen Kopf in den Nacken und schließt die Augen: «Muss das sein?»

«Ja, und nimm Asmarom mit, bevor ihn ein BAMF holt.»

Mit einem Gong stellt sich die Anzeigetafel um, doch der

Wartebereich ist leer, alle Neuaufnahmen sind auf den Stationen verteilt. Von Jolanta sieht man nur das Hinterteil, vorgebeugt fummelt sie Bonbonpapier aus einer Kiste mit Bilderbüchern.

«Unverkennbar», grient Tobias und grüßt: *«Dobry dzień.»*

«Moje dzieci», ruft Jolanta und klopft den Jugendlichen auf die Schulter. Ihre Hand streichelt über Bens Arm. Es macht ihn traurig, ab morgen wird ihn keiner mehr berühren.

«Gehen ihr jetzt?»

«Noch nicht, du musst uns helfen.»

Jolanta faltet ihre Hände und hört Ben aufmerksam zu. Ja, sie wird auf die Station gehen und Elena suchen, und ja, sie wird schauen, ob die Entlassungspapiere im Schwesternzimmer sind, und nein, es mache keine Umstände.

Während Jolanta mit ihrem Putzwagen zur KJ2 geht, richtet sie Stühle aus, hebt eine leere Flasche auf, setzt einen nasenlosen Teddybären zurück aufs Sofa.

Jolanta bringt die Dinge in Ordnung, denkt Ben und betrachtet den zerzausten Bären. Er braucht auch eine Jola in seinem Leben ...

Seufzend setzt er sich in den Wartebereich. Als er vor ein paar Wochen hier saß, hatte er nichts zu verlieren außer Gewicht. Jetzt hat er das Gefühl, alles zu verlieren.

Die Anzeigetafel steht bei 144. Ben starrt auf die Zahl und flüstert: «Fibonacci-Zahl. Fibonacci-Folge 1, 1, 2, 3, 5, 8, 13 ...»[6]

---

[6] Die Fibonacci-Zahlen sind eine der bekanntesten Zahlenfolgen. Sie fangen mit 1 an (in moderner Schreibweise auch mit 0), und dann ist jede Fibonacci-Zahl gleich der Summe der beiden vorhergehenden Fibonacci-Zahlen (Quelle: Internet).

«Hm», nuschelt Tobias.

«… 21, 34, 55, 89.»

«Hä?» Tobias lässt sein Smartphone sinken und schaut zu Ben.

«144. Wusstest du, dass Fibonacci-Zahlen Wachstumsvorgänge in der Natur beschreiben? Es ist faszinierend. Alles hat seine Ordnung.»

«Da kommt auch einer, der Ordnung machen will.»

Tobias deutet auf den Eingang. Ohne eine Nummer zu ziehen, geht ein Mann mit schnellen Schritten durch den Wartebereich. Die wuchtige Aktentasche lässt ihn schief laufen. Ben greift nach einem Bilderbuch und hält es Asmarom vors Gesicht. Der Mann studiert den Wegweiser und wendet sich zur KJ2.

Tobias stößt seinen Ellenbogen in Bens Seite: «Ein BAMF. Und jetzt?»

«Abhauen. Nimm ihn mit nach Hause. Deine Mutter wird nichts dagegen haben.»

Tobias zögert und zieht sich die Kapuze über den Kopf: «Also, ich helfe gerne, aber ihn mit nach Hause nehmen …?»

Ben sucht eifrig nach Argumenten über Freundschaft, Zusammenhalt und Solidarität, letztendlich genügt ein Wort: «Noemi.»

Tobias nickt und schraubt sich aus dem Stuhl: «Gut, dann gehe ich mal.»

Lässig schlängelt er sich durch die Reihen aus Plastikstühlen.

«Du hast was vergessen.»

Ben nimmt Asmarom das Bilderbuch ab und scheucht ihn zum Ausgang.

Die 144 leuchtet noch immer auf der Anzeigetafel, und Ben rechnet weiter: «233, 377», und hofft, dass sich alles ordnet.

Die Schiebetür öffnet sich wieder, diesmal stürmt ein Mann hinein, spricht aufgeregt in sein Handy, aber weil er kein Kind dabeihat und selbst unverletzt aussieht, beachtet Ben ihn nicht. Er sinnt über die nächste Fibonacci-Zahl aus der Summe von 233 und 377 nach, doch Gesprächsfetzen stören seine Rechnung.

«Experimente … strafbar … todkrankes Mädchen …»

Ben hievt sich aus dem Stuhl und folgt dem Mann in die KJ2. Als Schwester Kim an ihm vorbeigeht, packt der BAMF sie am Ellenbogen und verlangt nach dem Professor. Sie wehrt ab, der Mann wird sanfter, und Schwester Kim zeigt auf den Aufzug.

«Schwester Kim? Alles in Ordnung?» Ben eilt auf sie zu.

«Die Papiere bekommst du später. Ich habe keine Zeit.»

Sie zwängt sich an ihm vorbei und beschwert sich: «Wie soll man seine Arbeit schaffen, wenn andauernd jemand stört, Ärzte, Studenten und jetzt auch noch die Presse.»

Sie verschwindet in ein Patientenzimmer, und Ben rätselt: «Die Presse?»

Sonst stehen sie offen oder sind nur angelehnt, heute sind die Türen auf der KJ2 geschlossen. Ben öffnet sie jeweils einen Spalt und flüstert: «Jola? Elena?» Er sucht im Lager und schaut in die Teeküche. Dort trifft er auf den BAMF, der Fencheltee schlürft und in einer Akte blättert.

«Weißt du, wo ich den MUFL finde?»

«Wen?»

«Den minderjährigen unbegleiteten Flüchtlingsjungen?»

«Nö», Ben schließt rasch die Tür und betrachtet das Vierkantschloss, mit dem er die Tür absperren könnte.

Er überlegt, wo er auf die Schnelle einen Vierkantschlüssel herkriegen könnte, aber dann kommt Jolanta angerannt mit zerzausten Haaren und verschwitztem Kittel. Ihre Augen glänzen, und Ben weiß nicht, ob vor Anstrengung oder weil sie weint.

«Schlimm, ganz schlimm», stammelt Jola und zieht Ben in ihren Putzraum.

«Was ist?»

«Oh Boże, oh Boże, oh Boże.»

«Jola! Bitte, was ist los? Die Presse ist da und der BAMF.»

Jolanta schlägt sich ein Kreuz über ihrer Brust und schluchzt: «Elenachen. *Oh Boże,* hilf!»

Ben packt sie an den Schultern, fordert ihren Blick und betont jede Silbe: «Was ist mit Elena?»

Jolanta lässt ihre Hand auf der Brust liegen, atmet tief durch und erzählt. Ben lässt sie wiederholen, er will nicht glauben, dass er sie richtig verstanden hat. Der misslungene Gentransfer ist keine Neuigkeit, dafür aber, dass der Professor ihn ohne gesicherte Forschung veranlasst hat. Elenas Zellen mutierten unter der Behandlung. Auf dem Blutbild schreien die unkontrollierten Zellen: Leukämie.

Ben stützt seine Arme auf Jolantas Schultern, und Erinnerungen rasen an ihm vorbei.

Elena, die blutet.

Elena blass und verschwitzt.

Elena mit kleinen Beulen am Hals.

Eine Schwere überrollt Ben, und er legt seinen Kopf auf Jolas Schulter.

«*Oh Boże,* hilf!», flüstert sie und streicht mehrmals über Bens Rücken, aber dann drückt sie ihn von sich weg und zieht ihre Kleidung glatt.

«*Zaczynamy!* Auf geht's! Wir machen Plan.»

«Was soll das bringen?» Ben lehnt sich an das Regal mit den Putzmitteln.

«Was soll bringen? Müssen Elenachen in Sicherheit bekommen. Presse darf sie nicht sehen. Wir schmuggeln sie raus. Ich weiß wie, und du hören zu.»

Ben ist ganz schwindlig von Jolas Erklärung.

«Stopp. Langsam. Wir müssen eine Unbekannte nach der nächsten ermitteln.»

«Ben, mein Großer, nicht machen Mathe, jetzt handeln. Du hier warten und verkleiden Elena. Ich holen Elena. Schwester Helga wird helfen. Du warten, verstanden?»

Jolanta flitzt los, um Schwester Helga in den Plan einzuweihen. Ben steht in der Putzkammer und hält einen Kittel und ein Kopftuch bereit.

Die Zeit kraucht durch den gekachelten Raum, und Ben wird ungeduldig. Er hört Schritte, und bevor er die Klinke drückt, zählt er stumm: «610. 987. 1597.»

Der BAMF schwankt mit seiner klobigen Aktentasche zum Aufzug. Ben lehnt die Tür an und mahnt sich zur Ruhe. Die Zahlen helfen ihm. Er rechnet weiter, beobachtet den Gang und knackt mit der 31. Fibonacci-Zahl die Millionengrenze. 1.346.269.

Endlich gibt ihm Jolanta ein Zeichen. Er geht in Elenas Zimmer, unter seinen Füßen knirschen die abgezwirbelten Knöpfe von Nadjas Strickjacke. Unruhig geht sie hin und her, während Elena lässig im Stuhl sitzt. Sie wirkt seltsam erleichtert und friedlich. Ben hat es sich schwieriger vorgestellt, Nadja für den Fluchtplan zu gewinnen. Sie ist tatsächlich einverstanden, gegen Vorschriften und Regeln zu handeln.

Wie eine Schlafwandlerin hilft sie Elena in die steife Kleidung der Reinigungskräfte. Keiner spricht ein Wort. Wozu auch? Elena bindet sich das Tuch wie einen Hidschab um den Kopf. Damit sieht sie aus wie eine der türkischen Kolleginnen.

Sie schiebt den Putzwagen wie einen Rollator vor sich her, und bei jedem Schritt raschelt die steife Kleidung.

Vor dem Aufzug positionieren sie sich rechts und links. Die Türen öffnen sich, und Menschen mit Kameras schubsen sich gegenseitig über den Gang.

Sie treten in den leeren Fahrstuhl, und Ben zielt mit dem Finger auf die Erdgeschosstaste, aber Elena ist schneller und drückt den Schalter für den Keller.

Sie flüstert: «Schwester Helga sagt, dass im Erdgeschoss noch mehr Presse wartet. Wir müssen unauffällig verschwinden. Okay, hast du die Codes?», fragt sie dann und streift das Kopftuch ab.

«Tobi macht das …», Ben gerät ins Stocken. Sie sieht so zerbrechlich aus, er würde sie gerne in den Arm nehmen, sie halten, sie tragen, sie beschützen.

«… Tobi schaltet die Sicherheitstüren frei», beendet er hastig.

Im Keller flackert kaltes Neonlicht. Durch die erste Sicherheitstür gelangen sie nur, weil ein Arbeiter mit Wäschewagen ihnen entgegenkommt. Der Handy-Empfang ist schlecht, und das Telefonat mit Tobias besteht aus zerhackten Sätzen. Erst wollte er nur die einzelnen Türen öffnen, dann hat er das ganze System im Keller lahmgelegt.

«… habt … vier … schließen …», versteht Elena, und gemeinsam eilen sie durch die langen Gänge. Die Heizungsrohre blubbern, die Lüftung surrt und treibt ihre Schritte an. Bens Blut wummert in seinen Ohren. Ihm wird schwindlig.

Er hat Angst, Elena nicht folgen zu können. Doch dann hört er eine Stimme hinter sich.

«Ben, ich kann nicht mehr.»

Elena lehnt an der Wand und greift an ihre Rippen. Ben stapft zurück und geht vor Elena in die Knie.

«Komm!»

Ohne zu zögern krabbelt sie auf seinen Rücken und schlingt ihre Hände um seinen Hals. Er spürt kaum Gewicht. Der Putzwagen bleibt alleine auf dem Gang stehen.

«Schneller, mein Triple B, wir haben nur vier Minuten.»

Ben trabt vorwärts, ihr Schnaufen und Lachen nah an seinem Ohr. *Sie hat «mein» gesagt,* denkt er, und seine Brust weitet sich vor Freude.

Er rennt um die Ecke und sieht den Ausgang, klein wirkt die Tür am Ende des Ganges. Ben sticht es in der Seite, er rennt weiter, versucht sich die Kraft einzuteilen. Die Entfernung ist so groß wie zwei Runden in der Turnhalle. Er schnauft und ächzt und rechnet. Das elektronische Schloss neben der Tür leuchtet grün wie ein kleines Katzenauge.

Ben hetzt, und sein Atem pfeift. Elena klopft auf seinem Rücken einen Rhythmus, als säße sie in einer Galeere. Das grüne Auge beginnt zu blinken.

«Brilliant Bombastic Ben, du schaffst das!», brüllt sie.

Das Signallämpchen blinkt schneller, gleich wird die Tür verriegelt sein.

Ein Stechen bohrt sich zwischen Bens Rippen. Er will anhalten, sich abstützen, die Hände in die Seiten drücken, aber stattdessen streckt er seinen Arm aus, schnellt mit der Hand vor und stößt gegen die Metalltür.

Das Schloss schnappt auf, und im selben Moment erlischt das grüne Lämpchen. Frische Luft strömt ihnen entgegen, und Bens Oberkörper pumpt wie ein Blasebalg.

Elena klopft ihm auf die Schulter, sie will absteigen, aber Ben läuft weiter, raus aus der tiefer liegenden Lieferantenzone.

In einer Nebenstraße wartet Elenas Vater mit dem Auto. Wie bei einem Raubüberfall reißt er die Türen auf, nimmt die Beute von Bens Rücken, stopft sie auf die Rückbank und rennt um das Auto. Er würgt den Motor zweimal ab, zum Glück, sonst hätte Ben nicht einsteigen können. Elena greift sich wieder an die Rippen, diesmal vor Lachen.

«Das ist nicht lustig», zittert Felix.

Kapitel 21

Horizont

Die Krankenhausroutine hat eine Schneise in Elenas Alltag geschlagen, und nur langsam entstehen neue Rituale: mit den Eltern frühstücken, ankleiden, aufräumen, Gymnastik machen, mit Papa spazieren gehen, mit Mama Fotoalben anschauen.

Nach jeder Aktion ist Elena müde, sie fühlt sich wie eine alte Frau, die mehrmals am Tag ein Nickerchen machen muss.

Elena lebt auf dem Sofa im Wohnzimmer, dort ruht sie, schaut fern, hört Musik, und dort ist sie ihrer Mama nahe, dort hat sie das Gefühl, das Leben zu spüren.

Nadja schüttelt die Kissen auf und lässt frische Luft herein, wechselt Bezüge und stellt frisches Obst auf den Couchtisch.

Die Katze lebt ebenfalls auf dem Sofa und lässt sich nicht stören, egal wie oft die Decke aufgeschlagen wird oder wie viele Menschen sich in die Polster kuscheln.

Elenas Finger wuscheln durch das Katzenfell, es fühlt sich weich und warm an. Manchmal legt sie ihr Gesicht auf Muckefuck, und sie hört, wie ihre Mama Luft holt und dann doch nichts sagt. Katzenhaare, Keime, Ansteckungsgefahr, Elena pustet sie einfach fort, und Nadja jagt ihnen mit der Fusselrolle nach.

«Mama, setz dich mal. Wenn du nicht so rumzappelst, kommt alles zur Ruhe, selbst die Katzenhaare.»

Nadja lässt sich mit einer Pobacke auf dem Sofa nieder und legt die Fusselrolle auf den Couchtisch. Die kullert weiter und hinterlässt einen klebrigen Streifen auf dem Glas. Nadja rubbelt mit dem Zeigefinger über die Tischplatte, bis alles verschmiert ist.

«Hör auf zu putzen.»

«Es war ein Fehler», ihr Finger rubbelt weiter über die Klebestelle.

«Nein, Mama, das war richtig und mutig. Schau doch», Elena stellt den Ton des Fernsehers ein. Ein Reporter steht vor dem Krankenhaus und hat ein ernstes Gesicht aufgesetzt, das empört und mitfühlend zugleich wirken soll. Er nutzt abwechselnd Wörter wie skandalös, erschütternd und unmenschlich. Egal, auf welchen Sender sie schalten, aus der Klinik gibt es kein Interview, nur einen Einspieler der Pressestelle und das Versprechen, alles für eine Aufklärung zu tun.

Es ist Elena schnurz, was der Gockel treibt. Soll er doch von der Ethikkommission gerupft werden.

Und doch bleibt ihr das Krankenhaus nicht gänzlich erspart. Immer wieder muss sie auf die KJ2 für Blutuntersuchungen und Infusionen. Wann immer sie da ist, kommt Jolanta vorbei, klopft an die Tür und hat ein Stück Hefezopf dabei. Elenas Mama verlässt dann das Zimmer und meint, dass sie etwas erledigen müsse, aber Elena weiß, dass sie höchstens bis zum Kaffeeautomaten geht und dann vor der Tür wartet.

«Hm, ich liebe die Teile … aber ich habe keinen Hunger.»

Jolanta reißt trotzdem ein Stück Gebäck ab und drückt es ihr in die Hand. Mit Daumen und Zeigefinger knetet Elena es zu einer Kugel.

«*Moje dziecko,* was denken du?»

«Das haben sie nicht verdient.»

Jolanta runzelt die Stirn und hebt verständnislos die Schultern. Elena steckt sich die Teigkugel in den Mund und schiebt sie mit der Zunge hin und her, bis sie weich wird. Jolanta sitzt da und wartet, bis Elena ihre Gedanken in Worte packen kann.

«Meine Eltern. Sie sind erschöpft und wissen, dass wir verlieren. Ich sterbe, und sie bleiben alleine zurück.»

«Sterben sein keine Niederlage nicht.»

«Fühlt sich aber so an.»

«Gott sehen das anders.»

«Ach Jola, du und dein Gott.»

Jolanta rupft ihren Hefezopf auseinander und überlegt: «Wieso *mein* Gott? Auch seien Gott von Noemi, Buruk, Schwester Helga und Tobias' Mama. Für viele seien er Gott und Vater. Das Leben nur sinnvoll, wenn nicht mit Tod zu Ende.»

Jolantas Kittel ist voller Brösel. Mit den Handflächen fegt sie sie zu einem Häufchen. Sie senkt den Kopf und sagt leise: «Ja, schwer und traurig oft, aber wir haben Hoffnung und Trost. Wissen du noch, was Buruczek sagen? Das geknickte Rohr werden Gott nicht abbrechen. Gott nie kaputt machen seine Kinder.»

«Und was ist mit mir?» Elena schaut auf die Krümel, einige rieseln zu Boden.

«Körper kaputt, aber Elena ist gut und schön. Nur Körper.»

«Das ist sehr unpraktisch, wenn man leben will und der Körper zerfällt.»

Jolanta nickt: «Aber du seien mehr als nur Körper. Der Körper sein ein Haus für Seele und Geist. Seien das Haus kaputt, musst du umziehen. Elenachen, ich kennen gute Adresse. Du können Umzug planen. Zieh in den Himmel. Jesus wird helfen.»

Elena dreht ihren Kopf von Jolanta weg, betrachtet den Infusionsbeutel, der immer dünner wird.

«*Cześć!* Meine Liebling», sie drückt Elena einen Kuss auf die Stirn, «ich beten für dich und Mamusia und Tata.»

Jolanta verlässt den Raum, und Elenas Blick wandert vom Infusionsbeutel zum langen, dünnen Plastikschlauch. Blut sickert in ihren Körper, und sie schmeckt das Eisen auf der Zunge und fühlt geradezu, wie sich die roten Blutkörperchen aufplustern. Sie schließt die Augen.

Jolanta hat so überzeugend gesprochen, wie es nie ein Arzt getan hat. Vor Elenas innerem Auge tauchen Bilder von Noemi auf, die das dünne Kreuz küsst, in ihrer fremden Sprache spricht, obwohl keiner neben ihr steht. Sie hört Tobias, der über seltsame Leute in der Kirche motzt, aber nie über den Glauben. Sie wird müde, und die Gedanken werden langsamer.

Elena trudelt in den Schlaf, während ihr Herz unermüdlich die Infusion verteilt.

Als sie aufwacht, sitzt jemand neben ihr. Ganz automatisch erwartet sie, dass es ihre Mutter ist, aber die Kontur passt nicht zur Erwartung.

«Hey, Shinewarrior.» Ben lächelt ihr zu und wedelt unbeholfen mit der Hand. Elena weiß nicht, ob er ihr winken oder sie anfassen möchte. Sie greift seine Hand und hält sie lange fest.

«Ich darf dich nach Hause bringen.»

Elena staunt: «Mama ist nicht mehr da?»

Ben nickt wie ein Wackeldackel und strahlt: «Sie meint, das würde dir gefallen. Tut es doch, oder? Wir können die Tram nehmen, die fährt durch den Stadtwald.»

«In einer öffentlichen Straßenbahn, mit fremden Menschen und offenen Fenstern?» Elenas Augen leuchten, und Bens Kopf nickt zustimmend.

Sie fahren kreuz und quer, und Elena bestaunt die Stadt wie eine Touristin. Sie ruckeln durch den Stadtwald. Ein pelziges Eichhörnchen springt in eine Fichte, und Ben plaudert über die Fibonacci-Folge, die sich auch im Wachstum der Tannenzapfen wiederfindet. Die Räder quietschen, und die Ansage plärrt: «Waldfriedhof!»

Ben schweigt, und Elena starrt aus dem Fenster: «Ob das meine neue Adresse ist?»

«Oh Gott, Elena, sag das nicht.»

«Jola sagt, dass ich zu Gott in den Himmel ziehen soll.»

Bens Stimme überschlägt sich: «Hör mal, ich habe Folgendes gelesen: Statistisch gesehen sterben doppelt so viele junge Menschen im Straßenverkehr wie an Krebs, aber wir fahren in einem der sichersten Verkehrsmittel. Es sterben auch mehr Jugendliche durch Suizid als an Krebs, und du hast nicht vor, zu … na, du weißt schon. Die Wahrscheinlichkeit, dass du stirbst, liegt nur bei elf Prozent.»

Elena schlägt ihm mit der flachen Hand auf den Schenkel. «Ben! Hör auf damit. Ich sterbe zu hundert Prozent. Und du auch – irgendwann. Wieso rechnest du immer?»

Ben schaut über Elena hinweg aus dem Fenster. Die Tram rattert weiter, der gusseiserne Zaun des Friedhofs und die Bäume dahinter ziehen an ihnen vorbei.

«Es tröstet mich», sagt er leise.

«Ist es statistisch gesehen vernünftig, an Gott zu glauben?»

Ben stülpt die Lippen vor, atmet tief ein und mit einem «Ja» wieder aus.

Elena argumentiert: «Es ist sinnvoller, auf eine Hoffnung hin an Gott zu glauben, als nicht zu glauben und dann nach dem Tod festzustellen, dass es ihn doch gibt. Man kann nur gewinnen. Wenn man nicht glaubt, kann man alles verlieren.»

Wieder wackelt Bens Kopf auf und ab, erst schnell, dann immer langsamer, und Elena sieht, wie seine Überlegungen an Gewicht gewinnen.

«Sollen wir es tun?», fragt sie vorsichtig.

«Was tun?» Bens Wangen färben sich rot.

«Na, mit Gott reden, mich vorstellen, ihn kennen lernen, damit es mit dem Umzug klappt.»

Ben schluckt und bekommt kein Wort heraus. Elena sieht, wie seine Augen glänzen und er schnell blinzelt.

«Hey», sie hält seine Hände, und er kann sich die Tränen nicht wegwischen. Er atmet tief durch und spricht langsam, als würde er eine schwierige Aufgabe lösen.

«Das wahrscheinlich beste Ergebnis würden wir erzielen, wenn diese neue Aufgabe weniger Unbekannte beinhalten würde.»

«Was?»

«Wäre es nicht schön, wenn wir dieses Geheimnis mit Menschen lösen, die schon den Wert ermittelt haben?»

Langsam verliert Elena das Interesse an seinen geschwollenen Formulierungen und lässt Bens Hände los. Er greift zu, und ihre Hände verschwinden vollständig in seinen.

«Ich meine Jola oder Buruk oder Noemi, die können die Kontaktaufnahme anbahnen.»

Sie schaut auf Bens große Hände. Er hält sie, er umschließt sie, und sie bewegt sich nicht. An der Endstation bleiben sie sitzen, fahren eine Schleife und nehmen denselben Weg zurück, nur mit einem anderen Blickwinkel.

«Waldfriedhof», tönt es, und diesmal erschreckt sie die Ansage nicht.

Die Bahn wird langsamer, Elena erkennt die einzelnen Stäbe im Friedhofszaun, Vögel sitzen auf den Pfeilern, und über den Bäumen schwebt blauer Himmel.

«Alles eine Frage der Perspektive», flüstert sie.

Gewohnheiten spannen sich über Elenas Alltag wie die bunten Linien des Tramnetzes. Es gibt Abzweigungen, Zwischenstopps und Endstationen. Eine Stammstrecke bleibt der Weg in die KJ2. Blut abnehmen, Werte checken, Infusionen absorbieren.

Die Gespräche mit dem Arzt lehnt sie ab, stattdessen hört sich Nadja die Berichte an, doch nie erfährt sie etwas Neues.

Elena will raus aus der Klinik, sie will in Bewegung sein, selbst wenn es sitzend in der Trambahn ist. Sie mag das Geruckel, das Quietschen, das langsame Beschleunigen und Bremsen – schnell genug, um viel zu sehen; langsam genug, um alles zu erkennen.

Ben berechnet Routen mit minimalen Wartezeiten und hindernisfreiem Umsteigen. Manchmal sind Noemi und Asmarom dabei und lesen jedes Straßenschild laut vor. Sie halten am Ententeich und locken die Vögel mit Kieselsteinen herbei, die schnell im Wasser versinken. Sie stoppen bei Jolanta und holen sich Suppe und Liebe. Sie gehen in die Eisdiele, und Elena sucht für die Geschwister Kugeln aus. Ben lehnt ab, und Elena hat keinen Appetit, mag aber die Farben und das Gewusel.

Sie rattern über Weichen, und Elena kennt die Kurven, in denen die Räder quietschen, selbst die Signallämpchen kann sie deuten. Die Signale, die ihr Körper sendet, empfängt sie ebenfalls. Immer häufiger mahnt er: «Pause. Langsamer. Stopp.»

Ihr Lebensradius zieht sich zusammen, bis er nur noch ums Zuhause, um ihre Eltern und Ben kreist. Sie sitzen auf dem Sofa, Ben hält zwei Tassen Tee, die Katze liegt auf der Lehne, und Elena ruht an seinem Bauch.

«Noch ein Schlückchen?»

Sie schüttelt den Kopf, und Ben stellt die Tassen zur Seite.

«Soll ich etwas vorlesen?»

Sie antwortet nicht.

«Oder singen oder tanzen oder Superkräfte aktivieren?»

«Machst du doch», murmelt sie und fügt hinzu: «Lesen wäre schön.»

Ben schlägt das Buch auf, die dünnen Seiten kleben aneinander, und es raschelt an Elenas Ohr. Es dauert lange, bis er zu lesen beginnt.

«Hier ist wieder ein Vers mit Sonne.» Ben räuspert sich. «Hätte ich Flügel und könnte mich niederlassen, dort wo die Sonne aufgeht, oder versteckte ich mich im äußersten Westen, wo sie untergeht, so würde auch dort deine Hand mich leiten, ja, deine rechte Hand würde mich halten.»

Ben wiederholt die Verse, und seine warme Stimme vibriert an ihrem Rücken, streichelt ihre Schultern und umarmt ihr Herz.

Ben wird leiser, sie ist zu müde, um hinzuhören. Ihr Atem wird gleichmäßig, aber ihre Pupillen huschen unter den geschlossenen Lidern hin und her. Sie träumt von Flügeln und dem Sonnenschein. Sie träumt von Gänseblümchen und gebeugtem Schilf. Sie träumt von einem Sofa, das lebendig wird und sich zu einer großen Hand formt.

Elena schläft.

Kapitel 22

780 Nanometer

Bei jedem Schritt wölbt sich die bunte Tunika über seinen Bauch und schlackert an den Armen. Am Eisentor hält er inne, biegt ab und schlurft über sandige Wege.

Kein Mensch ist zu sehen, Ben ist viel zu zeitig da, die Luft ist noch kühl, aber es wird ein warmer Sommertag werden – zu schön für eine Beerdigung. Andererseits auch passend: Wenn Shinewarrior umziehen will, dann an einem Sonnentag.

Er ist extra früh zum Friedhof gegangen, um sich zu akklimatisieren, sich langsam an den Ort der Sterblichkeit zu gewöhnen. Er findet es unverschämt, wie fröhlich die Vögel durch die Zweige flattern, wie lebendig Eichhörnchen von Baum zu Baum springen und wie schön die Sonnenstrahlen in den Tautropfen funkeln.

«380 bis 780 Nanometer», flüstert er und betrachtet die kleinen Regenbögen, die sich über die feuchten Farnblätter spannen.

Am Ende des Weges erhebt sich die Trauerhalle, prachtvoll wie ein Pavillon mit Kuppel und bunten Fensterscheiben. Ach, wäre es doch tatsächlich ein Park und wäre es tatsächlich ein Pavillon, wäre es doch einfach nur ein Sommertag, um spazieren zu gehen und Blumen zu pflücken.

Ben wischt sich den Rotz mit dem Ärmel ab, er fällt im bunten Muster nicht auf. Die Erinnerung an Elena ist so stark, dass er meint, sie laufe vor ihm über die Wiese und bücke sich zu den Blumen und würde fragen: «Wie heißen die?»

«Arendsii.»

«Und die?»

«Cardamine amara.»

«Die da drüben leuchten wie die Sonne, sie gefallen mir.»

«Ja, das sind Adonisröschen.»

«Adonis? Die passen zu dir.»

Ben hört ihre Neckerei, fühlt ihre Nähe. Er kann nicht glauben, dass sie tot ist. Ist sie das? Sie ist eingeschlafen und nicht mehr aufgewacht. Einfach so.

Aus den großen Taschen seiner Tunika holt er einen Umschlag hervor. Felix hatte ihm den zugesteckt und gemeint, dass er wisse, was zu tun sei. Ein Brief von Elena. Seit Tagen hat Ben Angst, ihn mit seiner Heulerei vollzutropfen. An diesem Morgen hat er ihn laminiert und gelesen, das Plastik lasse sich trockenwischen. Er muss an sein erstes Haiku denken und wie er Schwester Helga bat, das Laminiergerät benutzen zu dürfen.

Shinewarrior strahlt
Die Sonne hinter Wolken
ihr Licht schimmert durch den Schmerz

Ben dreht Elenas Brief in seiner Hand. Bei jeder Umdrehung funkelt die Sonne über ihre feine Schrift. Das Plastik zittert in seinen Händen.

«Hey Shinewarrior, ich bin kein Triple B», schluchzt er und schüttelt den Kopf, «ich kann das nicht vorlesen.»

Wieso hat Elena ihre Beerdigung geplant? Sie hat den Tod nicht nur erwartet, sie hat ihn willkommen geheißen. Hätte sie nicht noch kämpfen können? Wie kann sie nur erwarten, dass die Trauergäste in bunter Sommerkleidung kommen?

«In Buruks Nachthemd sehe ich wie ein Clown aus. Wieso quält sie mich damit?», grummelt er.

Die Sonne geht auf, wärmt Bens Schultern und die Grabsteine, und das Licht bricht sich in den bunten Glasscheiben der Trauerhalle. Menschen laufen mit schweren Schritten und gesenkten Köpfen an ihm vorbei.

Vor dem Pavillon flattert die Kleidung der Trauergäste in bunten Farben.

Neben dem Sarg steht ein Porträt, nur das Lächeln und die Augen sind Ben vertraut. Er hat Elena nie mit langen Haaren gesehen und nie mit Grübchen in den Wangen, aber er fand sie immer hübsch. Mit ihrer weißen Haut und dem gleichmäßig runden Schädel, den großen Augen und der zierlichen Figur sah sie wie eine Porzellanfigur aus, die ein berühmter Meister handgefertigt hat. Nun liegt dieser kostbare Mensch zwischen weißen Rüschenkissen im Sarg.

Ben massiert sich die Stirn, vom Weinen bekommt er Kopfweh. Die Kerzen flackern, als Elenas Eltern den Raum betreten. Sie schleppen sich zu ihren Stühlen, nicken der Trauergemeinde zu, ohne jemandem in die Augen zu schauen.

Der Pfarrer steht auf, er gibt in Jeans und buntem Hemd ein ungewohntes Bild ab, würdevoll liest er aus der Bibel und spricht über Elena und Leben und Licht und Hoffnung.

Ben starrt auf das Porträt, so lange, bis das Bild vor seinen Augen flimmert. Er kann sich nicht auf die Rede konzentrieren. Die Worte treiben durch sein Hirn und finden keinen Halt.

Musik setzt ein, und der vertraute Rhythmus katapultiert ihn ins Jetzt. Das Lied träufelt schwer und voller Soul von der Pavillondecke. Jeder Ton ist eine Erinnerung, und jede Silbe eine Botschaft. Der Pfarrer spricht den Namen des Sängers falsch aus. Es klingt bei ihm wie «Rainbow Man». *Auch schön,* denkt Ben, *ein Regenbogen passt zu Elena. Besser als der «Lumpen-und-Knochen-Mann», der Rag 'n' Bone Man.*

«I'm no prophet or Messiah
Should go looking somewhere higher.»

Ben wippt im Rhythmus der Worte, und der Pfarrer wiederholt sie: *«Should go looking somewhere higher.»*

Es ist schwer, den Kopf zu heben und höher als bis zum Sargdeckel zu schauen, höher als nur bis zum Porträt, höher als die Decke der Trauerhalle.

«I'm only human after all.»

Und dann liest der Pfarrer aus der Bibel. Zuerst dachte Ben, es gehöre zum Lied, so harmonisch fügen sich die Worte an den Song.

«Im Hause Gottes gibt es viele Wohnungen. Jesus geht, um dort alles für uns vorzubereiten, und dann wird er kommen und uns holen. Wir werden dort sein, wo Jesus ist und Elena. Amen.»

«Amen», antworten alle reflexartig.

So ähnlich hatte es Elena auch gesagt, dass sie nur umziehe. Erst dachte Ben, sie habe sich die Formulierung ausgedacht, weil Sterben schrecklich klingt. Aber es steht schon in diesem alten Buch: diese Worte, die sich wie Licht und Wärme im Herzen anfühlen, wenn man ihnen zuhört.

«Nur ein Umzug», murmelt Ben, «dann sehen wir uns wieder ... aber später, viel später. *Budapest.*»

Stille setzt ein, und eine Hand klopft auf Bens Schultern.

«Hey, du bist jetzt dran», flüstert ihm Tobias zu.

Ben schluckt, rafft sich auf und wallt in seinem bunten Gewand nach vorne. Er schaut in verweinte Gesichter; Frauen, die sich die Augen abtupfen; Männer, die sich Tränen wegzwinkern. Jola nickt, und Elenas Mama lächelt ihm zu.

Wie schafft sie das? Lächeln und weinen?

Ben räuspert sich und starrt auf den laminierten Brief.

«Liebe Mama, lieber Papa, liebe Familie, liebe Freunde!» Ben versucht ruhig zu atmen.

«Ich weiß nicht, wie mein Umzug in den Himmel sein wird, aber ich ahne, dass er schön wird. Ich freue mich darauf, nicht mehr krank zu sein, mich nicht mehr von meinem Körper beherrschen zu lassen. Wie toll muss es ohne Schmerzen sein?!»

Elenas Worte schweben durch den Raum.

«Seid froh über jeden Tag, an dem euer Körper nicht schmerzt. Seid froh, wenn ihr zur Schule gehen könnt oder zur Arbeit. Umarmt jeden Tag, ihr wisst ja nicht, wie viele noch kommen. Begrüßt jede Überraschung, selbst die unangenehmen, denn sie zeigen uns, wie kostbar das Leben ist. Ich hatte ein tolles Leben, auch wenn ich gern noch bei euch geblieben wäre, noch einmal Geburtstag feiern, noch einmal Weihnachten, noch einmal Gänseblümchen pflücken …»

Ben grunzt und schluchzt, und Tränen tropfen auf den Brief. Er atmet wie ein Blasebalg, um seine Stimme unter Kontrolle zu bekommen, und verhaspelt sich.

«Tausendschönchen, nein … Gänse…, Gänseblümchen.» Seine Stimme vibriert: «Ich hatte Liebe, ein Abenteuer und Freunde … und je mehr ich gegeben habe, umso mehr erhielt ich zurück. Geben ist schön.»

Ben nickt eifrig, und die Menschen im Raum nicken mit.

«*I'm only human after all.* Ich bin Tochter, Freundin, Shinewarrior …»

Ein riesiger Schluchzer drängt sich durch Bens Kehle. Er hat nicht die Kraft, ihn hinunterzuschlucken. Warum sollte er das auch tun? Er ist Ausdruck seiner Liebe zu Elena.

Er schluchzt und wartet und hat das Gefühl, dass ihm die anderen im Raum für die Pause dankbar sind. Sie kramen nach Taschentüchern, drücken die Hand ihres Nachbarn und holen Luft, als wollen sie die Sonnenstrahlen einsaugen, die durch die Fenster, Stuhlreihen, Blumen und Kerzen wandern.

«Ich bin Mensch. Ich bin Elena. Ich bin geliebt und liebe euch. Bitte vertraut Gott, damit wir uns alle im Himmel wiedersehen. *May the Lord of the heavens bless us.* Eüre Elena.»

Es ist ruhig, und die Menschen hängen ihren Gedanken nach. Der Pfarrer erhebt sich, geht zu Nadja und Felix und hilft ihnen auf. Sie warten, bis der Sarg an ihnen vorbeirollt, und dann folgen sie ihm langsam.

Schwerfällig wälzt sich die Trauergemeinde nach draußen, Schuhsohlen schlurfen über den Boden, und Ben unterdrückt den Reflex, die Anzahl der Fliesen zu errechnen.

Sie laufen unter alten Bäumen und an duftenden Sträuchern vorbei. Der geharkte Sand steigt in zarten Wolken auf, und eine Erinnerung explodiert in Bens Herzen: Elena in den Oderwiesen, die wie ein Schmetterling zwischen Mohnblumen segelt. War das erst ein paar Wochen zuvor? Haben sie das wirklich erlebt?

Ben schaut an den Menschen vorbei, starrt auf Bäume und Sträucher, als der Sarg in die Erde gelassen wird. Er achtet nicht auf die Worte des Pfarrers und blendet das dumpfe Geräusch herabfallender Erde auf Holz aus.

An einem Rhododendron steht eine zierliche Gestalt, halb verdeckt von den Blüten. Ben kneift die Augen zusammen. Ist das der Professor? Ohne weißen Kittel wirkt er fremd, aber Haltung und Gestik passen, selbst den spitzen Mund kann Ben erkennen, und es scheint, als murmele er die Worte: *«I'm only human, don't put the blame on me.»*

Elenas Eltern nehmen die Beileidsbekundungen entgegen,

und nach jedem Händedruck, nach jeder Umarmung wirken sie schwächer.

«Danke», flüstert Nadja und hält Ben eine schlaffe Hand entgegen. Aber er streckt seine Arme aus und umschließt Elenas Eltern. Sie zerfließen an seiner Brust und hauchen in sein Hemd: «Danke, danke, dass du ihr Freund warst.»

Die Trauergesellschaft hat sich aufgelöst. Ab und zu blitzen noch bunte Kleider zwischen den Bäumen auf. Nur Ben und seine Freunde stehen noch am Grab. Ben ist so müde, dass er sich am liebsten auf den Boden gesetzt hätte, aber er traut sich nicht.

«Und nun?», fragt Tobias, «ich will noch nicht gehen.»

Noemi streift ihren Gymbag vom Rücken und legt ihn auf den Boden.

«Kommt, helft mir.»

Sie greift tief hinein und holt weiße Blütenköpfchen heraus.

«Das sind Elenas Lieblingsblumen. Man kann sie nicht kaufen, nur sammeln.»

Ben schaut auf die kleinen Schirmchen mit dem gelben Fleck in der Mitte. In Noemis dunkler Hand strahlen sie noch weißer.

«Bellis perennis», flüstert er und greift auch in den Rucksack. Er ist voller Blüten. Noemi drückt sie in die lockere Erde, Asmarom kniet neben ihr, und auch Tobi bückt sich. Die Jugendlichen sind froh, etwas tun zu können. Sie spüren die warme Erde in der Hand, die leichten Blümchen zwischen ihren Fingern und die warme Sonne auf ihren gebeugten Rücken.

Ben drückt eine Blüte nach der anderen in die Erde und zählt auf: «Gänseblümchen … Maßliebchen … Margritli … Augenblümchen … Tausendschönchen.»

Kapitel 23

Lichtbogen

Ich kenne die Haltestellen auswendig und spreche sie leise mit, wenn der Lautsprecher ertönt. Die Straßenbahn ruckelt über die Weichen. Es erinnert mich an die holprige Fahrt durch unsere Berge in Eritrea.

Ben zeigt auf die hohen Bäume und erzählt etwas über Tannenzapfen und eine Zahlenfolge. Das sei Mathematik und faszinierend, meint er.

Ich nicke. Er spricht viel über Zahlen, drei sei die Zahl Gottes und sieben die Zahl der Vollkommenheit. Acht die Zahl der Wiedergeburt, der Auferstehung und des Neuanfangs. Das gefällt mir am besten. Ich sage ihm, dass acht meine Lieblingszahl ist. Er freut sich und malt eine liegende Acht auf meinen Unterarm.

«Und das ist die Unendlichkeit», sagt Ben, und sein Finger fährt eine zweite Schleife über meine Haut.

Die Tram lässt die Parks und bunten Gärten hinter sich. Ich schaue auf hohe Häuser mit vielen Wohnungen. Wir steigen aus.

Vor den Haustüren stapeln sich alte Zeitungen. Ich staune über die vielen Klingelknöpfe. Ben sperrt auf, und wir gehen fünfzehn Stockwerke zu Fuß. Ohne Pause stapft er hoch, und der Einkaufsbeutel pendelt an seiner Seite.

Vor einer Tür bleibt er stehen, zögert und klopft, dann sperrt er mit seinem Schlüssel auf.

«Mom. Dad. Bin da.»

«Schön, mein Junge.» Eine Frau in einer fleckigen Schürze kommt auf uns zu und hält einen feuchten Lappen in der Hand. Sie lotst uns in die Küche und schmiert mit dem Lappen über den Tisch. Es wird dadurch nicht sauberer, nur klebriger. Ben räumt den Beutel aus und sortiert die Lebensmittel auf den Tisch.

«Das kocht ihr heute Abend, okay?»

Die Frau nickt eifrig.

«Es ist billiger, wenn ihr selber kocht.»

«Ja, natürlich.»

Sie fummelt am Netz mit den Kartoffeln und versucht es mit den Fingern aufzureißen. Ben reicht ihr eine Schere.

«Wasch aber erst den Topf ab, und dann kochst du die Kartoffeln, ja?»

Sie nickt wieder, wie Kinder es tun, die beweisen wollen, dass sie es alleine schaffen.

Bens Vater erscheint im Türrahmen und grunzt: «Wer isn det?»

«Noemi, eine Freundin. Denk dran, du hast morgen einen Termin. Zieh ein frisches Hemd an und kämm die Haare.»

«Hat aber doch keen Sinn.»

Ben seufzt und faltet den Stoffbeutel zusammen.

«Schon gut, ick geh ja. Gibt det Pizza?»

Bens Mutter scheppert mit den Töpfen, und Wasser schwappt aus der Spüle auf ihre Schürze und den Boden.

«Nee, Pellkartoffeln.»

Der Vater schlurft durch das Spritzwasser und zieht Spuren aus Staubflocken, Krümeln und Essensresten über den Boden.

«Mensch, pass doch uff!», ruft sie und wirft ihm einen Wischlappen zu. Er legt ihn unter seinen Latschen und bewegt ihn hin und her. Eine dicke Katze tapst durch die Wasserspritzer und begrüßt mich, indem sie ihren Kopf gegen mein Bein stupst. Ich hebe sie hoch, sie ist schwer wie ein Ziegelstein. Warum wird man hier so fett, so wie Ben damals?

Ben sieht noch die Post durch und malt Daten im Kalender bunt an, wann seine Eltern einen Termin haben oder wann sie ihren Treppenabschnitt fegen müssen.

Seine Mutter drückt ihm zum Abschied unbeholfen die Hand und sagt: «Bist ein guter Junge.»

Mir hält sie auch die Hand entgegen, es ist eine schlaffe, feuchte Hand. Sie fühlt sich wie ein Putzlappen an.

«Tschüß och», ruft sein Vater, «wann kommste wieder?»

«Später, Dad.»

Ich bewundere Ben, er hat viel geschafft, *trotz* seiner Eltern. Asmarom und ich haben viel erreicht *wegen* unserer Eltern. Sie haben uns viel Liebe geschenkt. Bei Bens Eltern habe ich das Gefühl, dass sie ihm auch Liebe geben möchten, aber sie wissen nicht, wie. Vielleicht hat ihnen das keiner gezeigt.

Die Trambahn kommt, und ich will rennen.

«Wenn du rennst, sind es keine 496 Schritte.»

«Na und?»

«496 ist eine vollkommene Zahl. Das gefällt mir.»

Ich sprinte los und rufe über meine Schulter: «Komm, Triple B.»

Er setzt sich in Bewegung und macht große, schnelle Schritte. Es werden weniger als 496 sein. Wir hechten in die Bahn und lassen uns in die Sitze fallen, schnappen nach Luft und kichern. Die Häuser ziehen an uns vorbei, und ich schaue den bunten Werbeschildern nach. Nach einiger Zeit säumen mehr Bäume als Schilder die Straßen.

Aus dem Lautsprecher quäkt es: «Nächster Halt: Waldfriedhof.»

«Wollen wir aussteigen?», frage ich.

Ben rührt sich nicht, nur seine Schultern beben.

«Wir müssen nicht zum Grab. Sie wohnt woanders, besser und schöner.»

Ben schluchzt, und auch ich sehe alles nur durch einen Tränenschleier. Elena fehlt.

Die Bahn kommt ruckelnd zum Stehen, und ich verliere den Halt. Ben springt auf und stützt mich.

«Komm! Lass uns aussteigen. Wir sind ja keine Feiglinge. Wir sind Helden.»

Der Himmel färbt sich rot, und wir laufen die sandigen Wege entlang. Kaum zu glauben, dass dieser Ort in derselben Stadt ist wie das Krankenhaus, das Flüchtlingsheim und der Wohnturm. Es ist so friedlich hier. Ich mag das Wort «Friedhof». Es ist passend. Schweigend laufen wir nebeneinander und hängen unseren Gedanken nach.

Asmarom und ich wohnen in dem großen Haus von Tobias' Eltern. Seine Mama hat viele Papiere ausgefüllt, damit wir nicht ins Flüchtlingsheim müssen. Es ist ein Zimmer im Keller. Sie nennen es Hobbyraum, ich weiß gar nicht, was ein Hobby ist. Es hat Fenster, zwar nur schmale, aber man sieht den Garten und ein Stück Himmel. Das macht mich glücklich.

Tobias' Mama entschuldigt sich ständig, dass es so eng ist. Es stört mich nicht, im Gegenteil, ich kann mir nicht vorstellen, alleine in einem Zimmer zu schlafen. Es beruhigt mich, wenn ich Asmaroms Atem höre und die Schritte und Stimmen der anderen.

Tobias hat sich verändert. Früher humpelte er wie eine bucklige Hyäne durch das Haus, jetzt schleicht er wie ein Panther. Nur wenn wir auf die Straße gehen, hüllt er sich in seine übergroßen Jacken, trotz der Sommerwärme. Er versteckt sich hinter einer Sonnenbrille und unter großen Kappen. Seine

Kumpels erkennen ihn nicht wieder, und das macht ihn traurig. Seltsam, seine Seele hat sich doch nicht verändert, nur etwas Haut, und die erneuert sich.

Elenas Eltern sehen wir auch ab und zu, meistens bei Jola. Nadja weint viel, und ich weine mit. Tief in meinem Herzen weiß ich, dass wir um uns weinen. Wir vermissen Elena. Mir fehlen meine Eltern. Ich ahne, dass Papa auch nicht mehr auf dieser Welt ist. Wir weinen um das, was wir alle verloren haben.

An Elenas Grab steht ein Holzkreuz, und drum herum blühen die Tausendschönchen. Ben streicht mit seinen Fingern über das dunkle Holz und räuspert sich:

«Es wird verwittern. Ein Stein würde länger halten.»

«Es ist gut, wenn wir sehen, wie sich das Holz verändert, so wie die Traurigkeit. Jola sagt, dass Jesus diese Wunden heilen wird.»

Ben ächzt: «Da hat er viel zu tun.»

Ich taste nach meinem kleinen Kreuz an der Kette und hoffe, dass wieder gute Tage kommen. Wir setzen uns auf die Wiese neben dem Grab. Sanft wippen die Blümchen, als würde eine unsichtbare Hand über sie streichen. Wir fühlen uns alle verwaist. Elenas Eltern sind ohne Tochter, und wir sind ohne Familie. Wir sollten uns gegenseitig adoptieren.

«Ben?»

«Ja.»

«Möchtest du unser Bruder sein?»

Er lächelt und legt mir den Arm um die Schultern.

Die Sonne geht unter, ich spüre Bens Wärme an meiner Seite und flüstere ihm zu:

«Ben, Bruder, Freund, Triple B, Superheld.»

✦ ✦ ✦

Danksagung

Herzlichen Dank an die, die mich bei der Arbeit an diesem Buch unterstützten:

An das Ärzteehepaar Steffie und Roger Vogelmann, die mich über Autoimmunerkrankungen und Möglichkeiten der Gentherapie beraten haben und über vieles mehr.

Stefan Schwabeneder, der mir half, die Komik in der Tragik aufzuspüren.

Rainer Mende für die Informationen über die polnische Kultur und Sprache.

Meiner Schreibgruppe: Katharina Glück, Susanne Wagner und Beatrice König für Kritik und Inspiration und die Leidenschaft, das Beste aus einem Text zu machen.

Und an meinen Mann Alexander, der nicht einmal das Manuskript gelesen hat, weil er auf die Verfilmung wartet. Danke, dass Du alles für möglich hältst.

Ein vertiefendes Interview mit der Autorin

Susanne, bitte stell Dich unseren Leserinnen und Lesern kurz vor. Was machst Du, woher kommst Du, wie wurdest Du, wer Du heute bist?

Ich komme aus Ostbrandenburg und bin in der DDR in einem liebevollen Elternhaus aufgewachsen. Ich hatte eine fröhliche Kindheit, aber ich spürte auch den Kummer eines geteilten Landes. In Westdeutschland lebte ein Großteil unserer Verwandtschaft, und die lernte ich erst nach der Wende 1989 kennen. Meine Familie ist gläubig, und als Christ in einem diktatorischen System zu leben, hatte Nachteile. Ich konnte den Drang nach Flucht und Freiheit verstehen.

Als ich in den 1990er Jahren heiratete, zog ich nach München. Thomas war Musiker, und ich begleitete ihn zu Auftritten und unterstützte sein Künstlerdasein. Nie dachte ich darüber nach, ob ich ebenfalls künstlerische Fähigkeiten haben könnte. Ich arbeitete als Therapeutin, und als unsere Söhne geboren wurden, liebte ich es, Mutter und Hausfrau zu sein.

Mit 31 Jahren wurde ich Witwe und war gezwungen, mein Leben neu zu sortieren und die Frage zu beantworten: Wer bin ich ohne Thomas? Wer will und kann ich sein?

Um das herauszufinden, schrieb ich meine Gedanken, Gebete und Ideen auf und stellte fest, dass es mir guttat. Wenn ich schrieb, fühlte ich mich wieder lebendig.

Später lernte ich Alexander kennen, und wir heirateten. Er gab mir Sicherheit und Freiraum, mich auszuprobieren, und ermutigte mich zu einem Fernstudium in Belletristik.

Selbst in großen Herausforderungen habe ich viel Liebe und Zuneigung erfahren, das hat mich geprägt und gestärkt.

In Deinem Buch schreibst Du auch einiges über die «letzten Dinge» und das Loslassen. Du bist ja auch selbst schon mit ganz existenziellen Aspekten des Lebens – und des Sterbens – konfrontiert worden. Magst Du uns ein bisschen davon erzählen?

Als junge Mutter erkrankte ich an Lymphdrüsenkrebs und wurde mit Chemotherapie und Bestrahlung behandelt. Ich spürte meine körperlichen Grenzen, und nichts war mehr wie früher, Kraft und Leichtigkeit gingen verloren. Ich war traurig, weil ich nicht bei meinen Kindern sein konnte, und wenn ich zu Hause war, konnte ich vor Müdigkeit nicht mit ihnen spielen.

Mit viel Unterstützung von Familie und Freunden überstanden wir diese acht Monate und wollten in den Alltag zurückkehren. Aber dann erhielt mein Mann Thomas die Diagnose Leukämie.

Die Krankheit verlief rasant: Chemotherapie, Stammzellenspende, Organversagen, Tod. Ich dachte früher, körperlicher Schmerz sei unerträglich, aber die Trauer um einen Menschen ist unsagbar schmerzhafter.

Es waren zwei extreme Jahre mit tiefer Trauer, körperlichen Einschränkungen und sozialen Herausforderungen, und mittendrin wuselten meine kleinen Söhne und hielten das Leben am Laufen.

Du hast an diesem Buch sehr lange gearbeitet. Erzähl uns: Wie und wo entstand die Idee dazu?

Ich arbeite als Ergotherapeutin in der Pädiatrie, und manches Kind lebt mit einer sehr schweren Krankheit oder weiß, dass es nicht lange leben und nicht erwachsen werden wird. Trotz Begrenzung und der Lebenskürze strahlen diese Familien Mut und Lebensfreude aus. Die Kinder wirken auf eine besondere Weise reif und zeigen, dass das Leben immer wertvoll ist.

Ich habe sehr lange an dem Buch gearbeitet, weil ich nichts romantisieren möchte. Der Verlust eines Menschen hinterlässt eine tiefe Wunde. Als der Sohn meiner Freundin starb, wollte ich die Geschichte nicht mehr weiterschreiben, fühlte mich hilflos und wortlos. Aber wir leben in einer Gleichzeitigkeit aus Freude und Trauer, Empfangen und Loslassen, Genuss und Verzicht. Diese Gleichzeitigkeit erleben Kinder und Jugendliche genauso intensiv, und mit der Geschichte möchte ich zeigen, dass es viele Blickwinkel auf das Leben gibt.

Dein Buch ist ja nun gewiss spannend und turbulent, aber es thematisiert auch äußerst aktuelle, wichtige und gesellschaftlich überaus relevante Dinge. Zum Beispiel Flüchtlinge, Migration, Willkommenskultur und Integration. Wie kam es dazu, dass Du diesen Dingen so nahe bist?

2015 hatte Deutschland die Entscheidung getroffen, Flüchtlinge aufzunehmen. Nun lebten traumatisierte Menschen in meinem direkten Umfeld, und das betraf mich und meine Familie. Die Flüchtlinge waren nicht mehr nur eine Menschenmasse, die irgendwo ankam und von irgendwem versorgt wurde, sondern es waren Menschen mit Namen und Geschichten und einer verlassenen Heimat.

Da ich neugierig und praktisch veranlagt bin, gab ich einem jungen Mann Deutschunterricht. Mir war egal, aus welchem Land er kam oder welche Religion er hatte. Hauptsache, er wollte lernen. Mein Schüler war Elos aus Eritrea. Anfangs übten wir in der Bücherei, dann luden wir ihn zu uns nach Hause ein, und nach und nach begriffen wir, was er alles aufgegeben hat, um Verfolgung und Perspektivlosigkeit zu entgehen.

Elos ist unser Freund geworden. Er arbeitet hart in der Gastronomie, um seiner Familie ein Leben ohne Angst zu bieten.

Heutzutage wird heftig diskutiert, wie weit unser Mitgefühl und unsere Hilfsbereitschaft gehen dürfen und dass man nicht allen Flüchtlingen helfen kann. Wir wollten als Familie für *einen* Menschen in Not da sein und haben eine sehr positive Erfahrung gemacht. Elos ist integriert, fleißig und sehr dankbar.

Zwei Deiner Hauptprotagonisten im Buch kommen auch aus Eritrea, Noemi und Asmarom. Wie authentisch ist ihre Geschichte?

Wenn Elos uns besuchte, brachte er auch seine Freunde mit. Einer davon war Teenager und hieß Asmarom. Er saß auf unserem Sofa und lächelte, umarmte immer wieder seine Freunde und vermied es, über die Flucht zu sprechen. Mir saß ein Fünfzehnjähriger ohne Familie gegenüber, und ich überlegte, was wohl seine Mutter fühlte. Oder anders überlegt: Wie würde es *meinem* Sohn in der Fremde ergehen?

Junge Männer werden zum Militärdienst eingezogen und wissen nicht, ob sie jemals wieder nach Hause kommen. Wir lernten einen Eritreer kennen, der schon dreißig Jahre dienen musste und dann geflohen ist. Vor allem Christen leben in Eritrea in großer Bedrängnis, sie werden benachteiligt, verfolgt und eingesperrt.

Viele Informationen habe ich aus Gesprächen mit den betroffenen Männern und aus Berichten der Hilfsorganisation «Open Doors». Sie kümmern sich um verfolgte Christen, traumatisierte Witwen und Kinder vor Ort, leisten Aufbauhilfe und unterrichten in der Bibel. Wir können nicht so tun, als ginge uns das nichts an, vor allem als Glaubensgeschwister müssen wir füreinander da sein.

Du gehst auch auf medizinische Dinge ein, die unsere Gesellschaft im Moment sehr beschäftigen. Weshalb hast Du Dich in diese Themenwelt hineinbewegt und hineingearbeitet?

Mich fasziniert der menschliche Körper, und ich liebe meinen medizinischen Beruf. Es ist unglaublich, was in der Medizin alles möglich ist. Meine Erkrankung hätte ich vor Jahrzehnten nicht überlebt. Die Forschung entwickelt sich rasant, und es wird immer schwieriger, moralische und ethische Werte aufrechtzuerhalten.

Vor Jahren gab es einen Vorfall in einer bayerischen Kinderklinik. Es wurde eine riskante Therapie durchgeführt, die bei Erfolg vielen Menschen geholfen hätte.

Doch die Therapie scheiterte, und den «Testkindern» ging es danach schlechter als zuvor. Man spricht über Embryonenforschung, als seien die Embryos nur Zellhaufen, man erlaubt Schwangerschaftsabbrüche von lebensfähigen Babys und diskutiert über Sterbehilfe.

Vor zwanzig Jahren behandelte ich öfters Kinder mit Trisomie 21, dem Down-Syndrom, heutzutage werden diese Kinder nicht mehr geboren, und wenn doch, müssen sich Eltern für diese Entscheidung rechtfertigen. Wir verlieren unsere Menschlichkeit, wenn wir nur den Fortschritt im Sinn haben.

Du hast offensichtlich viel mit Kindern und Jugendlichen zu tun, auch beruflich. Wie stark konntest Du da Deine Erfahrungen mit ins Buch integrieren? Elena, Ben und Konsorten – kennst Du sie alle?

Die Figuren sind ein Spiegelbild vieler Kinder, denen ich begegnet bin.

Ich kenne Jungen, die Ben sein könnten, aus einem asozialen Elternhaus kommen und Zuneigung erst durch einen Lehrer oder Therapeuten erfahren haben. Es gibt die Elenas, deren Tagesablauf von Medikamenten-Einnahmen und medizinischen Geräten geregelt wird. Erfindungen wie die LFA, ein keimfreies Luftfiltersystem, ermöglicht den Kindern, sich halbwegs frei zu bewegen.

Jedes kranke Kind und jeder beeinträchtigte Jugendliche spürt Begrenzungen. Das können soziale, körperliche oder emotionale Grenzen sein. Diese Grenzerfahrungen bleiben nicht ohne Verletzungen und Enttäuschungen, doch wenn sie überwunden werden, bekommt das Leben dieser jungen Menschen eine besondere Tiefe. Ich bin sehr stolz auf die Jungen und Mädchen, die nie ihren Lebensmut verloren haben. Und manchmal bedeutet Mut, dass man das Leben loslassen kann.

In Deinem Buch gibt es ja eine ganz lange, wunderbare und teilweise geradezu köstliche Sequenz: Die fünf Jugendlichen büxen hinter dem Rücken des Professors mit einer Mitarbeiterin des Krankenhauses aus. Das liest sich alles superschön! Wir dachten bei diesem spontanen «Ausflug» der Jugendlichen, die sich ja Richtung Polen davonmachen, sogleich an den Film «Einer flog übers Kuckucksnest», als Jack Nicholson die gesamte Abteilung einer

Klinik auf ein Boot verfrachtet und mit ihnen vorübergehend flüchtet! Hast Du beim Schreiben auch an diese Filmsequenzen gedacht, oder haben bei Dir eigene Erfahrungen mit hineingespielt?

Es ist erstaunlich, was für Perspektiven sich ergeben, wenn man den gewohnten Standpunkt verlässt. Unsere Welt dreht sich um uns, und wir können uns nicht vorstellen, dass andere Ähnliches erleben oder fühlen oder denken. Als die fünf das Krankenhaus verlassen, merken sie erst, welche Fähigkeiten sie haben und was sie gemeinsam erreichen können. Auf einmal ist Freiraum für neue Gedanken und Begegnungen. Die eigenen Grenzen wirken weniger eng oder bedrohlich. In der Filmsequenz mit Jack Nicholson erleben die psychisch kranken Menschen eine ungeahnte Freiheit, weil sie endlich dem Trott und der Enge der Klinik entronnen sind. Das Stigma und die Bevormundung fallen weg.

Für mich sind es die Momente in der Natur, die mir einen neuen Blickwinkel auf einen schwierigen Umstand schenken. Ich lebe im Alpenvorland. Allein schon, die Berge in der Ferne zu sehen, hilft mir zu verstehen, dass die Welt größer, weiter und gewaltiger ist, als ich meine.

Du verdeutlichst die Alltagssituationen der Jugendlichen in Deinem Buch mit einer Comicwelt. Was verbindest Du mit Superhelden?

Superhelden müssen sich entwickeln und ihre Ängste überwinden. Erst dann entfalten sich ihre Fähigkeiten, und sie können ihrem Feind gegenübertreten. Niemand ist sofort ein Superheld. Auch in uns schlummern großartige Begabungen und Ideen, aber sie brauchen oftmals eine Grenzerfahrung, um zu reifen. Unsere Feinde sind nicht «Red Skull» oder «Thanos», sondern das Unbekannte oder die Angst.

Ernste Situationen verlieren ihre Bedrohlichkeit und ihren Schrecken, wenn wir sie durch eine «Comic-Brille» oder mit Humor betrachten. Wir sollten sie öfters aufsetzen – und KA-WUMM!! schrumpft der Schrecken vor dem Unbekannten.

Du bist ja nebenberuflich Autorin und Journalistin. Dein Buch zeigt, für welche Themen Dein Herz schlägt und wofür Du stehst. Was denkst Du: In welche Richtung werden sich zukünftige Recherchen aus Deiner Feder entwickeln?

Ich sammle Lebensgeschichten und staune, wie viel Abenteuer und Wildheit, Komik und Tragik sich darin verbergen. Das Besondere liegt im Alltäglichen und tarnt sich mittels Bescheidenheit. Als ich letztens mit der S-Bahn fuhr, saß eine alte Dame neben mir. Wir sprachen über das Wetter, ihren Rollator und Bordsteinkanten. Sie erwähnte, dass sie mal eine große Sportlerin war, da war meine Neugier geweckt, und wir plauderten weiter.

Als ich in München ausstieg, wusste ich, dass sie aus Brasilien stammt, Langstreckenschwimmerin war, als Soziologin lehrte und dafür noch immer politisch verfolgt wird. Ihr Sohn wurde Richter und verurteilte trotz Bestechungsgeldern einen Drogenboss. Daraufhin wurde er ermordet. Diese unscheinbare Dame ist eine Heldin. Das Leben ist spannend, humorvoll, aufregend, erschütternd, traurig und fröhlich zugleich.

Ich lasse mich von Lebensgeschichten inspirieren und möchte immer aufspüren, was das Leben wertvoll macht.